KB151964

아카이 마츠리
일러스트 토자이

「나와 아키라, 둘이라면 순식간에 죽일 수 있어」

「그럴 수 있는 상대라면 좋겠지만 말이지」

1

암살자인 내 스테이터스가
용사보다도 훨씬 강한데요

My Status as an Assassin
Obviously Exceeds the Brave's

「나도 진심으로 싸우도록 하지──『그림자 두르기』!」

✦ 아멜리아
Amelia Rosequartz

✦ 오다 아키라
Akira Oda

「괜찮아, 가슴 크기에는 자신이 있어.」

나도 모르게 시선을 아멜리아의 가슴 쪽으로 떨궜다.

한순간 그 옷 안의 모습을 상상하고 말았지만,

바로 고개를 저으면서 지워버렸다.

내 암살자인 스테이터스가 용사보다도 휠씬 강한데요

1

아카이 마츠리
일러스트 토자이

# 1

My Status as an Assassin
Obviously Exceeds the Brave's

# CONTENTS

표지 · 본문 일러스트
**토자이**

# 프롤로그

　어떤 건물. 기울어진 지붕 위에 어둠 속으로 녹아들 것처럼 온통 검은색인 그림자가 있었다.

　목에는 검은 천을 둘렀는데, 외투가 바람에 나부끼고 있었다. 마치 뭔가를 기다리고 있는 것처럼, 그림자는 지붕을 응시한 채 전혀 움직이지 않았다. 의식하고 바라봐도 알아차리지 못할 정도로 완전히 어둠 속에 녹아든 그림자를 찾아낼 수 있는 건 분명 같은 어둠의 동업자뿐일 것이다.

　잠시 후에 검은 그림자는 한숨을 쉬면서 벌떡 일어나더니, 왼쪽 다리를 뒤로 물리면서 단도를 뽑은 뒤에 갑자기 전투태세에 들어갔다.

　시선 끝에는 아무것도 없는 것처럼 보였지만, 그다음 순간에는 공기가 흔들리면서 한 명의 남자가 모습을 드러냈다. 그 남자도 그림자와 마찬가지로 온통 검은색에 가벼운 차림새를 하고 있었다. 다른 것은 무기와 목에 두른 검은 천, 그리고 칠흑의 외투를 걸치고 있는 점이라고 할까.

　"……동업자인가. 이봐, 네가 이 녀석을 지키고 있는 건가? 그렇지 않으면 너 같은 거물이 일개 길드 마스터를 죽이러 온 건가?"

"이 녀석과 날 방해하는 녀석을 죽이러 왔다."

남자의 질문에 그림자는 간결하게 대답했다. 애초부터 성의 껏 대답해 줄 생각은 없었다.

그저 명확한 살의만이 상대에게 전해졌다.

강렬한 살기를 느끼면서 남자는 몸을 부르르 떨었다.

남자도 어둠의 세계에서 그 나름대로 이름이 알려진 인물이었 다. 그 감각은 예전에도 느낀 적이 있었다.

진심으로 기척을 지우면 누구도 발견할 수 없으며, 1만이 넘 는 마물을 소리도 없이 죽여 온 인류 최강의 암살자──.

사일런트 어새신
"그런가. 이거 참, 그 '어둠의 암살자' 와 의뢰가 겹치다니, 운 이 없군."

그렇게 말하면서, 남자는 진심으로 유감이라는 듯이 한숨을 쉬었다.

일단은 전투태세를 취했지만, 여차하면 도망칠 준비를 하고 있었다. 작은 몸집의 동업자가 내뿜는 압도적인 살기에 식은땀 마저 배어 있었다.

그림자는 그런 남자를 크게 신경 쓰지도 않고, 단지 사냥감을 바라보는 듯한 눈으로 관찰하더니, 일섬을 날렸다.

"……?!"

남자는 무슨 공격을 당한 건지도 모른 채, 자신의 목에서 피가 뿜어져 나오는 광경을 땅바닥에 쓰러지면서도 넋이 나간 표정 으로 보고 있었다.

그림자는 앞으로 내밀고 있었던 오른발을 뒤로 물렸고, 단도에 묻은 피를 검은 천으로 닦은 뒤에 진짜 목표 쪽으로 시선을 던졌다.

"……."

그림자와 같은 칠흑색 단도를 든 손이 살짝 떨리고 있었다. 다른 손으로 그 경련을 억지로 눌러서 막았다.

그리고 조용히, 기척을 완전히 지우고 타깃의 방 안으로 미끄러지듯이 들어갔고, 그 목에 단도를 들이댔다.

이 암살을 실행하면 그림자는 이제 원래의 평화로운 일상으로 돌아갈 수 없다.

하지만 실패할 수도 없었다.

"다들, 미안하군. 이 녀석을 죽이면 나는 앞으로 한 발짝 나설 수 있어. 이 녀석을 죽이면 많은 사람들에게 도움이 될 거야. 그 녀석도……."

그림자── 오다 아키라라는 이름의, 평범한 고등학생이었던 소년은 그렇게 중얼거리면서 힘껏 칼을 그었다.

## Side ????

이곳은 깊은 숲속. 원래는 너무 위험해서 아무도 찾아오지 않는 장소. 그곳을, 소녀는 흰 머리카락을 마구 흩날리면서 추격자로부터 도망치고 있었다. 물웅덩이를 밟는 바람에 진흙투성이가 되어도, 나무뿌리에 발이 걸려 넘어질 뻔하면서도, 그 다리를 멈추지 않았다.

하지만 체력적으로도 정신적으로도 이미 한계에 가까웠다. 눈물 때문에 시야는 흐릿했으며, 달리는 스피드는 상당히 떨어져 있었다. 그래도 따라잡히지 않는 것은 단지 추격자가 일부러 비슷하게 스피드를 늦추면서 괴롭히고 있기 때문이었다.

"하아. ……하아, 윽?!"

추격에 더욱 박차를 가하려는 듯이, 어디선지 모르게 화살이 날아와서 다리를 맞혔다.

달리고 있는 상대의, 더구나 나무들로 차단된 시야 속에서 정확히 다리를 관통시킬 수 있는 사람을 소녀는 한 명밖에 알지 못했다.

"으아…… 어, 어째서……."

역시 화살이 다리를 관통한 상태에선 제대로 달릴 수도 없었기 때문에, 고통을 참으면서 그 자리에 주저앉으면서 추격자를 봤다. 화살에는 마비독을 발랐는지, 얼얼하게 마비되는 감각이 온몸에 퍼지는 바람에 이제 거의 움직일 수도 없었다.

"어째서?"

추격자는 소녀와 똑같은 얼굴을 추하게 일그러트리고는 소녀의 말을 따라하면서 웃었다.

"오히려 제가 묻고 싶네요. 어째서 당신은 아직 살아 있는 거죠?"

마음을 후벼 파는 그 말을 듣고, 백발 소녀는 간신히 느릿느릿 고개를 저었다. 마치 듣고 싶지도 않다고 말하는 것처럼. 그러나 온몸이 마비되면서 모든 움직임이 제한된 지금, 엘프 특유의

뾰족한 귀를 가릴 방법은 없었다.

"불길한 아이 주제에."

"으. 아아아아아아아아……."

소중하게 생각하고 있던 사람으로부터, 가장 듣고 싶지 않았던 말을 속삭이는 소리가 귓가에서 들려오자, 반광란 상태가 된 소녀는 팔다리가 마비되었음에도 도망치기 시작했다.

그 앞에 낭떠러지가 있다는 것도 모른 채.

추격자인 금발 소녀는 비웃는 듯한 미소를 지었다. 그 눈에는 아주 약간 자비의 빛이 감돌고 있었다.

"잘 가요, 언니. 이제 두 번 다시 만나지 않기를 기도하겠어요."


낭떠러지에서 굴러 떨어진 백발 소녀가 다시 눈을 뜨고 정신을 차린 곳은 자신이 전혀 본 적이 없는 숲속이었다. 몸이 젖어 있었기 때문에 가까이에 있는 바다에서 떠돌다 흘러왔을 것이라는 것은 쉽게 추측할 수 있었다.

한동안 멍하니 주변을 둘러봤다. 눈을 떴을 때 낯선 장소에 있었던 사람이라면 분명 그렇게 하는 게 일반적인 반응이겠지만, 애석하게도 장소가 좋지 않았다.

"……히익?!"

어느새 그 자리에는 검은 슬라임 같은 마물이 있었다. 겁을 먹고 뒤로 물러나려고 했지만, 마비는 풀렸어도 피로가 잔뜩 쌓인 상태라 움직일 수가 없었다. 아무런 저항도 하지 못한 채, 소녀는 다리부터 천천히 마물에게 삼켜지기 시작했다.

"이럴 수가…… 슬라임은 인간을 잡아먹지 않을 텐데……."

그 말이 끝남과 동시에 슬라임은 소녀를 완전히 삼켰다.

슬라임은 잠시 몸을 떨더니, 주위의 기척을 살폈다. 그러자 나무 저편에서 뭔가가 다가왔다. 슬라임은 나무 뒤로 숨었다.

"방금 이 부근에서 무슨 소리가 난 것 같은데……."

"……응? 하지만 이 안쪽부턴 마물이 많아서 아무도 없을 텐데?"

슬라임 같이 생긴 마물은 그게 단순한 인간이란 것을 알고는, 마치 마법처럼 땅속으로 녹아들면서 사라져갔다.

"……그것도 그러네. 잘못 들은 걸지도 몰라."

"이제 그만 돌아가자. 이곳은 어두침침해서 기분 나빠."

인간의 기운도 마물의 기운도 사라진 숲속에서, 나무들만이 모든 것을 조용히 지켜보고 있었다.

# 제1장 이세계 소환?!

**Side 오다 아키라**

 그 날을 경계로, 우리 2학년 2반의 인생은 바뀌었다.

 온화하고 평화로웠을 일상에 갑자기 모습을 드러낸 비일상.

 교실 한가운데에 나타난 거대한 마법진.

 복잡한 모양으로 그려진 그것이 희푸르게 빛나기 시작한 뒤에야, 겨우 사태가 심상치 않음을 알아차렸다.

 "다들 교실에서 나가!!"

 누군가가 그렇게 소리쳤지만, 때는 이미 늦었다.

 이미 마법진은 발동 준비를 마쳤으며, 한층 더 강한 빛이 시야를 가득 채웠다. 참지 못하고 눈을 감았다. 몸이 잠깐 공중으로 뜨는 느낌이 들었다. 가까이서 여자애가 지르는 것 같은 비명 소리가 여럿 들려왔다. 다음 순간에는 다시 땅바닥으로 내려왔다.

 그리고 우리는 강제로 일상에서 퇴장당하고 만 것이다.

 이세계 소환을 통해서.

나, 그러니까 오다 아키라는 유령이나 외계인 같은 오컬트 현상은 전혀 믿지 않는다.

소설로서 이세계 소환물을 읽고 공감하거나 질투하거나 감동하기는 하지만, 현실과는 제대로 구분했다.

"부탁이다. 마왕을 쓰러트려서 우리를 구해 다오."

하지만 눈앞에서 한 나라의 왕으로 보이는 인물이 우리에게 머리를 숙이고 있는 지금 이 순간도 틀림없는 현실이었기에, 아무리 나라고 해도 머리가 제대로 따라가지 못하고 있었다. 아니, 이런 경우라면 누구라 해도 혼란에 빠질 것이다. 너무 표정 변화가 없어서 지금까지 몇 번이나 뒷골목을 주름잡던 인간이 아닌가 하는 의심을 샀던 나라도, 지금만큼은 틀림없이 멍청한 표정으로 넋이 나가 있었을 것이다.


몇 분 전, 시야가 겨우 회복된 우리는 끝이 보이지 않을 정도로 넓은 방에 있었으며, 열세 명의 기사와 우리와 같은 나이대인 왕녀로 보이는 여자애가 우리 모두를 포위하듯 서 있었다.

기사들에게 보호받는 걸로 보이던 소녀는 숨을 고르면서 우리를 살펴보고 있었다.

아니, 기사 같은 차림을 하고 있지만 지팡이를 들고 있는 걸 보면 마법사이려나?

머릿속이 엉망진창 혼란스러웠지만, 일부 냉정함을 유지하고 있는 사람들은 본 적이 없는 공간을 계속 관찰하고 있었다.

바닥에는 푹신푹신한 카펫이 깔려 있었다. 색은 지나칠 정도로 선명한 붉은색이었지만 쓸데없이 화려한 이 공간과 잘 어울렸다. 천장도 묘하게 높았으며, 세세한 장식이 있다는 건 알 수 있었지만 너무 높아서 확실하게 보이진 않았다.

그런 식으로 관찰하고 있으려니, 어느새 우리 곁에는 아까 그 소녀와 마법사들과는 다른 사람이 서 있었다.

"잘 오셨습니다, 용사 후보 여러분. 자, 이쪽으로 와 주십시오. 국왕 폐하께서 설명해 주실 테니까요."

집사처럼 보이는 할아버지가 공손하게 우리하게 인사를 했고, 그 후에 또 쓸데없이 웅장한 문을 가리켰다.

질문을 하기 위해 입을 열려고 했던 자들은 모두 그 할아버지의 시선에 눌리면서 입을 다물었다. 일단 우리는 그 말에 따라서 문 안쪽으로 향했다. 그곳에서 국왕 폐하로 보이는 아저씨가 해준 설명의 내용은 이세계 판타지 소설에 자주 나올 법한 전개였다.

우선 이 세계의 정보. 이 세계는 '모리건'이라는 이름의, 지구같이 생긴 별이라고 한다.

모리건에는 네 개의 대륙이 있으며, 각각 인간족, 마족, 엘프족, 수인족이 살고 있다.

우리를 소환한 곳은 인간족이 사는 대륙에서도 가장 큰 나라인 '레이티스'.

그리고 소환한 이유는 조금 전에 왕이 했던 말 그대로였다.

마족이 본격적으로 인간족의 영토를 침공해 왔으니 마왕을 쓰러트려 주면 좋겠다는 것이었다.

나는 마음속으로 '너무 뻔한 전개잖아아아아아아!!!!' 라고
외쳤다.

물론, 기쁨의 함성이었다.

우리 또래의 젊은이라면 누구나 한 번은 꿈꿀 듯한 시추에이
션이라고 할 수 있을 것이다. 우리 반에선 기쁨의 함성을 지르
지 않는 사람이 더 보기 드물 정도였다.

뭐, 여학생들 중에는 불안한 표정으로 주변을 둘러보는 사람
이 있었지만, 그래도 남학생들을 중심으로 대다수의 학생들이
기뻐하고 있었다.

이렇게 말하는 나 역시 환호성을 지르던 사람들 중 한 명이었
다.

앞으로 기다리고 있을 고난이나 곤경은 깨닫지 못한 채.

왕은 바쁜지 그 말만 하고는 들어가 버렸고, 수정을 들고 갑자
기 등장한 할아버지가 다시 그 뒤를 이어받아 스테이터스에 관
한 설명을 해줬다.

기적을 지우는 법이 아주 능숙했다. 이 할아버지, 제법인데…….

"여러분, 마음속으로 '스테이터스 오픈' 이라고 읊어 보시기
바랍니다."

할아버지는 그렇게 말하면서 의미심장한 표정으로 미소를 지
었다.

우리는 곧바로 '스테이터스 오픈' 이라고 읊었다. 그러자, 우
리의 기대를 배신하지 않을 정도로 RPG 분위기가 물씬 풍기
는, 빛나는 보드가 눈앞에 나타났다.

롤 플레잉 게임

아키라 오다

**종족:** 인간

**직업:** 암살자 Lv.1

**생명력:** 1800/1800

**공격력:** 1200

**방어력:** 800

**마력:** 700/700

**스킬:** 산술 Lv.5, 교섭술 Lv.4, 암기술 Lv.1, 암살술 Lv.1, 곡도
(曲刀)술 Lv.1, 단도술 Lv.1, 기척은폐 Lv.MAX, 기척감지
Lv.1, 위기감지 Lv.1

**엑스트라 스킬:** 언어이해, 세계안 Lv.1, 그림자 마법 Lv.1

오오오오오……. 다시 한번 살펴보니 직업이 암살자이기 때
문인지, 스킬이 상당히 암살 쪽으로 편중된 상태였다. 그리고
존재감을 흐리게 하는 『기척은폐』의 스킬에 한해선 처음부터
레벨이 최대치에 도달해 있었다.

"아키라, 스테이터스 나왔어?"

그렇게 물어보는 반 친구의 말을 듣고, 나는 고개를 끄덕였다.

반 친구는 약간…… 아니, 상당히 흥분한 것 같았다. 뭐, 원래
세계에선 일어날 리가 없을 현상을 겪고 흥분하는 것도 무리는
아니다.

나도 소설 같은 전개에 흥분을 완전히 감추지 못했다. 지금까지
살아오길 잘했다는 생각마저 들 정도였다. 하지만 대강의 설명

만 들었을 뿐, 거의 정보가 없으므로 자신이 위험에 처해 있는 것 역시 사실이라고, 내 머릿속의 냉정한 부분이 충고했다. 너무 들떠 있었을지도 모르니까 일단은 좀 진정하기로 했다.

"너는 직업이 뭐로 나왔어?"

"나는 바람 마법사. 아키라는?"

"암살자."

"역시, 교실에서도 가까이 있는데도 갑자기 사라지거나 나타나는 것처럼 느껴질 때가 많았으니까 말이지. 너는 틀림없이 닌자나 그 비슷한 게 나올 거라고 생각했어."

"시끄러워. 나도 좋아서 사라지는 게 아니라고. 뭐, 일부러 그랬던 게 대부분이긴 하지만."

그렇다. 내가 진심으로 자취를 감추려고 하면 아무도 발견하지 못한다. 슬프게도 어릴 적부터 숨바꼭질을 해도 술래가 날 찾아낸 적이 없었다. 깡통 차기를 할 때도 여차하면 내가 차기 전까지는 같은 편도 내가 있다는 걸 알아차리지 못하는 경우가 많았으니까 말이지.

스테이터스로서 표시되지만 않았을 뿐이지, 나는 원래 세계에서도 『기척은폐』 스킬의 레벨이 높았을 것이다. 그렇지 않았으면 나는 단지 존재감이 희박한 캐릭터였다는 뜻이 된다. 그럴 가능성이 더 높으려나……? 아니, 허무해지니까 그렇게 생각하진 말자.

스테이터스에 대해서 이상한 점은 없었다. 아니, 처음부터 레벨 MAX가 있는 건 이상한가. 그렇지 않으면 이 세계에선 그게 당연한 걸까.

일본에 있었을 때의 경험도 반영되는 것인지, 『산술』과 『교섭술』도 다른 것보다 레벨이 높았다.

『산술』은 뭐, 언제 쓸지 모르는 수식 같은 걸 학교에서 배운 덕분이겠지.

『교섭술』 쪽은 식비를 아끼려고 청과점 주인을 상대로 흥정한 적이 많았으니까 말이다. 주인아저씨에겐 미움을 샀겠지만, 지금 생각해 보면 그러길 잘했다. 무슨 일이 일어날지 모르는 이 상황에서 전투 계열의 스킬이 아니더라도, 일단 스킬 레벨이 높은 게 있다는 건 기쁘다.

"……그럼, 용사는 누구이려나."

"그러게. 하지만 뭐, 누구인지는 대강 짐작이 가는걸."

그렇게 말하면서 시선을 힐끗 돌리자 어떤 남자 한 명이 많은 여자들에게 둘러싸인 채 히죽거리고 있었다. 아니, 겉보기에는 무표정을 가장하고 있었지만, 입꼬리는 살짝 올라가 있었다.

우리 반에서 제일 잘생긴 남자, 사토 츠카사였다.

단정한 용모, 우수한 성정, 뛰어난 운동신경. 마치 그림으로 그린 듯한 왕도적인 용사였으며, 우리 학교의 학생회장님이다. 단, 하렘을 원하는 경향이 있다는 점과 포커페이스를 유지하지 못하는 것이 옥에 티라고 하겠군. 그가 용사가 아니라면 오히려 누가 어울린단 말인가 하는 생각이 들 정도로 용사에 적합한 남자이며, 본인도 자신이 용사라는 것을 의심하지 않을 것이다.

그리고 실제로 그가 용사인 모양이었다. 표정을 보니 일목요연했다. 여자들도 알고 있는지, 평소 이상으로 그를 둘러싸고 있는 수가 많았다. 그리고 사귀는 여자가 없는 남자들이 이를 갈면서 그 모습을 바라보고 있었다. 장소는 다르지만 늘 보던 풍경이다. 이제야 다들 평소와 다름없는 페이스로 돌아온 것 같았다.

그러고 보니, 내 곁에서 말을 건 이 바람 마술사 남학생은 누구일까. 반에서도 고립되어 있는 나에게 가끔 말을 걸곤 하는데, 눈에 띄는 점도 없는 녀석이라 전혀 기억이 나질 않는다. 이제 와서 누구냐고 물어볼 수도 없으니, 수수께끼는 깊어지기만 할 뿐이다.

"그럼 용사 여러분, 이 수정에 손을 얹어 주십시오. 이 수정은 스테이터스를 읽어 들여서 표시하는 마법도구입니다. 부디 여러분의 힘을 보여주시기 바랍니다."

할아버지는 그렇게 말하면서, 손에 들고 있던 수정을 들어 올렸다.

나는 얼굴을 찌푸렸다. 역시 스테이터스를 공개해야 하는 모양이다. 어떻게든 피할 수 없을까. 아무런 정보도 없는 이 상황에서 스테이터스를 공개하는 건 너무나 위험하다.

내가 읽고 있던 소설에서도 용사가 된 주인공이 그를 소환한 나라에 군사적으로 이용될 뻔했던 내용이 있었다. 지금이 바로 그런 상황이라고 확신할 순 없지만, 조심해서 나쁠 것은 없을 것이다. 애초에 우리는 아직 이 세계에 관해서 아는 게 거의 없으니까.

나는 어떻게든 해결책을 생각해 보려고 주변을 돌아봤다.

"그럼 거기 계신 분부터 부탁드립니다."

이 방의 벽에는 전혀 움직이지 않는 갑옷이 놓여 있었다. 멀리서 본 것이라 알아볼 수는 없지만, 전원 혹은 몇 명의 병사가 섞여 있을지도 모른다는 생각을 하면, 섣불리 움직일 수는 없겠지. 어떻게 한다.

할아버지에게 지명받고 맨 먼저 수정에 손을 댄 사람은 우리 반의 마스코트에 가까운 존재인 사노 미코였다. 사노가 조심스럽게 할아버지가 들고 있는 수정에 손을 대자, 수정에선 빛이 흘러나왔고, 머리 위에 스테이터스와 비슷한 것이 크게 표시되었다.

이 정도면 벽에 서 있어도 뚜렷하게 세부적인 부분까지 다 보이겠군.

"""오오오오……."""

스테이터스 공개에는 리스크가 따른다는 것 따위는 조금도 생각하지 않는 반 친구들은, 수정에서 빛이 나와 문자를 표시하는 비현실적인 광경을 보고 못이라도 박힌 것처럼 서 있었다.

일본에는 없는 기술에 환상을 가지고 있던 반 친구들이 환호성을 지르는 가운데, 나는 그 스테이터스를 보고 아연실색했다.

---

**미코 사노**

**종족: 인간**

**직업: 결계사 Lv.1**

**생명력: 180/180**

공격력: 150

방어력: 130

마력: 130/130

스킬: 산술 Lv.5, 재봉 Lv.7, 요리 Lv.5, 결계마법 Lv.1, 회복결계
　　　Lv.1

엑스트라 스킬: 언어이해

―――

"……약하잖아……. 어떻게 된 거야?"

　이세계에 소환된 것만으로도 상당히 혼란스러웠던 내 머릿속
이 훨씬 더 혼란에 빠진 것을 알 수 있었다.

　내가 읽고 있던 소설에선 용사 이외의 엑스트라 캐릭터들의 스
킬 개수나 공격력은 대부분 비슷한 수준이었다. 그리고 용사가
차원이 다르게 높은 것이 일반적이었다. 하지만 나와 사노의 스
테이터스에는 차원이 다른 차이가 있었다. 스킬 레벨은 사노 쪽
이 높은 게 많지만, 아무리 그래도 기본적인 스테이터스의 차
이가 너무 심각하잖아. 공격 계열의 직업이 아니기 때문일까.

　사노 다음으로는 반의 분위기 메이커인 와타베 카즈미가 의기
양양한 표정으로 손을 댔다.

―――

카즈미 와타베

종족: 인간

직업: 권투사 Lv.1

생명력: 180/180

**공격력: 200**

**방어력: 200**

**마력: 300/300**

**스킬: 산술 Lv.3, 권술 Lv.3, 체술 Lv.2**

**엑스트라 스킬: 언어이해**

---

다시 아이들이 환호성을 질렀다.

"……이게, 어떻게 된 거야."

"그러게. 정말로 어떻게 만들어진 걸까, 이 수정은."

옆에 있는, 이름을 모르는 반 친구와 미묘하게 대화가 성립되지 않고 있었다. 하지만 그런 걸 신경 쓰고 있을 수 없었다.

"……좋아, 기척을 지우고 있자."

스테이터스 공개가 몇 명 더 진행되면서 모두가 내 스테이터스의 1/10 정도로 수치가 낮다는 걸 봤기 때문에, 나는 특기인 『기척은폐』로 모습을 감췄다. 이전 세계에서 놀고 있었을 때 늘 활용했던 감각만으로 충분하다면, 이걸로 기척이 사라지면서 보이지 않게 되었을 것이다. 이 스킬은 나 자신이 제대로 보이지 않는지 알 수가 없으니까 불편하군. 이대로 내 스테이터스가 공개된다면 큰 소동이 벌어질 것이다.

어쨌든 용사일 것으로 보이는 사토의 스테이터스를 보고, 나보다 강하다면 스킬을 해제해서 수정에 손을 대도 될 것이라고, 그렇게 생각하고 있었다.

하지만 그 생각은 좋지 않은 방향으로 배신을 당했다.

**츠카사 사토**

**종족:** 인간

**직업:** 용사 Lv.1

**생명력:** 200/200

**공격력:** 800

**방어력:** 500

**마력:** 350/350

**스킬:** 산술 Lv.7, 매료 Lv.5, 체술 Lv.2, 검술 Lv.3, 4속성 마법
 Lv.1

**엑스트라 스킬:** 언어이해, 성검술 Lv.1

---

 확실히 스킬 레벨은 높고 '4속성 마법'은 매력적이지만, 스테이터스의 수치는 나보다 떨어졌다. 여자들은 꺅꺅거리고 있었지만, 내 스테이터스와 비교하면 그 정도로 대단하지는 않은 것 같다.

 정말로 뭐가 어떻게 된 거야?

 역시 내 스테이터스 수치만 너무 비정상적으로 높았다. 버그인가?

 "역시 용사님이로군요. 수치와 스킬이 대단합니다. 이 세계에서 일반인은 공격력 100이 한계죠. 전투에 적합한 직업이라고 해도 500이 한계입니다. 용사님은 초기 스테이터스부터 그 두 배. 이 정도면 무사히 마왕도 쓰러트리실 수 있을 겁니다."

 그렇게 말하면서 수상쩍은 미소를 짓는 할아버지를 보고, 나

는 약간 오싹해졌다.

만난 지 얼마 안 되었으니 확실하게는 모르겠지만, 분명 그런 생각이 들었다. 약간 이상한 느낌이 들었다. 아까 본 국왕의 모습과 그 뒤에 서 있는, 아마도 왕녀인 것으로 보이는 아름다운 소녀──우리가 소환되었을 때 기사들과 함께 우리를 보고 있었다──의 그 미소가 지금 할아버지가 지었던 미소와 겹쳐 보였던 것이다. 마치 빼다 박은 것 같은 미소였다.

뭔가를 느낀 나는 여전히 모습을 감춘 채, 위를 쳐다보면서 '역시 그런가' 하고 중얼거렸다.

저 멀리 높은 곳에 있는 천장에 반짝이는 것이 보였다. 아마도 카메라와 비슷한, 기록용 마법 도구 같은 것이겠지. 정말로 카메라인지 아닌지는 잘 보이지 않았지만, 그걸 보고 있으려니 유달리 짜증이 나면서 불안해졌다. 이전 세계에서 감시 카메라를 보면 느껴지는 감정과 아주 비슷했다.

나는 나쁜 방향으로 상황이 기울어지는 것을 감지하고 얼굴을 찌푸렸다. 안 좋은 예감이 들어맞은 것일지도 모른다.


1인용 방에서 침대에 누운 채 천장을 쳐다봤다. 침대는 내가 드러눕자 살짝 가라앉았다가 다시 나를 위로 띄웠다. 방은 비록 묵어본 적은 없지만 하룻밤에 1만 엔은 넘을 것 같은 호텔 수준으로 넓었고, 언뜻 보기엔 깨끗하게 정돈되어 있었다. 샤워실도 화장실도 상당히 컸다. 그런 방이 한 사람당 하나씩 주어졌으니 이 성이 얼마나 호화로운지를 짐작케 했다. 흰색으로 통일

된·방도, 사용하지 않더라도 청소와 환기가 잘 되어 있는지 먼지 같은 게 쌓여 있진 않은 것 같았다.

"암살자 같은 직업은 용사의 척후가 돼서 눈에 띄지 않게 움직이다 보면, 용사가 마왕을 쓰러트리고 그 뒤에는 자유의 몸. 이지 모드라고 생각했는데 말이지이."

예감이 맞았을 경우의 얘기지만, 가능성은 낮지 않다.

말도 안 되는 사기다. 완전히 하드 모드잖아. 좀처럼 하지 않는 혼잣말을 하고 싶어지는 것도 당연했다. 일단 뭔가를 꾸미고 있는 것 같은 왕과 왕녀의 생각을 밝혀내는 것부터 시작해야겠지.

『교섭술』스킬이 있기 때문일까. 상대가 무슨 생각을 하고 있는지 아주 조금이지만 알 것 같은 기분이 들었다. 카메라 같은 게 달려 있기도 했으니 신중하게 움직여야겠지. 나는 여기에는 없는 존재일 테니까. 만약 왕과 왕녀가 스테이터스를 본 반 친구들의 얼굴과 이름을 대조하고 있었다면 일이 귀찮아진다. 여길 빠져나갈 때까지는 철저하게 투명 인간으로 있을 수밖에 없겠군.

지금 문득 든 생각인데, 전에 살았던 세계에서 만약 내가 비뚤어졌다면 나는 도둑질의 프로가 되지 않았을까. 스킬이 될 거라고는 생각하지 않았지만, 나의『기척은폐』라는 것으로 기척을 지우고 숨어든 뒤에 직감으로 거의 모든 방범카메라를 감지하여 사각을 따라 움직인다면……. 은행 강도도 가능할 것 같군. 뭐, 실제로 그런 짓을 저지르진 않겠지만.

그럼, 암살자가 지금 할 수 있는 것을 말하자면,

"……몰래 숨어드는 것밖에 없겠지. 귀찮아 죽겠네. 왜 하필 나냐고."

그렇게 투덜투덜 불평을 늘어놓으면서도 검은 옷으로 갈아입었다.

옷장 속에 각 직업에 맞춘 옷이 걸려 있었을 것이다. 물론, 나는 스테이터스를 보여주지 않았기 때문에 내 몫은 스스로 조달했다. 기척을 지우고 성의 무기고에 숨어들었다. 감시병이 있어서 간담이 서늘했지만, 무사히 훔쳐낼 수 있었다. 만약 전에 살던 세계로 다시 돌아갈 수 있다면, 역시 은행 강도라도 될까.

방 역시 미안하지만 비어 있던 개인 방을 멋대로 사용하고 있다. 우리 반 전체의 수는 마흔 명, 점심시간에 교실에 없었던 사람은 열두 명, 즉 여기 있는 스물여덟 명이 이세계로 소환되었다는 얘기다.

그 정도의 수를, 겉모습만 보면 훌륭해 보이는 이 성의 메이드도 다 파악하지는 못했을 것이다. 일도 완벽하게 해내는 것 같았지만, 구석에 먼지가 쌓인 곳이 있었으니까. 방을 쓰는 사람이 한 명 정도 더 늘어났다고 해도 눈치채지 못할 거라고 생각한 것이다.

"……자, 그럼 가 볼까——."

검은 옷으로 갈아입고는 남들에게 들키지 않도록 창을 통해 나간 뒤, 일단 위로 올라갔다. 성 안에 다섯 개 있는 탑 중 한 곳에 뛰어들어 주변을 둘러봤다. 어릴 적부터 높은 곳은 좋아했다.

"오오……. 역시 넓네. 이게 왕도인가."

그곳에선 딱 적당하게 왕도의 전경이 보였다. 밤의 공장지대와는 비교할 수 없지만 현란한 야경을 이루고 있었다.

가로등 몇 개가 설치되어 있는 게 보였다. 다른 빛이 뭔지는 여기선 알아볼 수 없었다. 뭐, 마법이 있는 세계이니까, 분명 빛 계열의 마법 같은 거겠지. 문명 레벨은 문호를 개방한 직후의 일본 수준이로군. 아직 가로등의 수가 적었고, 사용법도 아직 제대로 자리를 잡지 못했다. 중심가로 보이는 곳에 조명이 너무 집중되어 있었다. 저렇게 설치하면 뒷골목에선 무슨 일이 일어나고 있는지 알 수가 없으니, 범죄가 계속 일어날 텐데.

그리고 밤이라서 그런가, 오가는 사람이 적었다. 아니, 원래 세계에 있던 도시와 비교하는 것 자체가 잘못이려나?

정보를 머릿속 구석으로 밀어놓은 뒤에, 나는 기척을 살폈다.

"……좋아."

가까이에 인기척은 없었다.

경비가 가장 많은, 아마도 왕이 있을 것으로 보이는 탑을 향했다. 기척을 지운 채 창문이 잠기지 않은 곳을 찾아서 숨어들었다.

"자아, 왕은 어디 있으려나아."

발소리를 죽인 채 이동하여 방문 앞에서 일일이 귀를 대 봤다. 왕의 목소리는 딱 한 번 들었지만, 그 기분 나쁘게 끈적거리는 목소리는 오히려 머릿속에서 떠나질 않았다. 처음에는 아무 생각이 없었지만, 지금은 소름까지 돋고 있었다.

어떤 방 앞에 왔을 때, 드디어 나는 그 목소리를 찾아냈다. 상당히 묵직해 보이는 문이었다. 서재일까? 나는 그대로 귀를 쫑긋 세웠다.

"······마리아, 그 꼬맹이들은 어떻게 지내고 있느냐?"

"순조롭습니다, 아버님. 아직 아무도 눈치채지 못했어요. 어차피 마법도 없는 세계에서 온 아이들. 자신들이 어떻게 쓰일지도 모른 채 한껏 신이 나서 들떴다가 지금은 자고 있죠."

"그러냐. 그렇다면 이대로 계획을 진행하자. 장서실은 출입을 금지하고, 내일부터 사란에게 맡겨서 훈련을 시켜라."

"네, 잘 알겠어요. 모든 것은 국왕 폐하이신 아버님의 뜻대로 될 겁니다."

······예상하고 있었다곤 하나, 무섭다. 아까만 해도 우리를 웃으면서 맞아줬던 사람들이 우리를 함정에 빠트리려는 계획을 세우고 있다니. 우리가 살았던 지구에서도 쓰레기 같은 인간은 있었지만, 나는 그래도 설마 진짜로 그러겠냐고 속으로 생각했었던 것이다.

하지만 그 생각도 여기서 끝났다.

왕녀가 방에서 나오는 것에 맞춰서 기척을 지우고 서재에 들어갔다. 그건 그렇고, 방금 보였던 왕녀의 추악하게 일그러진 얼굴은 정말 엄청났다. 상냥하게 미소 짓던 얼굴은 온데간데없었다. 여자는 다들 저런 걸까. 남자인 나에겐 저런 숨겨진 얼굴 같은 건 잘 이해가 가질 않네.

넓은 서재 안을 이리저리 돌아다니면서 왕을 찾았다. 책을 좋아하는 나로선 여기 놓여 있는 책에 흥미가 가긴 했지만, 지금은 참아야 한다.

나는 검은 옷 안에 넣어둔 은색 단검을 꺼냈다. 날카로워 보였기 때문에 무기고에 숨어들었을 때 같이 빼돌린 것이지만, 이런 데서 사용할 줄은 몰랐군.

안쪽에 왕이 있었다. 완전히 집중한 채 책상에서 뭔가를 적고 있었다. 나는 그 뒤에 섰다.

문득 어떤 생각이 내 머릿속을 스쳤다. 지금이라면 눈치도 못 채게 죽일 수 있다. 만약 정말로 내가 생각했던 대로 위험한 인물이라면, 그걸로 문젯거리 하나는 해결된다. 아직 마왕 이야기가 있으니까 용사의 의욕을 생각해 보면 바로 원래 세계로 돌아갈 수는 없겠지만, 그래도 당장 눈앞에 닥친 고민거리는 해결될 것이다.

하지만 아직 이자의 목적이 무엇인지 모른다. 뭘 위해 우리를 소환한 것인가. 이 세계, 이 나라는 어떤 나라인가. 그리고 무엇보다 나는 아직 사람을 죽이겠다는 결의를 쉽게 할 수가 없었다. 아니, 기본적으로 이럴 때 사람을 죽이는 야만스러운 성격은 아니었지만, 설령 그렇게 해야만 했다고 하더라도 나는 죽이지 못했을 것이다.

나는 그날, 그대로 내 방으로 돌아왔다.

그리고 한 달 뒤, 나는 그때 죽여야 했다고 후회하게 된다.


이세계 소환 같은 보기 드문 경험을, 원래 세계에 있었을 때의 나는 너무나도, 너무나도 해보고 싶었다. 확실히 처음에는 나도 즐기고 있었지만 지금은 과연 어떨까. 정작 그 상황에 닥쳐보니 평화로운 지구가 그리웠다.

소환되었지만 무슨 이유인지 스테이터스가 용사보다 강했고, 그 때문에 자신의 존재 자체를 감춰야만 했으며, 왕과 왕녀는 뭔가를 꾸미고 있질 않나, 반 친구들은 팔자 좋게도 그자들이 말하는 걸 그대로 믿고 있는 데다 용사는 멍청한 나르시시스트인 상황이니……. 아아, 돌아가고 싶다.

밤중에 스파이 놀이를 하는 바람에 수면시간이 대폭 줄어들었고, 게다가 이상한 꿈까지 꾸는 바람에 기분이 무척 안 좋은 나는 무뚝뚝한 표정으로 맛이 싱거운 아침 식사를 먹었다. 참고로 이상한 꿈이라는 것은 부엌의 대마왕인 바퀴벌레가 엄청 커져서 나를 끝까지 쫓아오는 것이었다.

눈을 뜬 후에야 진심으로 안도했다.

"……."

자신들의 목숨이 현재진행형으로 위협을 받고 있다는 것도 모른 채, 재잘재잘 떠들어대면서 아침을 먹고 있는 반 친구들에게 아주 약간 살의가 일어났다. 왜 이 녀석들은 이렇게도 태평하게 있을 수 있는 걸까.

문득 든 생각인데, 왕과 왕녀가 꾸미는 건 완전히 무시하고 나만 성에서 빠져나온다는 방법도 있었다. 하지만 반 친구들 따윈 내가 알 바 아니라고 생각했다면, 아마 어제가 지나가기도 전에 이미 여기서 탈출했을 것이다. 그러지 않았던 건 아직 같은 고향 출신인 사람들에게 정이 남아 있기 때문이겠지. 아무것도 모른 채 왕과 왕녀의 계책에 반 친구들이 그냥 당하는 것을 보고만 있는 것도 마음이 괴롭다.

어떻게든 왕과 왕녀의 의표를 찔러서 당황하게 만들 수 없을까.

"다들 내 얘기를 들어줘."

용사가, 모두가 식사를 끝내기를 기다렸다가 그렇게 소리 높여 말했다. 조금 전까지 소란스러웠던 식당이 조용해졌다. 보아하니 반 친구들은 모두 용사를 리더로 인식한 것 같다.

나 말고는 말이지.

"어제는 이세계 소환이라는 현상에 놀라서 그다지 깊게 생각하지 못했지만, 지금은 모두의 의견을 하나로 모아야 할 때라고 생각해."

오, 바보 용사가 진지한 소릴 하고 있었다. 별일이로군. 평소에는 여자의 시선이 얼마나 자신에게 집중되는지밖에 흥미가 없는 남자가, 설마 반 친구들 말고는 여자가 없는 상태에서 적극적으로 우리 반 안에서 리더십을 발휘할 것이라곤 생각하지 못했다. 그 정도로 용사라는 이름이 중요한 걸까.

그리고 약간 좋지 않은 예감이 들었다.

"우리는 강해. 아마도 이 세계에 사는 사람들은 우리에게 대적할 수가 없을 거야. 정 원한다면 이 힘을 세계 정복에 사용할 수도 있어."

무슨 소리를 하는 거야, 이 바보 용사가. 방긋방긋 웃으면서 우리를 접대하고 있던 시녀들의 표정이 굳었다. 자신들을 구해야 할 용사가 아무리 농담이라고 해도 그런 말을 한다면 불안해지겠지. 우리는 지금 행동하기에 앞서서 제일 중요한 정보라는 것을 가지고 있지 않다. 그 사실을, 반 친구들은 너무 가볍게 보고 있었다.

마음속으로 그렇게 외치긴 했지만, 바보 용사의 그다음 말이 궁금해서 기척을 죽인 채 소리 하나 내지 않았다.

"……하지만 너희는 긍지를 잊지 않았겠지?! 우리는 생판 타인인 사람이라도 아무런 보답도 요구하지 않고 도와줄 수 있다고 생각해. 나는 이 힘을 이 세계의 사람들을 도우는 데 쓰고 싶어. ……마왕을 쓰러트리는 걸 다들 도와주지 않겠어?"

역시 이 녀석들은 아무것도 모른다. 만약 마왕이 인간족의 영토를 어지럽히고 있다는 정보 자체가 거짓일 경우에는 어떻게 할 거지? 왕과 왕녀가 무조건 우리 편이라는 걸 어떻게 확신할 수 있냐고? 애초에 왕과 왕녀의 생활만 보자면, 그 정도로 곤란한 상황에 처해 있다고는 느껴지지 않는다. 이 아침식사도 맛은 싱겁지만, 주식인 빵 이외에 부식이 네 개나 딸려 있었다.

우리 집에선 반찬이 두 개뿐이었는데.

"나, 나는 츠카사를 따르겠어!!"

"나도! 같이 할게!!!"

"나도, 나도!"

"나, 나도!"

아아, 용사 폭주의 피해자가 점점 늘어나고 있었다. 결국엔 나를 제외한 반 친구들은 전부 바보 용사에게 찬성했다. 나는 아직도 여전히 기척을 지우고 있었다. 어쩌면 저 바람 마법사인 반 친구를 제외하면 아무도 내가 있다는 걸 알아차리지 못하고 있을지도 모르겠군. 같이 휩쓸리는 건 사양하고 싶으니까 지금이 딱 좋은 상태다.

"……다들……. 그럼, 이 세계의 사람들을 구하기 위해서 힘내자!!"

"""와아아아아아아!!"""

정말로 일이 번거롭게 되어 버렸다. 나는 책상에 팔을 괸 채 깊게 한숨을 쉬었다.

딱 봐도 '청춘을 구가하고 있습니다' 라는 이런 분위기가 도저히 적응도 되지 않았고 좋아지지도 않았다. 이 녀석들을 포기하고 나만 이 성을 빠져나가 모험자가 되거나, 치트 능력으로 유명해져서 해피 라이프를 누리고 싶은데 그래도 괜찮을까? 소환물 소설 같은 데서 자주 나오는 식으로, 반 친구들에게 쫓겨나는 시추에이션이 제일 좋겠는데. 성을 나오기에 가장 적당한 대의명분이다.

하지만 지금 당장에라도 도망쳐서 빠져나가고 싶은데, 내 몸은 움직이지 않았다.


바보들이 이 세계를 구하겠다는 결정을 내리고 나서 몇 시간 후. 우리는 각자의 직업에 맞는 무기를 손에 들고, 운동장 수준이 아니라 학교가 통째로 들어갈 만한 훈련장에 집합했다. 나도 자연스럽게 느껴질 만한 타이밍에 기척을 다시 드러냈다. 하나의 훈련장에서 검술도 궁술도 창술도 마법도, 뭐가 뭔지 모를 훈련도 하고 있었다. 뭐야, 저건…… 모닝스타?

"처음 뵙겠습니다, 용사님과 일행 여러분. 저는 사란 미스레이라고 합니다. 레이티스 왕국의 기사단장이며, '최후의 보루'입니다. 이것 참, 제 입으로 말하려니 쑥스럽군요."

기사단장이라고 자신을 밝힌 잘생긴 남자는 그렇게 말하면서 실없는 표정으로 웃었다. 이런 사람이 기사단장이어도 괜찮을까. 아니, 그 전에 꽃미남은 다 사라졌으면 좋겠다.

"단장님, 그렇게 굴다간 얕보이게 될 겁니다!"

내 마음을 읽었는지 부단장으로 보이는 진지한 느낌의 남자가 뒤에서 속삭였지만, 사란 단장은 여전히 웃고 있었다. 왕과 왕녀의 미소를 떠올려보자면, 단장 쪽이 더 따뜻한 느낌이 들었다. 직감이지만, 이 사람들은 괜찮을 것 같다. 하지만 일단 경계는 해두는 게 좋겠지.

"괜찮아, 괜찮아. 그건 그렇고, 용사님과 일행 분들은 한 달 후에 가까이 있는 미궁으로 잠입해 주셔야겠습니다. 그러기 위해서 오늘부터 매일, 이 시간부터 훈련을 받아라……라는 것이 폐하의 명령입니다."

빙긋 웃고 있는 것 같았는데, 갑자기 진지한 얘기를 꺼내는 사란 단장. 이제 막 만났지만, 이 사람은 정말로 파악하기 어려운 사람이로군.

술렁거리면서 분위기가 동요했다.

훈련이라. 나는 내 페이스에 맞춰 하고 싶은데 말이지. 좋아, 빠지자. 그렇게 마음을 먹고 슬쩍 옆을 봤더니 용사와 다른 아이의 얼굴이 공포로 일그러져 있었다. 어라, 너네, 세계를 구하는 것 아니었어? 단장 일행은 그런 모습을 보고 어이가 없다는 표정을 짓고 있었다.

"하, 한 달 후라고요?"

"무슨 불만이라도 있습니까?"

"한 달 만에 강해질 수 있을까요?"

"우리가 지도를 했는데도 강해지지 못한다면, 그건 오히려 당신들에게 원인이 있을 거라는 생각이 드는군요."

대뜸 그렇게 선언하는 단장을 보고, 풋내기 용사는 얼굴을 찌푸렸다. 그러고 보니, 이 녀석은 남한테 무시당하는 걸 엄청 싫어했던 것 같은데.

"확실하게 말씀드리자면 우리 기사단은 이 나라의 '최후의 보루'라는 것에 긍지를 가지고 있습니다. 마법도 없는 것으로 보이는 세계에서 왔으며, 더구나 기껏해야 어린애들에게 질 리가 없죠."

한 번 더 그 방심할 수 없는 표정으로 빙긋 미소를 짓는 단장의 태도에, 용사와 다른 아이들의 이마에는 힘줄이 솟아올랐다. 도발에 너무 쉽게 넘어가는 것 아냐?

그때 단장과 눈이 마주쳤다.

일단 답례의 의미로 빙긋 웃어보였다. 이 녀석들이라면 또 모를까, 나까지 우습게 보고 있는 것은 조금 화가 났다. ……조금

전까지만 해도 그렇게 말해 놓고, 내가 가장 어린애 같군.

내 답례를 확실하게 확인한 단장은 아주 조금 눈을 크게 떴다가, 이번에는 부드럽게 미소 지었다. 제길, 꽃미남이 함부로 웃지 말라고.

여자들의 시선이 사란 단장에게 한동안 못 박혔다.

사란 단장의 얘기는 그걸로 끝난 같았다. 기사들을 따라서, 용사들은 자신이 다뤄야 할 무기별로 흩어지기 시작했다.

좋아, 나는 빠지기로 할까. 다들 열심히 하라고——. 용사님 여러분. 나는 장서실에 잠깐 다녀올 테니까 말이지——. 뭐, 출입 금지라고? 그건 내 알 바가 아니지. 어제 얘기를 들은 뒤로는 왕의 명령에는 전혀 따르고 싶지 않아졌거든.


### Side 사란 미스레이


눈을 마주쳤던 검은 옷 소년이 기척을 지운 채 어딘가로 가는 것을, 나는 조용히 지켜보았다.

아마 그의 동료들도 그의 존재를 알아차리지 못하고 있는 것인지, 바로 눈앞을 지나가도 그 모습을 눈으로 좇지 않았다.

나도 한쪽 눈으로밖에 보이지 않았다. 어쩌다 우연히 눈이 마주쳤을 뿐이지만, 재미있어 보이는 소년이었다.

"질 군, 여긴 당신에게 잠시 맡기겠습니다. 훈련 내용은 우리가 하고 있는 것의 1/5 정도 양이면 충분하겠죠."

"네? 잠깐, 단장님?!"

부단장인 질 군에게 모든 걸 떠넘기고, 나는 소년의 뒤를 쫓았다. 얼마 안 가 질 군은 스트레스로 대머리가 될지도 모르겠군. 뭐, 대머리가 되면 휴가를 주기로 할까.

그건 그렇고 내 감이 정확하다면, 그는 『기척은폐』의 스킬 레벨이 높을 뿐이지 『기척감지』 스킬 레벨은 그렇게 높지 않을 것이다. 애초에 『기척은폐』의 스킬 레벨이 너무 높으니 그것만으로도 무적 상태나 마찬가지 같지만…….

"잠깐, 어딜 갈 생각이죠?"

앞으로 재빨리 파고들어 모습을 보이자, 소년은 놀라서 걸음을 멈췄다. 그 눈에는 강한 경계의 빛이 떠오르고 있었다. 과연, 이 아이가 저자들과 다른 점은 이것인가.

"……놀라운걸. 당신, 내 모습이 보여?"

진심으로 놀랐다는 표정을 지은 그가 나이에 맞는 반응을 보이는 걸 보고, 약간은 안도했다. 이 소년만 유달리 어른스럽게 굴고 있었으니까, 이대로 날 무시하면 어떻게 할까 하는 생각도 하고 있었던 것이다.

"아마도 알아차린 사람은 저뿐일 겁니다. 저는 아주 조금 특수한 눈을 가지고 있거든요."

오른쪽 눈가를 톡 두드리며 가리켰다. 내 오른쪽 눈은 소년의 모습을 확실하게 포착하고 있었다. 소년은 단념한 듯이 두 팔을 좌우로 벌렸다. 스킬을 푼 것인지, 이번에는 두 눈으로 다 보이게 되었다.

"과연, 이 세계에는 마안을 가진 사람이 있단 말인가. 정말로 이세계 판타지 소설의 세계 그대로야. ……어, 그러니까 사란 단장이라고 했던가? 훈련을 빠진 벌은 지지든 볶든 마음대로 해."

나는 약간 놀랐다. 저 용사 일행 중에 마안에 대해 알고 있는 자가 있을 거란 생각하지 않았기 때문이다. 그들의 세계에는 마법이 없다고 들었다. 그러면 어떻게 마안을 알고 있는 걸까.

내 오른쪽 눈은 옛날에 마왕과 싸우다가 다친 후 진화해 마안이 되었는데, 그 후 평범한 사람에겐 보이지 않는 것이 비치게 되었다. 마왕이나 그에 버금가는 마족과 싸우면서 눈을 다치면 드물게 나타난다고 한다. 그게 동물의 체온의 변화를 색으로 볼 수 있다는 것을 깨달은 것은 훈련을 시작하기 전과 훈련을 마친 뒤의 단원이 색이 상당히 달랐기 때문이라고 할까. 훈련을 시작하기 전에는 푸른색을 띠고 있던 단원들의 색이, 훈련을 시작하면서 체온이 올라가자 붉은색으로 바뀌었던 것이다.

나 말고도 선천적으로 마안을 가진 자들 중에는 머나먼 곳의 경치까지 볼 수 있다거나, 물건의 가치를 빛과 색으로 판별하는 자도 있었다. 그에 비하면 내 마안은 수수한 축에 속하겠지. 뭐, 이래도 은신 계열의, 몸을 숨기는 스킬은 대부분 눈으로 파악할 수 있다. 마안은 엑스트라 스킬에 속해서 평범한 스킬이라면 대부분은 보고 파악할 수 있기 때문이다.

엑스트라 스킬은 일반적인 스킬의 상위호환 같은 존재이며, 통상 스킬은 그런 엑스트라 스킬에 대적할 수 없다. 예를 들어 은밀 계열의 통상 스킬과 간파 계열의 엑스트라 스킬이 충돌하면, 무슨 이유 때문에 그런지는 모르겠지만 반드시 간파 계열의 엑스트라 스킬이 이긴다. 하지만 엑스트라 스킬 자체는 상당히 희귀하기 때문에, 일부 천재가 아닌 이상 소유가 금지된다. 그러니까 대부분의 경우엔 스킬의 레벨 차이로 승부가 결정되는 것이다. 뭐, 소환된 용사는 이번에도 예외 없이 한두 개 정도는 가지고 있는 것 같지만.

예를 들어 암살자라면 몸을 숨기는 건 기본적인 스킬일 테니까, 그도 예외는 아니었던 것 같다.

"지지든 볶든 마음대로 하라니, 너무 끔찍하군요. 좀 더 평화로운 얘기를 나눠보죠."

이 소년에게는 아주 큰 흥미를 느꼈다. 내 마안이 반칙에 가까운 기술이라는 건 일단 제쳐두고 생각해 봐도, 훈련을 쌓은 단원들의 눈까지 속이고 통과할 정도로 극히 자연스럽게 스킬을 발동하는 기술은 실로 놀라웠다. 마법이 없는 세계에서 왔고, 누구에게도 가르침을 받지 않은 상태임에도 말이다.

일단, 그와는 앞으로도 어떤 식이로든 인연이 있을 것 같았다. 사이좋게 지내도 손해는 없겠지.

"어디로 갈 생각이었죠? 딱히 훈련에 복귀하라고 하진 않을 테니까, 말해 보세요."

그가 보여준 반응대로 완전히 단념했는지, 소년은 순순히 대답해 주었다. 듣자 하니 장서실에 가고 싶었다고 한다. 분명, 용사 일행은 출입이 금지되어 있지 않았던가. 왕과 왕녀도 심한 짓을 하는군. 이 아이들에게 있어서 제일 중요한 것은 바로 정보일 텐데.

"뭘 알고 싶은 겁니까?"

들어보니, 이 세계의 상식을 알고 싶은 모양이었다. 미소가 더욱 번졌다. 과연, 확실히 그들은 다른 세계에서 끌려온 이단자. 이 세계에 대해서 아는 게 전혀 없다고 할 수 있다. 알고 싶어지는 것도 당연하겠지.

오히려 장서실의 출입을 금한다는 명령을 순순히 받아들인 다른 자들의 위기감이 너무 부족한 지경이다.

역시 이 아이는 다른 애들과는 어딘가가 다른 것 같았다.

"흠. ……당신, 『기척은폐』의 스킬 레벨은 얼마죠?"

"MAX. 스킬의 최고 레벨이 얼마인지는 모르겠지만, 스테이터스에는 MAX라고 적혀 있었어."

MAX라. 스킬 레벨의 상한은 Lv.10이다. 그 이상은 MAX로 표시되며, 얼마나 더 오른 건지, 애초에 더 올라간 것인지 아닌지도 모른다고 들었다.

나조차도 전투 계열의 스킬인 『검술』이 Lv.9이며 최고인 것이다. 스킬 레벨이 MAX까지 도달한 사람은 내가 아는 한 두 번째였다.

"다른 스킬은요?"

"대부분이 Lv.1이야. 내가 살던 세계에선 쓸 일이 없었던 스킬이거든."

그가 살았던 세계에 대한 얘기도 꼭 듣고 싶었지만, 그 전에 우선 확인할 것이 있었다.

"당신, 직업은 암살자죠? 암살술은 습득하지 않았습니까?"

"있기는 있는데, 어떻게 스킬 레벨을 올리면 되는 건지 모르겠어."

"흠. 당신만 좋다면 제가 가르쳐 드리죠."

소년은 내 선의가 정말로 내키지 않은 모양이었다. 좋은 판단이다. 모르는 곳에선 공짜만큼 비싼 대가를 치르는 거래는 없다. ……아는 상인이 그렇게 말한 적이 있었다.

"장서실에 들어가고 싶은 마음은 알겠는데, 그 방에 딱히 쓸만한 책은 없습니다. 마법과 이 세계, 스킬에 관한 내용이 적힌 책은 폐하의 서재에만 있으니까요."

"……아아, 거기 말인가. 그렇다면 더더욱 문제될 게 없어. 또 숨어 들어가면 되니까."

"한마디 더 하자면, 거기에도 상식에 관하여 적혀 있는 책은 없습니다. ……또?"

내가 그렇게 말하자, 소년은 그다지 아쉽지도 않은 듯한 표정으로 그렇게 말했다. 애초에 상식이 적혀 있는 책 같은 건 없다. 상식이란 것은 갓난아기일 때부터 조금씩 배우는 것이며, 읽어서 이해하는 것이 아니기 때문이다.

그런 것보다 소년이 넌지시 뱉은 말이 더 마음에 걸렸다.

"……하아. 보답으로 바라는 건 뭐지? 왕의 서재라면 어제 몰래 들어갔다 왔거든. 경비병이 완전 허수아비더군. 거기는."

"뭐, 그곳은 우리 기사단의 관할은 아니니 괜찮으려나. ……그것보다 이해력이 높아서 정말 다행이군요. 당신들이 살았던 세계에 대해서 가르쳐 줬으면 좋겠습니다. 보답은 그걸로 충분합니다. 이래 봬도 저는 지식에 굶주려 있거든요. 옛날부터 집안에 있던 책을 샅샅이 찾아서 읽곤 했었죠."

"……알았어."

교섭이 성립되었다는 증표로 소년과 악수를 했다. 나는 그대로 손을 붕붕 흔들었다. 상상했던 대로 소년은 진심으로 싫다는 표정을 지었지만 그래도 손은 놓지 않았다. 한동안 힘차게 계속 흔들다가, 슬슬 소년이 화를 낼 때쯤에 그만두었다. 다른 사람의 눈치를 보는 건 내 특기다.

"그러고 보니 『암살술』의 스킬 레벨을 올리면 어떻게 되는 거지?"

"제 눈으로도 포착할 수 없도록 체온을 조절하거나, 기척만이 아니라 발소리나 발자국 등 자신의 흔적을 전부 지울 수가 있다고 하더군요."

"헤에, 그럼 한시라도 빨리 당신이 감지하지 못하도록 노력해야겠군."

안도의 한숨을 쉬는 소년을 보고 나는 미소 지었다. 실은 검사나 마법사보다 무서운 존재가 암살자이다.

언제 날 죽일지도 모르는 데다, 프로가 되면 상대는 당했다는 자각조차 못한 채 죽을 수도 있다고 한다. 어떤 의미로는 한없이 최강에 가까운 직업인 것이다. 용사 같은 존재는 정면에서 맞부딪쳐선 안 되지만, 암살자는 오히려 정면에서 맞부딪쳐야 하는 존재다.

만약── 만약 그가 그 왕과 왕녀의 본성을 알았다면, 그에게 맡기는 것도 좋을지 모르겠다. 내가 계속 생각하고 있었던, 이 나라를 더 좋게 만들 수 있는 방법을.

### Side 오다 아키라

우리는 인기척이 적은 안뜰에서 찾아낸, 돌로 된 의자에 앉아서 꽃을 바라봤다.

내가 살았던 세계에서도 있었던 호랑나비 같은 나비가 꽃 주위를 날아다니고 있는 걸 발견하고, 뭐라고 말하기 힘든 감정이 북받쳐 올랐다.

사란 단장은 '신화 이야기'를 해 줄 거라고 했다. 지구의 그리스 신화 같은 것일까. 그렇게 현실감이 강한 것은 아니길 기도하자. 그리스 신화는 치정 싸움으로 인한 갈등이 너무 많아서 읽는 걸 포기했었다.

"일단 이 세계의 신에 대해서 얘기해 볼까요."

이 세계, 모리건에는 신이 하나 있다. 이름은 '창조신 아이테르'. 스테이터스의 집중 관리와 종족의 축복 등을 관리하고 있다고 한다.

신이 하나라니. 이 세계의 인구를 감안해 보자면 엄청 힘들 것 같다.

내가 마음속으로 그렇게 생각하고 있다는 건 모른 채, 사란 단장은 얘기를 계속했다.

아이테르는 우선 대기를 창조했으며, 그다음에는 대지를 창조했다. 그리고 자신의 열화 복제라고 할 수 있는 인간을 창조했다. 인간──즉, 인간족, 엘프족, 마족, 수인족을 창조해서 감정을 가지게 만들었다고 한다. 대지 위에 그들을 살게 했고, 직업을 주고, 스테이터스를 주었다. 신들의 다툼에 질려 있었던 아이테르는 그들을 기르고, 관찰하는 것으로 자신의 마음을 치유하려고 했다.

역시 신들도 서로 다퉜단 말이군. 다른 신들은 뭘 하고 있는 거야. 아이테르 혼자서 일하고 있다고. 도와주란 말이야! 하지만 인간이 신의 열화판이라니, 인간을 통해서 그런 위안을 추구하는 것은 하지 않는 편이 좋을 텐데……

예상했던 대로 그들도 신들과 마찬가지로 토지를 두고, 물건을 두고, 여자를 두고, 남자를 두고 서로 싸웠다. 그리고 각 종족으로 나뉘어 살기 시작했다. 분노한 아이테르는 마물을 창조했고, 대륙을 네 개로 분단했다.

마물을 조종할 수 있는 마족은 화산의 대륙 '볼케이노'로 쫓겨났다.

자연을 사랑하는 엘프족은 신비한 힘이 깃든 신성수가 있는 대륙인 '포레스트'로.

남은 인간족과 수인족은 마지막까지 싸웠으며, 전쟁에 승리한 인간족이 풍부하고 거대한 대륙 '컨티넨'에 정착했다.

남은 수인족은 짐승의 대륙 '브루트'로 옮겨갔다.

이건 각 종족이나 대륙의 특징을 그냥 영어로 옮긴 것뿐이지 않나? 그 전에, 모리건이란 이름도 어디서 들은 것 같은데…….

"뭐, 이런 식으로 이 세계, 모리건이 만들어진 거죠."

"인간족이 많이 치사했군."

"……뭐어, 그렇게 볼 수도 있으려나요? 대개는 그런 식으로 해석하진 않지만 말이죠."

생각해 봤는데, 책을 읽는 게 더 빨랐을 것 같다. 내 이해력이 따라가지 못했을지도 모르지만.

역시 장서실로 가자. 그렇게 생각하면서 일어섰다.

"저런, 어딜 가는 거죠? 당신 얘기를 아직 하지 않았잖습니까."

재빨리 내 팔을 붙잡았다. 가는 팔에 어울리지 않게 힘은 강했는지, 내가 잡아당겨도 꿈쩍도 하지 않았다. 사란 단장의 눈이 어둡게 빛났다.


사란 단장으로부터 해방된 것은 이미 저녁이 가까웠을 때였다. 질 부단장이 그를 찾아온 것이다. 보아하니 훈련이 끝난 뒤로 계속 사란 단장을 찾아다녔던 모양이다. 고생이 많군. 사란 단장은 험악한 표정을 짓고 있는 질 부단장의 손에 의해, 말 그대로 질질 끌려서 자신의 자리로 복귀하고 있었다.

그때 평소 이상으로 싱글거리면서 웃고 있었는데, 사란 단장은 학대당하는 걸 즐기는 취미라도 있는 게 아닐까. 질 부단장도 사란 단장이 건물 모퉁이에 부딪치는 걸 전혀 아랑곳하지 않고 있었다. 사란 단장보다 더 무섭군. 거역하지 않도록 하자.

'미안하군요, 우리 단장의 나쁜 버릇이 또 나온 모양입니다.'

'……아뇨, 저도 얘기를 들을 수 있었으니까요. 나중에 또 기사단실을 들르게 될 지도 모르겠습니다만, 잘 부탁드립니다.'

떠나갈 때 부단장과 나눴던 대화가 머릿속에 떠올랐다. 그렇다. 사란 단장의 얘기는 책을 읽으면 알 수 있을 만한 것만 있는 게 아니었다. 맨 처음 들은 '신화 이야기'와 그 외의 전설이라면 쉽게 상상할 수 있었겠지만, 의외로 어려운 이야기이기도 했다. 그러므로 얘기해 주는 사람이 제대로 설명해 주지 않았다가는 그 내용을 종잡을 수 없게 되어버린다.

그런 만큼, 사란 단장은 집집마다 한 대씩 있으면 좋겠다는 생각이 들 정도로 설명을 잘해주었다. 성격 같은 기능을 끌 수 있다면 정말 큰 도움이 되겠는데.

'그래요, 단장의 서류 정리 작업이 끝난다면 말이죠. 그러니까 이 시간대면 단장님은 시간이 남을 거라 생각하니까 언제든 편하실 때 들러 주십시오.'

'알겠습니다. 감사합니다.'

'내가 없는 곳에서 내 일정이 정해지는 거 같은데…….'

먼 곳을 바라보면서 중얼거리는 사란 단장의 말을 질 부단장도 나도 들리지 않는 척했고, 질 부단장이 사란 단장을 끌고 가면서 우리는 각자 다른 방향으로 향했다.

사란 단장은 이렇게 다루면 되는 것 같다. 잘 이해가 되었다.

나는 저녁을 먹을 마음도 들지 않아서, 식당에도 가지 않고 내 방의 침대에 드러누웠다. 사란 단장의 이야기가 귓가에 맴돌아

떠나질 않았다.

'최근 수십 년 동안 마족은 우리의 공통된 적이었습니다. 우리는 물론이고 인간족과 수인족, 엘프족에게도 말이죠. 그들은 아무 짓도 하지 않는 마족을 그저 마물을 조종할 줄 안다는 이유만으로 박해했고, 대륙의 구석으로 쫓아냈죠.'

박해한 것치고는 약한데. 나라면 정신이 망가질 때까지 제대로 확인하면서 점점 더 강하게 괴롭혔을 테니, 마족을 볼케이노로 보냈던 사람은 분명 너무나 마음씨가 착한 사람이겠지. ──농담은 그만하고, 마물을 조종할 수 있다는 이유 하나 때문에 박해했단 말인가. 속이 뒤집히는군.

얼룩 하나 없는 천장을 쳐다봤다.

"그건 그렇고, 사란 단장의 머릿속은 대체 어떻게 되어 있는 거야?"

도저히 인간으로 보이지 않는 기억력의 소유자였다. 아마도 말 한마디, 토씨 하나까지도 전부 기억하고 있지 않을까. 얘기에 익숙하다기보다 모든 것을 기억하고 있다는 표현이 어울린다. 도저히 같은 인간으로는 느껴지지 않았다.

이런 말을 했다면 '실례군요.'라고 말하면서 화를 내며 토라질 것 같군.

**Side 사란 미스레이**

"……별일이 다 있군요."

질 군은 그렇게 말하면서, 붙잡고 있던 내 목깃을 놓았다. 딱히 균형도 무너지지 않은 채 서 있는 나를 밉살스럽다는 표정으로 바라보면서, 옷에 묻은 먼지를 털어 주었다.

그렇게 털어 줄 거였으면 처음부터 끌고 다니지 않았으면 좋겠는데……. 그렇게 생각하면서도 말로 하진 않았다. 난 정말 착하다니까.

"쓸데없는 생각은 그만하시고 대답해 주시겠습니까."

때때로 사실 질 군은 초능력자가 아닐까 하고 의심하고 있다. 내 마음을 읽진 않았으면 좋겠거든.

"내가 한 사람에게 집착하는 것, 말이야?"

"그것도 있습니다만, 당신이 그렇게 즐거워하는 표정은 오랜만에 봤습니다."

"……그렇군."

확실히 오랜만에 웃었을지도 모르겠다. 늘 가장된 웃음밖에 짓지 않았던 얼굴이 정말로 웃었기 때문인지 얼굴 근육이 조금 아팠다. 그 정도로 그는 재미있었고, 또 그의 얘기도 재미있었다.

"무슨 얘기를 들었던 겁니까?"

"그들이 살던 세계의 얘기야. 그 대신, 나는 이 세계의 얘기를 해 줬어."

아키라 군의 얘기는 암운이 드리운 하늘에서 비치는 한 줄기 빛 같았다.

여기서만 하는 얘기지만, 나는 그들을 조금 의심하고 있었다.

용사 소환이라는 비장의 술법이 대대로 왕가에 전해지는 것도, 과거에 이세계에서 용사가 소환되었고 그때 마왕을 쓰러트린 것도 알고 있었다. 하지만 실물을 보지 않으면 믿지 못하는 성격 때문인지, 왕녀와 몇 명의 궁정마도사들이 용사 소환에 성공했다는 연락을 받아도 믿을 수가 없었다. 내 눈으로 보고도 진심으로 믿지는 않았을 것이라 생각한다. 내 마음은 대체 얼마나 완고한 거람. 스스로도 그렇게 생각하면서 어이가 없을 정도다.

하지만 그의 얘기를 듣고, 겨우 목 안에 박힌 가시가 빠지는 것 같았다.

"그 정도로 재미있었단 말입니까?"

"응. 그 옛날, '현자'라고도 불렸던 내가 전혀 몰랐던, 미지의 얘기였어."

"……사란 님이 몰랐던……."

단장이라는 호칭에서 예전에 불렸던 호칭으로 바뀔 만큼 큰 충격을 받은 모양이다.

"하나 묻겠는데, 그 내용은 어떤 것이었습니까?"

"……그러네. 그가 얘기했던 건 마법이 아니라, 과학이라는 것이 번영하는 세계의 얘기였어."

그리고 나는 아키라 군이 얘기했던 내용을 그대로 질 군에게 얘기했다. 겨우 얘기가 끝났을 때는 이미 왕성 안의 내 방에 도착한 상태였다.

"곧이곧대로 믿기는 어렵군요. 움직이는 철로 된 상자에, 하늘을 나는 쇳덩어리. 순식간에 세계 각지로 전해지는 정보, 멀리 떨어진 장소에서도 실시간으로 목소리를 전달할 수 있는 얇은 판."

"나도 그렇게 생각해. 그리고 믿을 수 없게도 그들은 일본, 초대 용사님과 같은 세계에서 소환된 것 같아. 문헌에 따르면 초대 용사님도 같은 얘길 하셨다고 했거든."

사무실의 의자에 앉아서 미간을 주물렀다. 질 군이 눈치 빠르게 가져다준 물을 고맙게 여기면서 단숨에 마셨다.

"고마워. ……하지만, 아키라 군의 눈은 거짓말을 하고 있는 사람의 눈이 아니었어."

이건 내 자랑이지만, 진위를 꿰뚫어볼 수 있을 정도의 안목은 가지고 있다. 괜히 기사단장 노릇을 하고 있는 게 아니다.

"당신이 그렇게 말하신다면 그렇겠죠. ……그래서, 그자를 어떻게 하실 생각입니까?"

"그 아이는 말이지, 자신의 실력을 숨기고 있어. 사실은 용사보다 더 강하지 않으려나. 『기척은폐』가 MAX 상태인 것 같거든."

대수롭지 않게 말하자, 질 군은 눈을 크게 떴다.

"Lv. MAX……란 말입니까? 하지만 그건 전설의 초대 용사님만 도달할 수 있었던 영역이 아니었는지……."

그렇다. 이 세계에 사는 자는 Lv.9가 최고의 스킬 레벨이다. 애초에 Lv.7 이상으로 올라가는 사람조차 드물다. 하지만 이세계에서 온 자는 그 벽을 태연하게 돌파하곤 했다. 모리건에 사는 사람과 이세계인의 결정적인 차이였다.

"나는 관찰안 계열의 엑스트라 스킬은 가지고 있지 않으니까 확신은 못하겠지만, 이것도 거짓말은 아닐 거라 생각해."

"……하지만 왜 국왕 쪽이 개입해서 움직이질 않는 걸까요. ……아아, 그렇군요."

"그래. 그는 『기척은폐』를 사용해서 수정의 의식을 받지 않은 거야. 스킬을 익숙하게 사용할 뿐만 아니라, 머리 회전도 빠르지."

만약 이곳에 그가 있었다면, 분명 온 힘을 다해서 고개를 저었겠지만 말이지.

"그야말로 인재로군요. ……그를, 우리 진영에 들이실 생각이십니까?"

"응. 그리고 그를 단련할 거야. 단련한다고 해도 그가 스스로에게 부과한 메뉴 중에서 쓸데없는 부분을 덜어내고 필요한 걸 시키는 것뿐이겠지만."

일단 메뉴는 들었지만, 대체로 믿을 수 없는 내용이었다. 늘 비뚤어진 태도를 띠는 성격과는 달리 자신의 감정을 억제하는 아이였다.

질 군은 내 결정에 이의를 제기하지 않고 머리를 숙인 다음 방을 나갔다. 자, 내일부터는 많이 바빠지겠군.

## 제2장 덫

### Side 사토 츠카사

　나는 오다 아키라가 마음에 들지 않았다.

　아키라와는 유치원에 다닐 때부터 무슨 영문인지 계속 같은 곳을 다녔고, 반까지 늘 같았다. 이 정도면 이미 지겨운 인연 수준이 아니라, 일종의 저주가 아닐까 하는 생각도 했었다. 고등학교는 단단히 마음을 먹고 내가 사는 곳의 웬만한 학생 실력으로는 절대 붙을 수 없는 상당히 높은 수준의 학교에 지원하고 붙었는데, 무슨 이유인지 그 녀석도 그 학교에 있었고 심지어 또 같은 반이었다.

　하지만 그 녀석은 날 전혀 기억하지 못했다. 중학교 1학년일 때 평범하게 말을 걸었더니,

　'처음 보네, 반가워. 나는 오다 아키라라고 해. 네 이름은 뭐니?'

　나와 아키라는 약 10년 가까이 같은 공간에 있었거든? 그사이에 몇 번이나 스치고 지난 적도 있었고, 자리가 옆자리인 적도 있었는데 말이야. 자랑은 아니지만, 나는 얼굴이 괜찮아서 아

키라보다는 눈에 띄는 것 같았다. 그런데 그 녀석은 날 전혀 기억하지 못했다.

내가 오다 아키라를 싫어하는 이유. 그건 언제나 세상일에 관심이 없는 듯이 굴었고, 늘 사람을 바보 취급했기 때문이었다. 게다가 흥미가 없는 것은 깔끔하게 잊어버린다. 그런 머릿속 구조까지도 마음에 들지 않았다.

모리건에 와서 내가 용사가 되었는데도 그랬다. 기척을 지우는 게 특기인 아키라는 암살자가 된 것 같았고, 가끔은 모습을 감추고는 어딘가로 훌쩍 가 버렸다.

모르는 장소에선 단체 행동이 기본이라는 걸 왜 모르는 거지?!

왜 나를 보지 않지?

나는 용사다. 고작 인간 한 명에게 신경을 쓰고 있을 틈이 없다. 나는 세계를 구해야만 하니까. 하지만 아키라를 생각하면 화가 부글부글 끓어올라서 도저히 냉정해질 수가 없었다.

나는 용사이니까, 이야기 속의 영웅처럼 늘 냉정하게 있어야만 하는데.

용사로서 모두의 사기를 높이기 위해 큰 소리로 독려해도 아키라는 응하지 않았고, 그뿐만 아니라 업신여기듯 어이가 없다는 표정으로 날 보고 있었다. 훈련을 멋대로 빠져나간 것을 꾸짖으려고 생각했지만 아무도 그 녀석의 방을 몰랐다.

웃기지 말라고 소리치고 싶었다.

힘을 합치지 않으면 마왕은 쓰러트리지 못한다고. 쓰러트리지 않으면 원래 세계로 돌아갈 수 없다. 즉, 반의 조화를 어지럽히는 녀석은 반에 둘 수 없다. 어차피 그 녀석은 언제나 고독한 존재다. 그 녀석의 편을 들어줄 자는 없다.

그렇게 생각했는데,

"아키라 군, 컨디션은 어떻습니까?"

"그럭저럭. 나만 연습 메뉴가 너무 힘든 것 같은데."

"아하하. 하지만 잘 소화하고 있지 않습니까. 질 군도 우는소리를 했던 수준인데."

"뭐, 평소부터 몸을 단련해 뒀으니까."

어느새 기사단장과 친해져 있었다.

그리고 예전보다 기적을 지우는 게 더 능숙해졌다는 것도 느껴졌다. 용사인 나조차도 스테이터스가 잘 오르지 않아서 고민하고 있는데, 그 녀석은 남들이 모르는 장소에서 차근차근 실력을 키우고 있었다. 설마 나보다 강할 거라는 생각은 들지 않지만, 암살자가 용사의 영역을 침범하는 것은 감히 있을 수 없는 일이다. 1개월 후의 미궁공략에서 아키라와 기사단장을 놀라게 할 정도로 강해지겠어.

용사인 나와 너와는 애초에 격이 다르다는 것을 깨닫게 해줄 것이다.

"두고 봐라, 아―키―라――!!"


**Side 오다 아키라**

약속한 한 달 후의 날이 왔다. 모리건과 지구의 역법은 같았고, 애초에 역법이라는 개념을 모리건의 사람들에게 전한 사람은 맨 처음 이 세계에 소환된 용사라고 한다. 과거의 용사들이 전해 준 것은 그뿐만이 아니라고 하며, 그들 덕분에 식문화가 상당히 발전했다고 한다. 이 성의 양념은 조금 싱거운데, 분명 이런 식문화를 가진 나라에서 온 용사가 전해 주었을 것이라 생각한다.

나중에 성 앞 도시에 한번 가봐야지. 어쩌면 카레가 있을지도 모른다. ……어머니가 만들어 주는 카레가 먹고 싶다. 빨리 돌아가고 싶어.

"자, 그럼 다들 모였나요? 그럼 '컨티넨 미궁'으로 가겠습니다."

"컨티넨 미궁?"

누가 그렇게 중얼거린 소리가 들렸다. 지금까지는 그저 미궁이라고만 들었기 때문이다. 이름이 있는 줄은 몰랐다. 나는 몇 번인가 사란 단장이 말했던 것을 들었으니까 알고 있지만.

사란 단장은 희희낙락한 표정으로 미궁의 이름에 대해 설명하기 시작했다.

이래저래 말은 많지만 남을 잘 돌본단 말이지. 지식의 양도 장난이 아니고, 교사가 체질에 맞지 않을까. 내가 적이었다면 맨 먼저 죽이고 싶은 사람이란 말이지. 뭐, 내가 사란 단장을 배신하는 일은 없겠지만.

"미궁은 각 대륙에 한 곳씩 있는데, 각 대륙의 이름이 붙여져 있답니다. 컨티넨 대륙이니까 컨티넨 미궁이라는 식으로 말이죠."

"그렇구나."

설명하는 시간이 지난 뒤에, 이세계답게 왕성에서 한 사람 당 다섯 개씩 생명력 포션과 마력 포션을 지급받았다. 생명력 포션은 상처에 뿌리면 약간의 상처는 즉시 치료되는 물건이었다. 일부러 사란 단장이 눈앞에서 검으로 자신의 팔을 쓱 베어서 시범을 보여 주었다. 용사 팀은 그것만으로도 얼굴이 창백해졌지만. 괜찮으려나, 이 녀석들. 지금부터 마물을 베어 죽이러 가는 건데……. 그에 비해 질 부단장은 익숙해졌는지 미동도 하지 않았다. 그저 어이가 없다는 표정으로 사란 단장을 보고 있다.

일행은 소풍 같은 분위기 속에서 출발했지만, 의외로 미궁은 숲을 통과하자마자 바로 나왔다. 이렇게 왕성 가까이에 있어도 괜찮은 걸까. 만일 마물이 미궁에서 쏟아져 나온다면 한 방에 끝나겠는데.

"아, 왕성에는 강력한 결계를 쳤으니, 만약에 마물이 쏟아져 나와도 안전해요."

내 생각을 읽기라도 한 것처럼 사란 단장이 우리 쪽을 보면서 말했다. 너무나도 환하게 웃는 얼굴로. 초능력자라도 되는 건가, 재수 없기는.

숲이 갑자기 끝난다 싶었더니 미궁으로 보이는 거대한 입구가 보였다. 그곳에는 사람이 많이 있었다. 갑작스러운 빛에 눈이 부셔 우리는 눈을 가늘게 떴다. 사람이 많은 걸 보고 겁먹은 채 떨고 있는 녀석도 있었다. 사람들은 숲에서 나온 우리에게 일제히 몰려들었다. 마치 저녁 시간대의 슈퍼에서 벌어지는 어머니들의 싸움 같았다.

이런 광경에는 나도 깜짝 놀라서 걸음을 멈출 수밖에 없었다. 기사단원들이 일단 막아주고 있었지만, 언제 이쪽으로 와도 이상할 게 없을 정도로 많은 수였다.

"──멈추지 마라. 너희는 용사다. 민중 앞에선 당당하게 굴어."

사란 단장이 평소의 부드러운 목소리가 아니라, 날카롭게 날이 선 목소리로 우리에게 기합을 넣었다. 군중에겐 들리지 않을 정도로 작은 목소리였는데, 왠지 묵직하게 울려 퍼졌다. 어느새 등을 꼿꼿이 세우고 있었다. 어떤 스킬인 걸까.

"""사란 단장님───!!"""

"""질 님───!!"""

"""용사님이다!!!"""

새된 목소리의 환호성이 울려 퍼졌다. 사란 단장도 질 부단장도 인기가 엄청났다. 덩달아 우리도 연호하고 있었다. 선두에 서 있는 풋내기 용사는 빠르게도 싱긋싱긋 웃으면서 웃음을 뿌리고 있었다.

뭐, 저 녀석은 얼굴이 반반하니까 말이지. 나는 기척을 지우고 맨 뒤에서 걸었다. 슬쩍 시선을 돌리자, 후드를 쓴 채 우리 쪽으로 날카로운 시선을 던지는 사람이 있었다. 몸집으로 봐서는 여자이려나. 마치 부모님의 원수를 보듯이 우리를 노려보고 있었다.

왕성에서 한 번도 나온 적이 없으며 밖으로 나온 것은 오늘이 처음인 우리에게 왜 원한을 품고 있는 건지 모르겠지만, 살기를 노골적으로 풍기면서 우리를 보는 건 불편하니까 그만했으면 좋겠는데.

나는 몰래 줄에서 빠져나와 그 후드를 쓴 사람에게 다가갔다. 사란 단장이 눈만 옆으로 돌려 내 쪽을 보고 있었으니까 날 놔두고 갈 염려는 없겠지.

아니, 오히려 나중에 들을 설교를 생각하면 위험하려나? 뭐, 어쩔 수 없지. 이미 후드를 쓴 사람의 근처까지 왔으니까.

"저기, 너, 왜 그렇게 노려보고 있는 거야?"

최대한 싹싹하게 들리도록 나는 말을 걸었다. 후드를 쓴 사람은 너무나도 놀란 표정으로 내 쪽을 돌아봤다.

"……"

"아, 딱히 기사단에 넘기려는 생각은 없어. 왜 그 정도로까지 살기를 풍기고 있는지가 궁금해서 물어본 단순한 구경꾼이니까."

왜 그랬는지를 한 번 더 물어보자, 후드를 쓴 사람은 내키지 않는 말투로 대답해 주었다.

"……당신은 용사로 한껏 대우받고 있는 저들이 어떤 희생 위에 소환되고 있는 건지 알고 있나요?"

방울이 맑게 울리는 것 같은 목소리. 귀여운 여자애의 목소리였다. 아마도 우리와 비슷한 나이일 것이다.

"……아니, 미안하지만 모르는데."

"그렇군요. 그럼 그 답을 얻었을 때 다시 만나도록 하죠. 당신과는 다시 만날 수 있을 것 같네요."

그렇게 말하면서 그녀는 인파 속으로 사라졌다.

"……왜 그럴까. 나도 그런 생각이 들어."

그렇게 중얼거리면서, 나는 그 자리에서 생각에 잠겼다.

소환에 따르는 희생……. 종종 읽었던 복수물에서는, 사람을 소환하면서 그 사람의 원래 세계에 있는 가족이나 이세계 쪽에서 차별받고 있던 사람들이 산 제물로 죽임을 당하곤 했다. 전자의 경우는 그다지 생각하고 싶지 않았다. 후자의 경우도 이세계에서 앞으로 벌어질 일을 생각하면 많이 부담스러울 것이다. 만약 내 상상이 옳다면, 왕과 왕녀는 무슨 생각을 하고 있는 걸까.

나는 사란 단장이 기적을 지우고 날 부르러 올 때까지 계속 그 자리에 있었다.


"이봐! 그쪽으로 갔어!!"

"꺄아아아아아!!"

"회복! 회복해 줘!"

반 친구들이 아비규환 상태에 빠진 공간에서 나는 한숨을 쉬었다.

일단 오른손을 대충 휘둘러 가까이에 있는 여자를 덮치고 있던 거대한 쥐 같은 마물을 죽였다. 분명, 지금 내가 구해준 여자는 일단 전투 계열의 직업을 가지고 있었던 것 같은데.

"이 녀석들, 완전히 방해만 되잖아."

"……오늘만큼은 그 말을 부정할 수 없군요."

마물 무리에 포위된 상태에서 그렇게 중얼거리자, 옆에서 다른 반 친구를 도와주던 질 부단장도 내 말에 찬성했다. 우리가 이런 상황에 처하게 되기까지의 일을 떠올리고, 나는 한 번 더 깊은 한숨을 쉬었다.

그건 우리가 미궁에 들어가 몇 번인가 전투를 치르면서, 미궁의 레벨을 실감했을 때의 일이었다.

1층에서 30층까지, 우리는 막힘없이 전진했다. 뭐, 당연하다. 우리는 이세계 소환으로 스테이터스가 강화된 치트 집단이다. 이 정도를 이기지 못하면 앞으로가 힘들어진다.

그리고 처음에는 망설이고 있었던 반 친구들도, 한 명이 한 마리는 마물을 사냥할 수가 있었기 때문에, 전체적으로 경계심이 흐려지기 시작한 바로 그때였다. 기사단의 기사들이 아무리 지켜주고 있다고 해도, 반 친구들의 수가 더 많았다. 당연히 눈으로 다 파악할 수 없는 빈틈이 있게 마련이었고, 그때 용사 팀이 일을 저지르고 말았다.

미리 설명해 두지만, 용사 팀이란 호칭은 반 아이들 전체를 가리키는 말은 아니다. 소환된 나를 포함한 반 친구들은 스물여덟 명으로 7인 1조로 총 네 팀을 만들었다.

나는 사란 단장과 상의해 변변치 못한 팀에 들어갔다. 훈련이 귀찮았고, 바보 용사와 얼굴을 맞대는 게 고통이었으며, 스테이터스가 공개되는 게 두려웠기 때문이다. 앞의 두 가지 사실이 너무나 내키지 않았던 건 결코 아니다.

어쨌든 그 용사 팀의, 용사가 아닌 바보가 일을 저질렀다.

마음에 여유가 생겼다고 해서 미궁에서 괜한 장난을 치는 건 위험하다. 그랬는데, 그 녀석은 사란 단장의 제지도 듣지 않고 멋대로 앞으로 나갔으며, 딱 봐도 뭔가가 있을 것 같은 벽을 눌렀다.

보아하니 미궁에 설치되어 있던 트랩의 일종인 모양이었다. 나도 『위기감지』 스킬로 위험하다는 것은 알고 있었지만, 설마 충고도 듣지 않고 사망 플래그를 적극적으로 세우는 녀석이 있을 줄은 생각하지 못했기 때문에 제때 말리지 못했다.

"! 대열을 유지하라!!"

사란 단장이 검을 뽑고 자세를 취함과 동시에 벽에 걸려 있던 램프가 붉은빛으로 바뀌었다. 그리고 벽에서 차례로 마물들이 튀어나왔다. 전부 지금까지 나왔던 초급 레벨의 마물이었지만, 유감스럽게도 숫자가 너무 많았다. 대충 1만은 되지 않을까.

"이것 참, 처음 들어온 사람을 너무 인정사정없이 죽이려 드는 것 아냐?"

바로 전투 태세에 들어간 기사단과 나, 바보 용사와는 달리 부들부들 떨면서 무기를 쥐고 있는 반 친구들은 눈에 뻔히 보이게 꽁무니를 빼고 있었다. 특히 여자들 중에는 그대로 주저앉아 있는 녀석까지 있었다. 그리고 이야기는 조금 전에 묘사했던 아비

규환의 상태로 되돌아간다.

"······사란 단장, 여기서 그만 물러갈까?"

"그러, 네요. 이 정도로. 전의를 상실한 자가, 많이 나올 줄은, 예상하지 못했습니다만, 뭐, 여기까지 올 수 있었던 것만으로도, 좋게 생각해야겠죠."

한 마디씩 말할 때마다 한 번의 칼질로 마물을 열 마리는 쓰러트리고 있던 사란 단장이었지만, 슬슬 지치기 시작할 때가 되었으리라고 생각한다. 물론, 봐주면서 싸우고 있는 걸 말하는 거지만.

"용사 일행 여러분, 제가 비장의 일격으로 퇴로를 만들겠습니다. 지상까지 도망치십시오. 일어서지 못하는 자, 부상자는 서로 도와주십시오."

그렇게 말하자마자, 사란 단장은 검으로 하늘로 쳐들었다.

"주여, 저에게 힘을 주소서──『천검』."

빛나는 검을 내리치자, 마치 카펫이 깔린 것처럼 그 공간만 마물이 소멸되면서 구멍이 뻥 하니 뚫렸다. 반 친구들은 제각기 앞다퉈서 마물의 포위망을 빠져나갔으며, 위층으로 올라가기 위해 계단으로 몰려들었다.

나는 반 친구들을 쫓아가려고 하는 마물을 암기로 쓰러트렸다.

"우리도 철수하죠. 아키라 군, 다수를 상대로 혼자 싸우는 건 당신에겐 너무 불리합니다. 물러나겠어요."

"응, 알고 있어."

암살자는 일대일의 경우 자신보다 강한 적이 상대라도 이길 수 있는 잠재력을 가지고 있지만, 다대일이 되는 순간 불리해진다. 일단 해결책은 생각해 두고 있었지만, 아직 시험 단계였다.

"불꽃이여, 모든 것을 불태워 버려라——『화염진』."

"바람이여, 불꽃에 힘을——『윈드 블레이드』."

　기사단원이 광범위하게 불길을 일으켰고, 질 부단장의 바람 마법이 마물을 죽이면서 불길의 기세를 키웠다. 바람은 불을 강하게 만든다. 이건 초대 용사의 몇 대 후의 용사가 전해준 비술이라고 했던가. 단, 제어가 어렵기 때문에 반 친구들이 있는 장소에선 쓰지 못했던 대규모의 연계 기술이었다. 그렇게 말은 했지만, 질 부단장이 바람을 컨트롤하는 능력은 정말 훌륭했다. 불을 끄지 않고 그저 강하게 만들고 있었다. 웬만한 훈련으론 불가능할 것이다.

　마물들이 지르는 단말마의 비명이 울려 퍼지는 가운데, 사란 단장에게 재촉받으면서 나도 그 자리를 이탈했다. 지금부터 새로운 지옥이 기다리고 있다는 것도 모른 채.

　우리는 전투에서 무사히 이탈할 수 있었지만, 당연히 마물들은 쫓아왔다.

"주여, 우리를 지켜주소서——『생크추어리』."

　사란 단장이 손을 앞으로 내밀자, 빛나는 벽이 미궁의 통로를 가로막았고, 마물들은 벽에 접촉하자마자 차례로 소멸하기 시작했다.

　성스러운 마법이라고 불리는 빛 마법의 상급 결계 마법은 그저 존재하는 것만으로 하급 마물 정도는 소멸시켜 버리는 모양이다.

아니, 이 정도면 용사는 필요 없는 것 아냐? 기사단…… 아니, 이 사람만 있어도 마왕 정도는 쓰러트릴 수 있을 것 같다. 뭔가를 말하고 싶어 하는 내 시선을 느꼈는지, 사란 단장은 쓴웃음을 지었다.

"당신의 의문까지 포함해서 나중에 제대로 설명하겠습니다."

역시 사란 단장은 초능력자다.

한동안 달리고 있으려니 전방에서 비명이 들려왔다. 이 목소리는 분명, 우리 반의 마스코트 캐릭터인 사노였던가. 그 아이는 늘 귀여운 척하는 것 같아서 상대하기가 껄끄러웠단 말이지. ……잘 생각해보니 껄끄럽지 않은 사람이 없었던 것 같다. 뭐, 그렇지 않은 녀석도 있긴 했지만.

"잠깐 상황을 보고 오겠습니다."

질 부단장이 그렇게 말하면서 벽을 수직으로 타고 달려 나갔다. 사란 단장도 사란 단장이지만, 이 사람도 못 하는 게 없군.

평범한 인간은 갑옷을 입은 채 벽을 타고 달릴 수 없다. 이 세계의 중력이 이상한 게 아니라, 이 사람들이 이상한 것이다. 질 부단장의 저 동작은 스피드와 민첩성과 밸런스 감각이 완벽하게 조화된 결과이다. 일반적으로 저렇게 가볍게 움직일 수 있는 기술은 암살자의 영역에 속하는 것이지만…….

그렇게 말하는 나도 벽을 수직으로 달리고자 하면 달릴 수 있다. 단, 갑옷을 입고 달릴 수 있느냐고 묻는다면 대답하기 좀 어려울 것이다. 그런 기술을 가볍게 쓰고 있는 질 부단장은 대단하다. 정말로 대단하다.

"꺄아————————!!!"

또 다시, 비단을 갈가리 찢는 듯한 비명이 미궁 안에 울려 퍼졌다. 달리는 스피드를 올린 탓인지, 아까보다 목소리가 가깝게 들리고 있었다. 이번에는 사노의 목소리가 아니라, 다른 여자의 목소리였다. 라스트 스퍼트를 동원하면서 전력질주하자, 겨우 비명이 들린 곳에 도착할 수 있었다.

"……뭐야, 저건."

"……저건……. 설마!!"

나와 사란 단장, 기사단원들도 할 말을 잃었다.

『쿠오오오오오오아아아아아아아!!』

"……큭!"

"결계사는 그대로 결계를 계속 펼치고 있어! 회복을 쓸 수 있는 자는 자신이 할 수 있는 최상급 회복을……!"

그 자리에 있던 것은 미궁의 이런 상층부에 있을 리가 없는 거대한 마물. 소머리에 인간의 몸, 미노타우로스였다.

"말도 안 돼! 미노타우로스는 미궁의 깊은 층에 있는 마물이라고!!"

"……쳇."

넌지시 중얼거리는 기사단원들을 힐끗 보면서 나는 혀를 찼고, 미노타우로스의 다리를 향해 달려 나갔다. 사란 단장은 이미 질 부단장을 향해 달리고 있었다.

슬쩍 보였던 것이다. 정신없이 도망치는 반 친구들 앞에서, 힘든 표정으로 검을 들고 서 있는 용사의 모습이 말이다. 사노의 결계가 겨우 아슬아슬하게 앞에 펼쳐져 있었고, 질 부단장이 미노타우로스의 주의를 끌고 있지만 언제 반 친구들 쪽으로 관심을 돌려도 이상하지 않은 위치에 있었다. 멍청하고 방해만 되는 녀석들이지만, 죽는다면 잠자리가 사나울 것이다.

"······질(疾)!"

질 부단장처럼 벽을 타고 달리면서 전위에 도착한 나는, 우선은 미노타우로스의 목에 은색 단검을 한 방 박아 넣었다. 칼자루 끝에 달린 녹색의 보석이 궤도를 그렸다.

"윽! 뭐야?!"

미노타우로스가 너무 단단한 나머지, 단검이 산산이 부서졌다. 이상하다. 명백히 자연의 법칙을 무시한 강도다. 아무리 단검이 딱 봐도 귀족의 장식용이라 한들, 지금까지 훈련을 하면서 금 한번 간 적이 없었으며, 초보자이긴 하지만 매일 정비를 해 왔다. 즉, 단순히 강도에 밀려서 부서진 것이다.

자루와 보석만 남은 그걸 내던지고, 용사 옆에 내려섰다.

"······아키라냐."

용사는 얼굴을 찌푸리면서, 어딘가 안심한 듯한 표정을 지으며 말했다. 나는 옆에서 그와 마찬가지로 사란 단장과 기사단의 싸움을 봤다.

"그래. ······상태는 어때?"

반쯤은 억지로 부러진 검을 들고, 회복의 희미한 빛이 용사를 감싸는 가운데, 용사는 더듬거리는 말투로 얘기하기 시작했다.

## Side 사토 츠카사

같은 그룹의 멤버이자 권투사인 와타베 카츠미가 미궁의 트랩을 가동한 뒤에, 우리는 기사단과 아키라에게 마물의 상대를 맡기고, 전선을 이탈했다.

기사단원들이 그런 초급 마물에 애를 먹을 리는 없지만 아키라가 마음에 걸렸다. 슬쩍 살펴본 바로는 아무래도 우리보다 월등히 강한 것 같기는 했다. 하지만 얼마나 잘 싸울 수 있는지는 짐작이 되지 않았다. 그리고 암살자라면 다수를 상대하는 건 버거울 것이다.

만약 아키라에게 무슨 일이 생긴다면 와타베 카츠미의, 나아가선 그 그룹의 리더인 내 책임이 된다. 물론 다른 반 친구들에게도 같은 말을 할 수 있다. 아직 상층부라고 해서 방심을 해도 되는 것은 아니다. 그 사실은 조금 전의 트랩을 보고 잘 알았다.

물론 도망치고 있는 동안에도 미궁의 마물은 습격해 왔다. 한두 마리 정도였지만 서두르는 우리에겐 그저 있는 것만으로도 번거로웠다.

빨리, 빨리. 그렇게 생각하면서 초조해하던 중에 어떤 반 친구한 명이 작게 중얼거렸다.

"그러고 보니 마물의 접근을 막는 연기구슬을 받지 않았던가?"

그 말을 듣고, 나는 헉 하고 놀랐다. 미궁으로 출발하기 전에 왕녀님으로부터 직접 그 연기구슬을 받았던 것이다. 확실히 그 때 기사단 멤버들과 아키라는 없었으니까, 그들은 그런 생각은 떠올리진 못했겠지.

왕녀님은 스물일곱 개의 연기구슬을 내게 건네주고 '만일의 경우를 대비해서 드리는 거예요. 부디 조심하세요.' 라고, 그렇게 말하면서 너무나 아름다운 표정으로 방긋 웃었던 것이다.

"좋아, 그럼 효과의 범위를 정확히 모르니까 그룹별로 사용하기로 하자."

우선은 사노의 그룹부터 연기구슬을 땅바닥에 던졌다. 수십 초 후, 효과가 나타난 것인지 마물이 일절 다가오지 않게 되었다. 가끔은 우리 쪽으로 왔지만, 마물은 우리를 본 뒤에는 눈길도 주지 않은 채 황급하게 도망치기 시작했다. 인간에게 효과가 있는 건지, 지면에 효과가 있는 건지 몰랐기 때문에 몇 분 후, 이번에는 아키라가 속해 있던 그룹이 연기구슬을 땅에 던져서 터트렸다. 잠시 후에 연기구슬이 다 떨어졌을 때, 겨우 위층으로 올라가는 계단을 발견했다. 마침 연기구슬의 효과가 떨어졌는지, 작은 마물들 수십 마리가 달려들기 시작했다.

"지금이야!"

그들을 쫓아내기 위해서 우리의 그룹도 마지막 연기구슬을 바닥에 던져 터트렸다. 내 연기구슬만 다른 사람들의 연기구슬과 색이 다른 것 같았는데, 기분 탓일까.

의도했던 대로, 작은 마물들은 쫓아낼 수 있었다.

그랬는데,

"꺄아아아아아!!"

맨 먼저 알아차린 사람은 사노였다. 전방에 있는 벽을 가리키면서 비명을 질렀다. 그쪽을 본 우리는 말문이 막혔다.

벽에서 거대한 마물이 나온 것이다. 틀림없이 이 층에 있을 리가 없는 마물. 나도 알고 있는 그리스 신화의 괴물이었다.

"……미노타우로스?"

내가 중얼거린 것과 동시에, 녀석은 손에 들고 있던 곤봉을 위로 쳐들었다가 내리쳤다. 그 곤봉의 낙하 지점에는 사노가 있었다. 나는 머리로 생각하기 전에 먼저 움직였다. 사노를 밀쳐내고 머리 위로 떨어지는 거대한 곤봉을, 칼날을 이용하여 지면으로 흘렸다. 이건 기사단의 단장과 대련하던 중에 익힌 기술이었다.

스킬을 봉인하는 기술을 지닌 적도 있다고 들었기 때문에 단순히 검술만으로 얼마나 싸울 수 있는지, 시험해 보고 싶었던 것이다. 그때 단장한테 그런 말을 들었다.

'실력이 더 높은 사람과 싸울 때엔 공격을 받아내려고 생각해선 안 됩니다. 흘리는 걸 생각하세요.'

힘으로 밀어붙이면서 덤비는 사람을 상대로 힘으로 대항해 봤자 그 결과는 뻔하다. 그렇다고 피하기만 해선 반격을 할 수가 없다. 그러니까 흘리라고 했다. 실제로 내가 힘을 주고 내리친 검을 단장은 전부 다양한 방향으로 흘려 냈고, 너무나 쉽게 한 방의 공격만으로 패하고 말았다.

그때의 일을 떠올리면서 명백히 힘이 더 강한 미노타우로스를 상대로 어색한 동작으로나마 시도해 봤는데, 결과는 엉망이었다.

"끄아아아아아?!!!"

"츠카사!!"

손이 저리는 정도가 아니었다. 양팔의 뼈가 부러진 것 같았다. 겨우 검은 놓지 않았지만, 검의 날도 두 조각으로 부러지고 말았다. 분명 다음 공격을 받으면── 죽는다.

그런 생각을 하고 있으려니 미노타우로스는 지면에 박힌 곤봉을 다시 뽑아냈고, 이번에야말로 내 숨통을 끊기 위해서 높이 쳐들었다. 뒤에서 사노가 아닌 다른 누군가가 비명을 질렀다. 비명을 지를 틈이 있으면 내게 회복이라도 한 번 걸어주면 좋을 텐데.

안 돼, 안 되지. 점점 사고회로가 자기중심적으로 굳어지고 있네.

그리고 아래로 휘두르기 직전의 순간. 곤봉이 뭔가에 맞아 튕겼고, 그 공격은 나를 빗나갔다.

"……아슬아슬하게 늦지 않았군요."

어깨를 들썩이며 숨을 쉬면서 내 옆에 서 있던 사람은 기사단의 질 부단장이었다.

"조금만 더 버티면 사란 단장님이 오실 겁니다. 그때까지 제가 녀석을 붙들어 놓고 있을 테니까 어서 피하세요."

"네. 감사합니다."

"……잘 버텼군요."

두 손의 뼈가 부러진 나는 완전히 방해만 될 뿐이다. 고개를 숙인 내게, 질 부단장은 그렇게 말하면서 머리를 쓰다듬어 주었다. 울음이 터져 나올 것 같았지만, 나는 싸움에 도움이 되지 않는 검을 쥔 채 반 친구들이 있는 쪽까지 후퇴했다.

　"츠카사, 팔이……."

　"성스러운 방패여, 우리를 지키고 우리를 구하라. 나의 마력과 바꾸어 모두를 지키는 장벽을――『실드』."

　"……이건……."

　"아마 한 방도 버티지 못하겠지만, 없는 것보다는 낫지 않을까?"

　얇은 장벽이 우리 앞에 세워졌다. 물론 사노가 만든 것이었다. 아마도 지금 만들 수 있는 최대급의 결계이겠지만, 사란 단장이 조금 전에 보여준 결계에 비하면 어른과 갓난아기 정도의 차이가 있었다.

　나는 고통으로 일그러진 표정을 애써 웃음으로 바꾸면서, 사노에게 고맙다고 말했다.

　질 부단장을 보니, 마법과 검을 구사하여 미노타우로스와 겨우 맞붙어 싸우고 있었지만, 공격은 일절 통하지 않았다.

　"결계사는 그대로 결계를 계속 펼치고 있어! 회복을 쓸 수 있는 자는 자신이 할 수 있는 최상급 회복을……!"

　우리 쪽을 한 번 쳐다본 질 부단장은 새파래져 있는 나를 보면서 그렇게 지시했다. 부드러운 빛이 나를 감쌌으며, 겨우 고통이 가벼워졌다. 조금만 더 늦었으면 의식을 잃었을지도 모르겠다.

"단장님!"

그제야 질 부단장이 있는 곳으로 사란 단장이 지원하러 달려 온 것 같았다. 늦지 않아서 정말 다행이었다.

그런 뒤에 얼마 지나지 않아서 내 옆에도 기척이 갑자기 나타 났다.

"……아키라냐."

솔직히 말해서 아키라가 내 옆에 와 주어서 안심이 되었다.

그리고 이야기는 지금에 이른다.

## Side 오다 아키라

사정을 전해 들은 뒤에 용사의 상처를 힐끗 살펴보니 상당히 심각했다. 몸 곳곳에 생긴 그고 작은 상처들과 두 팔이 부러진 부분은 보라색으로 부풀어 있었다.

"너, 용케도 정신을 잃지 않았구나."

"그래, 나 스스로도 놀랍지만, 내가 지키지 않으면 반 친구들 을 지켜줄 사람이 없어지니까 말이지."

그렇게 큰소리치는 용사를, 나는 콧방귀를 끼면서 웃었다. 옆 에서 발끈하는 기운이 뚜렷하게 느껴졌다. 나는 일부러 이 녀석 이 미처 생각하지 않았을 걸 말해 주려고 생각했다. 분명 내가 말해 주지 않으면 이 녀석은 물론이고, 반 친구들도 계속 깨닫 지 못할 테니까.

"그러면 너는 누가 지키지?"

"……그건……."

기사단과 미노타우로스의 싸움을 보고 있던 시선을 용사의 눈을 향해 옮겼다. 오랜만에 누군가의 눈을 제대로 바라본 것 같은 느낌이 들었다.

"용사는 모두를 지키기 위해 존재하는 게 아냐. 네 힘은 마왕을 쓰러트리기 위해 써야 한다고."

뒤에서 반 친구들도 내 말을 조용히 듣고 있었다. 단호하게 내뱉는 내 말을 듣고 약간 술렁거렸지만, 내 다음 말이 나오기를 기다리고 있는 것 같았다.

"넌 너 자신을 좀 더 소중히 여겨."

"……그럼 다른 사람들은 누가 지키면 되는 거야?"

좀처럼 결론을 말하지 않는 나에게, 용사가 기분이 상한 듯한 목소리로 말했다. 나는 씨익 웃었다.

"자신의 몸은 자신이 지켜."

너무나도 당연한 얘기다. 애초에 나는 자신을 위해서만 스킬을 쓰고 있다. 만약 스킬로 반 친구들을 도와줬다고 해도, 그건 내가 도와주고 싶어서 도와준 것에 지나지 않는다. 용사는 지금 처음 그 진리를 깨달은 것처럼 눈을 크게 떴다.

애초에 전투 계열이 아닌 직업을 가진 녀석이라면 또 모를까, 전투 계열의 직업을 가진 녀석까지 보호를 받아서 뭘 어떡하겠다는 거야. 나는 게으름을 부리면서 빠졌지만, 다들 훈련을 받았을 것 아냐.

이 녀석들은 역시 바보다.

"나를 위해서? ……아니, 하지만 나는 용사이고…… 용사인 나는 모두를 구하기 위해서……."

갑자기 용사의 상태가 이상하게 바뀌었다. 머리를 붙잡으면서 신음하듯 말하고 있었다.

강한 위화감이 들었다. 뭔가 이상하다.

아니, 원래부터 어디 아파 보인다고는 생각했었지만.

내가 알고 있는 용사는 좀 더, 자신만 생각하고 있는 것 같으면서도 다른 사람도 잘 살피고 있는, 천성적인 리더십을 가지고 있는 녀석이었다. 확실히 늘 주위에서 자신이 어떻게 보이는지를 신경 쓰면서, 자신의 매력을 최대한으로 발휘하여 여자를 무의식중에 유혹하는 녀석이지만, 할 때는 확실히 한다. 안 그러면 학생회장을 맡을 리가 없다. 이런 식으로 내가 어쩌고 운운하는 말을 하는 녀석은 분명 아니었을 것이다.

"……이봐, 여기에 직업이 치유사이거나 해주사(解呪師)인 사람이 있어?"

딱 하나 짐작 가는 바가 있어서 아이들에게 물어봤더니, 반 아이들 중에서 여자가 두 명, 조심스럽게 앞으로 나왔다.

"내가 치유사야."

"내가 해주사이긴 한데…… 츠카사, 어데 문제 있나?"

"그걸 지금부터 확인해 볼 거야."

분명 치유사라고 한 아이는 반에서 학급위원을 맡았던 호소야마 시오리였을 것이다.

칸사이 사투리를 쓰는 해주사는 늘 활기차게 행동했던……

것으로 기억하는 우에노 유우키.

사람에 대한 정보는 거의 기억하지 못하면서도 얼굴과 이름을 일치시키고 있는 나는 정말 대단하다니까.

그렇게 말은 했지만, 사실 이세계에 온 뒤에 직업을 기억하기 위해서 완전히 처음부터 새로 외운 거지만…….

"우선 골절을 치료할 수 있겠어?"

"으, 응. 시간은 걸리겠지만."

나는 고개를 끄덕이고는 당장 시작하라고 말했다. 곧바로 희미한 빛이 팔을 감쌌다. 용사는 번개를 무서워하는 사람처럼 웅크린 채 머리를 감싸 쥐고 있었지만, 손을 쓰고 있어도 아프진 않은 걸까?

"내는? 내는 뭘 하믄 되겠노?"

스스로 생각하라고. 지금 용사의 모습을 보면 바보라도 알 수 있을 것 아냐. 그렇게 생각하면서도 최대한 친절하고 정성껏 가르쳐 주었다. 내 예상이 맞는지 아닌지에 대한 확증은 없지만.

"이 녀석, 어쩌면 세뇌를 당한 상태일지도 몰라. 그러니까 『해주(解呪)』를 써 봐."

"뭐어?!"

뒤에 있는 반 친구들도 술렁거렸다.

뭐가 어떻게 된 건지 제대로 이해하지 못하고 있는 것 같지만, 일단 우에노는 주문을 읊었다.

"……주술이여, 내 친구를 좀먹는 주술이여, 지금 당장 여기를 떠나 내 앞에서 사라져라──『해주』."

용사에게서 희미한 빛이 떠올랐다. 호소야마의 치유의 빛과는 또 다른, 검은색 빛이었다. 우에노는 그걸 보면서 숨을 죽였다.

"츠카사가 진짜로 주술에 걸렸데이!"

우에노는 놀라면서 빛을 강화시켰다. 반 친구들도 놀란 표정으로 눈을 크게 떴다.

나는 전투 중인 기사단을 슬쩍 봤다. 상당히 수준 높은 전투가 펼쳐지고 있었다. ……끼어들고 싶은데. 이 자리는 아마도 호소야마와 우에노에게 맡기면 괜찮을 것 같다. 하지만 말로 표현하기 힘든 불안감이 가슴속을 스쳤다.

그러자, 지금까지 침묵으로 일관하고 있던 남자가 갑자기 큰소리로 말했다.

"아키라, 여긴 됐으니까 사란 씨 쪽을 도와주고 와. 넌 우리보다 강하잖아?"

"이미 각오는 했어. 언제까지나 츠카사의 신세만 지고 있을 수도 없으니까 말이지."

"너희…….."

그 눈에 강한 결의가 떠오르고 있었다.

"자, 어서 갔다 와."

그들의 말에 따라서, 나는 주저하면서도 미노타우로스 쪽으로 달려갔다. 단검이 없는 지금, 스킬을 활용해 싸워야만 한다. 그래도 고착상태를 빠져나갈 비술이 있기는 했다.

"사란 단장!"

"아키라 군, 그쪽은 이제 해결됐습니까?"

사란 단장에게 달려가자, 돌아보지도 않고 그렇게 물었다. 하지만 이러니저러니 해도 역시 반 친구들이 걱정이 되었던 모양이다.

"그것 말인데, 용사한테서 주술…… 저주가 확인되었어. 지금, 해주사가 주술을 풀고 있지만, 솔직히 말하자면 그 주술을 건 자를 죽이는 게 제일 빠른 방법이겠지."

우에노의 실력이 모자란 게 아니라, 아마도 주술이 너무 강력하기 때문일 것이다.

"……알겠습니다. 짐작 가는 바가 있으니 나중에 확인해 보기로 하죠."

"부탁할게. ……그리고 내 그걸 시험해 보고 싶어."

"……그것, 말인가요."

주술 건은 사란 단장에게 맡기기로 하고, 지금은 이 상태를 타파해야 한다. 사란 단장은 내키지 않는다는 반응을 보였지만, 나는 너무나 효과적인 기술이라고 생각했다.

"사란 단장이 무슨 말을 하든 난 시도해볼 테니까 그렇게 알아. 이 모든 건 내가 살아남기 위해서야."

내가 그렇게 말하자, 사란 단장은 한숨을 쉬었다. 그것도 상당히 깊은 한숨을. 쓴소리를 들을 것 같아서 대비하고 있으려니, 얼굴을 슬쩍 들면서 미소를 지었다.

"알겠습니다. 당신이 살아남기 위해서, 저도 최선을 다하기로 하죠. ……하지만 제가 최선을 다해서 공격해도 저 미노타우로스를 쓰러트리기엔 부족합니다. 힘을 빌려주세요."

"당연하지. 아직 나한테 많은 걸 가르쳐 줘야 하니까."

"좋습니다. ……저도 스마트폰이나 비행기라는 것에 대해서 더 자세히 듣고 싶으니까요."

"얼마든지 가르쳐 줄게. 여기서 살아남는다면 말이지."

나는 그 말을 남긴 뒤에 『기척은폐』를 발동했다. 마안이 있는 사란 단장은 내가 보이겠지만, 미노타우로스에겐 보이지 않게 되었다. 그렇다곤 해도 미노타우로스는 기사단원들에게 정신이 팔려 있는지라 이쪽을 볼 여유 같은 건 없겠지만, 그래도 조심 또 조심해야 한다.

"만약 실패하면 모두가 무사히 빠져나가는 건 어려워질 겁니다. 조심하세요."

"알고 있어."

암살자라는 직업을 얻으면서 이미 인간의 한계를 돌파한 도약력으로 미노타우로스의 머리 위를 뛰어넘었고, 단번에 뒤를 잡았다. 기척을 지운 나와 뭔가 마력을 높여 집중하고 있는 사란 단장의 모습을 보고, 미노타우로스의 움직임을 막고 있던 기사단원들은 뭘 하려는지 알아차리고 재빨리 피신했다.

현명한 판단이다. 사란 단장과의 훈련을 통해서 이 연계기를 써 봤다가, 제대로 컨트롤하지 못해 하마터면 숲 하나를 날려 먹을 뻔했기 때문이다.

나는 눈앞에 있는 미노타우로스에겐 상관하지 않고 눈을 감았다.

"주여, 저에게 힘을, 저희를 가로막는 적을 남김없이 제거할 수 있는 빛을──『광뢰』!"

사란 단장이 날린 번개가 미노타우로스에게 쏟아졌다. 번개는 털이 자란 피부를 불태우며 미노타우로스가 눈을 못 쓰게 만들었다.

『크아아아아아아아아아아아!!!』

미노타우로스에게 첫 공격이 제대로 먹혔다. 반 친구들이 환호성을 질렀다.

"……!! 지금입니다!!"

사란 단장의 말을 듣고, 나는 지금까지 감고 있었던 눈을 뜨면서 『기척은폐』를 해제했다. 손을 앞으로 뻗었다.

"……『그림자 마법』 발동."

그림자가, 폭발했다.

물론, 말 그대로 파열한 것은 아니다. 주위 일대를 그림자가 덮었고, 『광뢰』로 밝아진 미궁을 순식간에 검게 물들인 것이다. 빛이 강해지면 그림자는 더욱 짙어진다. 그러나 사방이 어두운데도 신기하게 주변을 다 볼 수 있었다. 미노타우로스도 약간 신기해하는 듯한 반응을 보이기만 할뿐, 눈앞에 있는 사란 단장을 다시 공격하려고 했다.

"끌어들여라."

하지만 내 말에 다리가 딱 멈췄다. 정확하게 말하자면 어떤 힘에 의해 억지로 멈추게 된 것이지만, 옆에서 보면 내가 미노타우로스를 멈춰 세운 것처럼 보일 것이다.

『큭?! 크오오오오오??!!』

그리고 내 말대로 미노타우로스는 그림자 속으로 끌려 들어갔다. 그 머리 부분만 남겨둔 채.

"……."

미노타우로스를 집어삼킨 그림자는 할 일을 다 했다는 듯이 작게 줄어들었고, 마지막에는 사람 한 명 정도의 크기로, 즉, 내 그림자로 다시 내 곁에 돌아왔다.

반 친구들은 환호성을 지르는 것도 잊어버린 채, 그저 멍하니 거대한 미노타우로스가 있었던 장소를 응시하고 있었다. 기사 단원들과 사란 단장은 성공한 것을 보고 안도의 한숨을 쉬고 있었다.

"……하아, 빨리 돌아가고 싶다."

나는 그렇게 중얼거리면서, 다시 기척을 지웠다.

반 친구들에게 이런저런 소리를 듣는 건 사양하고 싶다. 나를 이상한 눈으로 보는 것도 내키지 않는다. 그걸 알아차린 사란 단장은 쓴웃음을 지으면서 박수를 두 번 쳤다. 또렷하게 들리는 박수소리가 넋을 놓고 있던 반 친구들의 의식을 다시 원래대로 돌려놓았다.

"가장 큰 위협이 사라졌다곤 하나, 우리는 아직 미궁 안에 있습니다. 무슨 일이 일어날지 모릅니다. 오늘은 여기까지 하고 돌아갈 것이니, 돌아가는 동안에도 부디 방심은 하지 않도록 하세요."

미노타우로스의 머리는 기사단원이 들었고, 용사는 친구에게 업혀서 미궁을 빠져나왔다. 나는 앞으로의 일을 생각하면서,

그 뒤를 따라갔다.

실력을 감추는 건 이제 불가능하다. 기사단원이나 반 친구들이 의도하지 않더라도 미궁에서 일어난 일은 소문으로 퍼질 것이다. 문제는 왕에게 어느 정도 전해질 것인가, 내 실력이 어느 정도라고 보고될 것인가에 달렸다. 용사에게 걸린 주술을 해제한 뒤에, 잠시 행방을 감추는 게 좋을지도 모르겠군.

도중에 나타나는 마물은 전부 기사단에게 맡기고, 우리는 최단 스피드로 지상으로 돌아왔다. 이미 해는 완전히 진 상태였고, 미궁에 들어가기 전에 있었던 많은 사람들은 보이지 않았으며, 드문드문 사람들이 서 있었다.

역시 이 시간부터 미궁에 들어가는 사람은 없는 모양이다.

"숲으로 들어갈 겁니다. 떨어지지 않도록 하세요."

사란 단장의 목소리가 유달리 크게 울려 퍼졌다. 반 친구들은 완전히 지쳤는지, 갈 때엔 잘도 떠들어대고 있었지만 지금은 너무나 조용했다.

그렇게 말하는 나도 오늘은 피곤했다.

상층부에선 반 친구들이 흥분한 나머지 저지른 돌발행동의 뒤처리. 트랩이 가동된 뒤에는 반 친구들을 습격하는 마물들을 암기로 쓰러트렸고, 미노타우로스 전에선 지금 낼 수 있는 최대 출력으로 그림자 마법을 날렸다. 쓸데없이 사란 단장보다 많았던 마력도 거의 떨어졌기 때문에 마력 포션으로 약간 회복한 상태다.

큰 부상은 없었지만 아무래도 수가 많았기 때문에 다친 곳이 전혀 없는 건 아니었다. 가장 심한 것은 지금도 고통이 느껴지는 옆구리의 찔린 상처다. 이건 두 손이 날붙이처럼 생긴 원숭이와 비슷한 마물에게 찔린 곳이다. 그런 손으로 어떻게 생활을 할 수 있는 건지 따지고 싶은 부분은 많이 있었지만, 어쨌든 아팠다. 일단 생명력 포션을 뿌려서 상처는 막았다.

역시 상처가 완전히 아물지 못한 탓도 있었고, 흘린 피는 돌아오지 않기 때문에 빈혈이 와 약간 어지러웠다.

포션이 있다는 걸 알아챈 게 조금 늦었다면 쓰러졌을지도 모르겠군.

뭔가 다른 짓이라도 해서 정신을 분산시키자고 생각했지만, 주변은 기사단원들이 완벽히 호위하고 있기 때문에 딱히 할 일도 없었다.

그리고 보니 스테이터스가 얼마나 성장했을까. 일단은 미노타우로스에게 마지막 공격을 날려서 처치한 사람은 나이므로, 레벨업은 확실히 했을 것이라 생각한다.

이세계물에선 종종 레벨업한 것을 알려주는 편리한 설정이 붙는 경우가 있는데, 이 세계의 스테이터스는 그런 게 일절 없는 것 같았다.

"스테이터스."

누구도 내 말을 듣지 않는 것을 확인하고, 나는 스테이터스를 열었다. 이 세계에 온 이후론 처음이로군.

아키라 오다

종족: 인간

직업: 암살자 Lv.15

생명력: 25/5400

공격력: 3600

방어력: 2400

마력: 12/2100

스킬: 산술 Lv.5, 교섭술 Lv.5, 암기술 Lv.5, 암살술 Lv.4, 곡도
술 Lv.1, 단도술 Lv.5, 기척은폐 Lv.MAX, 기척감지 Lv.4,
위기감지 Lv.3, 위압 Lv.1, 포효 Lv.1

엑스트라 스킬: 언어이해, 세계안 Lv.1, 그림자 마법 Lv.3

"……오오."

"응? 아키라, 왜 그래?"

"아니, 미안. 아무것도 아냐."

 나도 모르게 이상한 목소리가 흘러나오고 말았다. 레벨이 15
까지 올라간 것은 그다지 놀랍지 않았다. 명백하게 자신보다 레
벨이 높은 미노타우로스를 쓰러트렸으니까, 10정도는 올라가
지 않으면 오히려 곤란하다. 그보다 어느새 각 스킬의 레벨이
올라갔으며, 새롭게 『위압』과 『포효』를 익혔다. 이 두 개의 스
킬을 얻은 것은 분명 미노타우로스의 『위압』이나 『포효』를 내
몸으로 계속 받아내고 있었기 때문일 것이다. 사란 단장도 말했
던 것이지만, 당해 본 스킬은 높은 확률로 습득할 수 있다고 한

다. 그렇다면 분명 용사도 얻었겠군. 모두를 감싸면서 미노타우로스의 눈앞에 서 있었으니까.

스테이터스도 초기 스테이터스의 세 배로 성장해 있었다. 레벨 15로 세 배란 말인가. 각각 레벨업할 때마다 올라가는 것인지, 적당한 숫자에 도달하면 한꺼번에 올라가는 건지 잘 모르겠지만, 상당히 많이 올라간 것 같았다.

만약 다른 반 친구들도 이 정도로 올라갔다면, 인간의 영역을 넘어서는 자가 대량 발생할 것이다. 첫날에 봤던 집사 할아버지의 말을 그대로 믿는다면, 이 세계의 인간족의 최고 공격력은 500. 지금의 나는 그 7.2배의 공격력을 보유하고 있다.

그런 나도 그 미노타우로스에겐 공격이 통하지 않아서 고전했었는데, 이 세계의 사람들은 그 미노타우로스를 쓰러트릴 수 있을까. 아니, 마물이 너무 강한 것 아닌가? 이 나라의 '최후의 보루'인 사란 단장의 공격도 『광뢰』이외엔 그다지 통하지 않았고, 무기고에서 슬쩍해 온 내 단검 역시 피부를 베지도 못하고 부서졌다. 미노타우로스가 그 정도라면 마왕은 다가가기만 해도 육체가 소멸할 것 같다.

"자, 무사히 도착했습니다. 그룹 별로 점호를 마치는 대로 바로 해산하겠어요."

아직 써 보지 못한 스킬도 시험해 보고 싶으니까, 오늘은 일찍 자고 내일 사란 단장에게 많은 것을 물어보기로 했다. 새로운 무기도 슬쩍 빌려야 할 테고 말이지.

일단 오늘은 피곤했다. 방에 있는 부드러운 침대에서 빨리 자고 싶다.

"아, 아키라 군은 잠깐 남으세요."

"……."

처음으로 사란 단장에게 진지하게 살의가 일었다.

몇 시간 뒤에 우리가 온 곳은 처음에 많은 것을 가르침 받았던 안뜰이었다. 역시 이 시간에는 호랑나비 같았던 나비는 보이질 않는군.

"이걸 당신에게 드리죠."

그렇게 말하면서 사란 단장은 한 자루 칼을 꺼냈다.

……잠깐, 지금 어디서 꺼낸 거야? 옷 안에서 갑자기 나타난 것 같았는데. 사란 단장의 갑옷은 몸에 딱 맞게 만들어졌을 테니 칼이 들어갈 만한 틈새 같은 건 없을 텐데.

그 의문을 입으로 말하기 전에, 사란 단장은 한 자루의 도(刀)를 내 앞으로 불쑥 내밀었다. 나는 사란 단장의 환한 미소에 이기지 못하고 내키지 않는 동작으로 받아들었다.

검은색 자루에 검은색 코등이, 검은색 칼집. 참으로 내 마음에 숨어 있는 중학교 2학년의 감성을 자극하는 칼이었다.

아니, 이 세계에도 '도'라고 부르는 이런 칼이 있었구나. 지금까지 본 적이 없었기 때문에 없는 것으로만 생각하고 있었다.

"이건……?"

"초대 용사님이 자신의 손으로 만드신 '카타나'라고 불리는 무기입니다. 분명, 당신은 초대 용사님과 같은 세계에서 왔죠? 카타나에 대해선 알고 있겠죠?"

"아니, 응. 그 전에 왜 용사가 아니라 나한테 이걸……? 아니, 그보다 이렇게 쉽게 막 줘도 되는 거야?"

조금 뽑아 봤더니, 칼날도 멋들어지게 시커먼 색이었다. 뭘 좀 아네, 초대 용사.

"물론 츠카사 군에게 주는 것도 생각해 봤지만, 그는 곡도 계열의 스킬을 가지고 있지 않죠. 또한 용사에겐 대대로 전해지는 성검이 있으니까 질 군과 상담하여 당신에게 주기로 한 겁니다."

"왕에겐……?"

"……이건 비밀입니다만, 이건 왕성의 보물창고에서 훔쳐온 겁니다. 오늘 있었던 미노타우로스와의 싸움에서 무기가 파괴된 것 같으니, 마침 잘됐군요."

대수롭지 않게 터무니없는 소리를 하는 사란 단장을 보고, 나는 약간 오싹했다. 지금, 보물창고에서 훔쳐왔다고 말하지 않았나?

"분명히 보물창고에서 훔쳐왔다고 말했습니다. 그리고 그저 반짝거리는 금괴에 묻혀 있는 것보다는 어떻게든 자신을 써 주는 편이 그 카타나도 기뻐하겠죠. 그리고 당신이 전에 쓰던 그 단검도 훔쳐온 것 아닙니까."

또 초능력자 모드다. 나는 그 칼을 완전히 뽑았다.

소위 *코가라스즈쿠리라 불리는, 끝부분이 양날로 된 칼이었다. '안심해라, 칼등으로 쳤다.' 는 말을 할 수 없는 칼이라는 내용을, 어느 소설에서 읽었던 기억이 있다.

* 일본의 명도인 '코가라스마루' 와 같은 방식으로 만든 일본도의 양식을 일컫는 이름.

한번 쭉 살펴보다가 어떤 게 없다는 걸 알아차린 나는 사란 단장에게 물었다.

"이름은 없어?"

"있긴 있다고 하더군요. 칼날과 자루가 이어진 부분을 잘 보세요, 우리는 읽을 수가 없지만 말이죠."

잘 보니까, 확실히 글자가 새겨져 있었다. 한자로. 역시 초대 용사는 일본인이었던 것 같다. 오랜만에 보는 한자에 그리운 감정이 솟구쳐 올랐다.

"그런데, 뭐라고 적혀 있습니까?"

흥분한 표정으로 사란 단장의 재촉을 받으면서 그 문자를 읽었다. 이름은 검은 칼날에 흰색으로 새겨져 있어서 아주 눈에 잘 띄었다. 조금 전까지는 보이지 않았는데. 인식하지 않으면 보이지 않는 모양이다.

"이름은 '*야토노카미(夜刀神)'. 분명 어느 신 이름이 이랬던 것 같은데."

"야토노카미…… 그런 신이 당신의 세계에는 계신단 말입니까?"

"응, 우리 나라에만 한정된 신이지만 말이지. 우리가 태어난 나라인 일본에는 야오요로즈(八百万)의 신이라는 사상이 있어서, 모든 사물에 신이 깃들어 있다는 얘기가 전해지고 있어. 그 야말로 무한에 가까운 신이 있는 게 아닐까 싶을 정도로 말이지."

---

\* 일본 고사에 등장하는 신. 뿔이 달린 뱀 모양을 하고 있다.

"모든 사물에 신이 깃들어 계신다. ……과연, 그런 생각은 해 본 적이 없었군요. 이 세계의 신은 창조주님 한 분뿐이니까."

새로운 지식을 듣고는 부탁하지도 않았는데 눈을 반짝이면서 이 세계의 신이라는 것을 설명하기 시작한 사란 단장을 그냥 내 버려둔 채, 나는 칼 쪽으로 시선을 돌려서 내려다보았다.

"응?"

이름 옆에 눈에 띄지 않는, 색이 입혀지지 않은 문자가 있었 다. 달빛에 비춰서야 겨우 읽을 수 있었다.

'장래에 이곳으로 올 내 후배에게 도움이 되기를 바라면서.'

왼쪽으로 조금 기울어진 그 글자를 보면서. 나도 모르는 사이 에 웃음이 새어나왔다. 마음속으로 이세계의 선배에게 감사했 다. 틀림없이 지금의 내 마음의 지주가 되어 줄 말이었다.

"초대 용사를 만나보고 싶어지네."

"……"

일본에선 볼 수 없는, 하나도 탁하지 않고 하늘을 가득 수놓은 별들을 보면서 그렇게 말하자 사란 단장은 묵묵히 밤하늘을 쳐 다봤다. 아쉽게도 내가 아는 별자리는 없었지만, 어제까지 멍 청한 용사와 뭔가를 꾸미고 있는 왕과 왕녀에게 느끼고 있었던 우려와 분노가 흔적도 없이 깔끔하게 사라져 있었다.

"저기, 사란 단장, 할 말이 있는데——."

나는 사란 단장에게 한 가지 부탁을 했다.


하늘은 검게 물들었고, 달도 보이지 않았다. 고향에선 지금도 네온사인이 환하게 반짝이고 있겠지만, 공교롭게도 주변에는 성 앞 도시처럼 따뜻한 빛은 없었으며, 모든 것이 어둠에 갇혀 있었다. 지붕 위에 올라가면 성 앞 도시의 불빛도 보이겠지만, 지상은 컴컴했다.

어두운 밤은 나의 세계다. 암살하기 절호의 날이었다.

"용사님에겐 용사님다운 태도를, 행동을, 언어를. 그분의 길을 가로막는 자에겐 천벌을."

"과연, 그런 식으로 그 용사에게 주술을 걸고 있었단 말인가."

검게 물든 수정을 향해 손을 뻗고 있던 왕녀는 어깨를 크게 떨면서 내 쪽을 보았다. 왕녀의 침실 창틀에 발을 얹은 뒤에, 나는 그 방안으로 침입했다.

"당신은 용사님의 일행이신가요? 숙녀의 침실에 무단으로 침입하시다니, 참으로 수치를 모르시는 분이군요. 그리고 얼굴도 가리지 않다니, 자신감이 대단하시네요."

"숙녀란 말이지. 사랑하는 상대가 자신을 보게 하기 위한 기도라면 몰라도, 주술을 걸어 대는 집착증 환자가 숙녀를 자칭하진 않았으면 좋겠는데. 그리고 얼굴을 가리지 않은 건 일부러 그런 거야. 성 안에 있던 내 얼굴을 모른다는 건 내 『기척은폐』도 제대로 기능하고 있다는 얘기니까. 잘 보라고. 이게 네 계획을 방해한 남자의 얼굴이야. 나는 언제든 네 목을 벨 수 있어."

나는 씨익 웃으면서 검게 물든 수정을 붙잡았다. 생각했던 대로, 만진 것만으로도 엄청난 오한이 느껴졌다. 이런 걸로 24시간 내내 주술에 걸려 있으면서도 아직 미치지 않은 용사를 칭

찬해 줘야 할까, 그렇지 않으면 알아차리지 못한 게 어이없다고
생각해야 할까.

사란 단장이 예상한 대로였다. 나는 왕녀에게 시선을 고정한
채, 어제 일을 떠올렸다.


"왕녀가 용사에게 주술을……?"

미궁에 들어갔다가 사선을 겨우 돌파하여 살아남은 다음 날,
나는 사란 단장으로부터 용사에게 걸려 있는 주술의 원인이 뭔
지, 그가 짐작하는 바를 듣고 있었다. 내가 칼을 받은 장소, 안
뜰에 설치된 분수 뒤에서 둘이 나란히 앉아 멍하니 화단에 심어
진 꽃이나 꽃의 꿀에 몰려드는 벌레 등을 바라보면서 얘기했다.

"네. ……아니, 그분밖에 없다고 하는 게 정확한 표현이 될까
요."

"그 왕녀는 용사에게 반했잖아? 왜 주술 같은 걸 거는 건데."

속이 검은 그 왕녀는 옆에서 봐도 용사에게 푹 빠져 있었다. 그
야말로 반 친구들 중에 있는 용사 신자들에게 전혀 뒤지지 않을
정도로.

"여자는 무슨 생각을 하고 있는지 잘 알 수 없는 존재입니다.
예를 들면 애정의 또 다른 표현이라거나?"

"그런 것치곤 너무 지나치잖아. 그리고 그 주술은 자칫하면
목숨이 위험해진다고."

머릿속에서 상반되는 두 개의 인격이 격렬하게 싸우고 있는
감각 같은, 그런 심한 두통이 늘 용사를 엄습하고 있었던 모양

이다. 우에노에겐 지금도 계속 『해주』의 마법을 걸어 두도록 지시했다. 효과는 여전히 약하지만, 그게 아니면 주술을 건 자를 죽이는 것 말고는 방법이 없다.

반 친구들 중에는 용사가 괴로워하고 있는 건 내가 억지로 『해주』를 시켰기 때문이라고 믿고 있는 녀석도 있는 것 같은데, 늦건 빠르건 그런 상태가 되었을 것이다. 그 정도로 주술은 강렬했다.

"왕녀, 마리아 로즈 레이티스 님은 어릴 적부터 애정이라는 것을 모르고 자라셨죠. 왕비님은 왕녀님을 낳은 후 얼마 되지 않아 돌아가셨고, 왕비를 깊이 사랑하시던 폐하는 왕비님이 죽은 원인이 된 딸을 진심으로 인정하지 못하고, 왕가를 존속하기 위한 장기짝으로 다뤘으니까요."

확실히 서재에 숨어 들어갔을 때 느꼈던 그 분위기는 부모와 자식이라기보다는 그야말로 주인과 하인 같은 느낌이 들었던 것 같다.

"그래서? 애정이란 것은 장기짝처럼 쓰고 쓰이는 것이다. 그렇게 생각하며 자란 왕녀는 '이용한다'는 것 말고는 다른 애정 표현을 몰랐고, 주술을 걸어서 자신이 바라는 대로 '이용할 수 있는' 용사로 그 녀석을 완성시키려고 했다. 왕의 명령에 따라서…… 이렇게 되었단 얘기야?"

"아마도 그렇겠죠."

"그렇군. 그리고 죽음의 원인이라……. 당신들 기사가 그 왕녀를 유달리 신경 쓰는 이유도 왠지 이해가 되었어. 평범하게 생각하면 가망이 없다고 포기해도 당연할 만한 짓을 하고 있으면서도 아직 이 나라에 왕과 왕녀가 있는 사실을 말이지."

원래대로라면 쿠데타가 일어나도 이상할 게 없었다. 그런 사태가 일어나지 않는 것은 아마 왕녀가 술법 같은 것으로 부정의 증거가 될 만한 것을 잘 숨기고 있으며, 사정을 전부 파악하고 있는 기사단이 입을 다물고 있기 때문이다.

기사들은 왕과 왕녀에게 어떤 죄책감 같은 것을 느끼고 있다. 내 추측인 데다 진실을 들어볼 마음도 들지 않았지만, 아마도 왕비님이 죽은 원인이 기사단에 있는 게 아닐까. 그렇다면 기사단이 입을 다물고 있는 이유에 대한 설명도 된다.

"……아마도 당신의 예상이 맞을 겁니다. 우리는 폐하와 왕녀님께 빚을 지고 있다고 생각하고 있죠."

또 초능력자 사란에게 내 마음을 읽혀 버렸다.

"그리고 이 나라는 마족이 살고 있는 '볼케이노'와는 멀리 떨어져 있어. 그런 나라가 용사 소환을 지금 벌일 필요는 없지. 원래는 마족에 대해서도 걱정할 만큼 가깝지도 않을 거야. 왕과 왕녀에 대해선 잘 모르지만, 원래는 분명 주변국이 어느 정도 위험에 노출된 뒤에야 무거운 몸을 일으키는 것 아닌가?"

그런데도 우리는 이곳 레이티스에 있다. 실제로 마족의 영토에 가까운 나라에서도 피해를 입었다는 얘기는 들어본 적이 없다. 정보가 규제되더라도 사란 단장은 나에게 가르쳐 주었을 것이다.

즉, 처음부터 군사적으로 이용할 생각을 단단히 먹고 있었다는 뜻이다.

"그들의 사고회로는 간단합니다. 리더를 따르도록 만들어 버리면 그만이라는 거죠. 그렇게 하면 만일 들켰다고 해도 어떻게든 얼버무려서 넘길 수 있을지도 모르니까 그렇게 생각하는 것이겠죠."

"과연. ……오늘밤 안에 처리하는 게 좋겠군."

"츠카사 군의 용태를 생각한다면 빨리 움직이는 게 좋겠군요. 아마도 왕녀님은 매개체가 되는 수정이나 마석을 이용하고 있을 겁니다. 그걸 부숴 버리면 주술은 사라질 겁니다. 만약 부수지 못한다면, 뭐 죽지는 않더라도 츠카사 군은 왕녀님의 인형이 되어 버리겠지만 말이죠. 그러니까 당신에게 부탁하겠습니다."

"알았어. 내가 내일 왕녀의 침실에 잠입해서 그 주술을 없애고 오겠어. 성공했을 때는 내가 말했던 걸 부탁할게."

"좋아요. 생각해보겠습니다."

그런 기억을 떠올리면서, 나는 새로이 손에 넣은 무기인 '야토노카미'로 수정을 깨트렸다.

"이걸로 용사에게 건 주술은 풀렸군. 방해해서 미안했어."

나는 수정 조각을 손에 들고, 다시 창틀에 발을 올렸다. 왕녀에 대한 견제의 의미로 일부러 얼굴을 드러냈지만, 다른 인간에게 보이는 건 위험하지. 어서 물러나야 한다.

"과연, 우리가 하는 말에 용사가 따르도록 만들어 버리면 다른 사람들은 전부 저절로 따라올 거라 생각하고 있었는데, 그렇지 않은 모양이군요. 다른 분들은 그냥 놔둬도 괜찮은가요?"

잘 보니, 그 외에도 용사의 것보다 작은 수정이 이름표가 붙은 채로 놓여 있었다.

"부수는 사이에 문 너머에 있는 시녀가 불려오기라도 하면 곤란하거든. 나는 이만 도망가겠어. ……아니, 딱 하나 묻고 싶은 게 있군. 너는 무슨 생각으로 왕의 명령을 듣고 있는 거지?"

"모든 것을 국왕 폐하를 위해서."

"……아, 그래."

왕녀는 인형 같은 얼굴을 점점 더 인형처럼 만들면서 중얼거렸다.

나는 살짝 오싹한 기분을 느끼면서, 바로 그 방에서 물러났다. 아아, 미친 여자는 질색이야.


왕녀의 주술을 푼 뒤에, 나는 그대로 수정을 품에 안고 사란 단장의 방에 숨어 들어갔다.

사란 단장은 책상에 앉아서 열심히 뭔가를 적고 있었다. 내 쪽은 일절 쳐다보지 않았다.

"어라, 아키라 군, 일찍 돌아왔군요."

완전히 기척을 지우고 사각으로 파고들었는데도 날 알아차리는 바람에, 암살자로서의 조그만 자존심에 상처가 났다. 아무렇지 않은 표정으로 책상 앞에 다가가서는 수정을 책상 위에 턱하고 놓자, 사란 단장은 겨우 얼굴을 들어서 나를 봤다.

"그런 표정 짓지 말아요. 오늘은 질 군에겐 쉬라고 말해 뒀서, 여기 찾아올 사람은 당신밖에 없거든요."

그렇게 조금 초점이 빗나간 말을 하는 사란 단장을 보면서, 나는 입을 한층 더 삐죽 내밀었다.

"그게 아냐. 내 기척을 알아차린 것이 석연치가 않아서 그런 거야."

"그 정도를 가지고……. 당신과 저 사이니까 당연한 것 아닙니까."

"징그러워."

일도양단하듯 딱 잘라 말하자 사란 단장은 책상에 쿵 엎어졌다. 하지만 회복도 빨랐으며, 바로 눈앞에 있는 수정을 손으로 쥐었다.

그리고 눈이 험악하게 바뀌었다.

"이건……. 그 망할 녀석, 아직 포기하지 않은 건가."

처음에 한 말은 목소리가 낮아서 제대로 들리지 않았다. 나는 고개를 갸웃거렸다.

"응? 아직 주술이 사리지지 않은 거야?"

"아뇨, 주술은 소멸한 상태입니다. 단지, 이 수정이 낯이 익어서 말이죠."

미간에 주름을 잔뜩 잡으면서 수정을 노려보는 사란 단장의 눈에는 격렬한 분노와 증오가 깃든 것처럼 보였다. 늘 미소를 짓고 있는 사란 단장치고는 보기 드문, 처음 보는 표정이었다.

"어디서 본 건지 물어봐도 될까?"

내가 그렇게 말하자, 사란 단장은 험악한 표정을 바로 지우면서 미소를 머금은 평소의 표정으로 돌아왔다. 하지만 그 표정은 약간 일그러져 있었다. 마치 억지로 웃고 있는 것 같았다.

"아뇨, 확증을 잡을 때까지 조금 더 시간을 주세요. 내일쯤에는 얘기를 해줄 수 있을 거라 생각합니다."

"그걸로 다른 아이들에게 걸려 있던 주술 문제는 해결되는 거지?"

"……아마도요."

"……좋아."

"그럼 늘 하던 대로 당신의 질문에 대답하기로 하죠."

늘 하던 대로라고 말하면서도, 늘 냉정하고 침착하던 사란 단장의 눈동자는 계속 흔들리고 있었다.

"아니, 됐어. 오늘은 피곤하니까 일찍 쉬겠어."

"그런가요. 그럼 안녕히 주무십시오."

"잘 자."

나는 딱히 이렇다 할 이유도 없이 창문을 통해 밖으로 나갔다. 이미 버릇이 되었는지도 모르겠다.

"질 부단장에게 물어보면…… 아니, 괜히 들쑤시지 않는 게 좋으려나?"

단장의 그 표정, 그다지 파고들지 않기를 바라는 것 같았는데, 인간 관계로 그다지 고민해 본 적이 없는 나는 어떻게 하는 게 최선인지 알 수가 없었다.

"……자자."

내 방이 있는 장소는 기본적으로 사란 단장과 질 부단장밖에 모른다. 하지만, 내 얼굴을 안 왕녀가 이 성을 샅샅이 수색할지도 모른다. 그래서 나는 짐을 챙겨서 성 밖으로 나갔다. 높은 나무를 찾아서 올라간 뒤에 드러누워 눈을 감았다.

내일이 되면 사란 단장이 모든 진실을 백일하에 드러내줄 것이라고, 그렇게 생각하며 현실에서 도피했던 나는 다음 날 지옥을 보게 되었다.

그때 역시 왕과 왕녀를 죽였어야 했을지도 모른다.


"아키라! 아키라, 일어나!!"

누가 날 격렬하게 흔드는 바람에 눈을 떠보니, 오랜만에 제정신으로 돌아온 용사가 있었다.

"뭐야. 아니, 그보다 어떻게 이 장소를 알았어?"

"질 씨에게 짐작이 가는 곳이 없는지 물어봤어. 정말로 밖에서 자고 있을 줄은 몰랐지만…… 그보다 사란 씨에게 큰일이 생겼어! 빨리 와봐!!"

용사가 다그치는 대로 서둘러 안뜰로 가봤더니, 반 친구들이 모두 모여 있었다. 왕과 왕녀도 있었다.

하지만, 기사단원들도 질 부단장도 있었는데 사란 단장만, 보이지 않았다.

"질 부단장, 사란 단장은……?"

질 부단장에게 묻자, 질 부단장은 슬픈 표정으로 시선을 숙였다. 사란 단장에게 무슨 일이 생긴 거지?

"뻔뻔한 거짓말은 이제 그만해."

뒤에서 갑자기 그런 말이 들렸다. 돌아보니, 반 친구들 중에서, 원래 세계에 살았을 때부터 내게 종종 시비를 걸어오던 녀석들이 악의가 담긴 눈길로 나를 노려보고 있었다.

"뭐?"

"아키라, 사란 씨는 거기 있어."

잔챙이 녀석이 걸어온 시비에 나도 모르게 발끈하면서 반응할 뻔했지만, 용사의 시선을 따라가다가 말문이 막혔다.

사란 단장이 거기 있었다. 왕의 발 근처에 누워 있었다. 가슴 부근이 검게 물들어 있었고, 그 중심에는 자루 끝에 녹색 보석이 박힌 은색 단검이 박혀 있었다.

누가 봐도 죽은 상태였다.

"네가 쓰고 있던 단검이지? 네가 죽인 거구나. 이 살인자!"

반 친구들이 나를 노려보고 있었다. 용사만이 나에게 애원하는 듯한 시선을 보내고 있었다.

"……과연, 덫에 걸렸단 말인가."

그렇게 중얼거리면서 왕과 왕녀를 봤다. 두 사람 다 겉으로는 슬픈 표정을 짓고는 있었지만, 그 눈에는 형형한 기쁨의 빛이 빛나고 있었다. 그걸 보고, 나는 입꼬리를 올렸다.

"저기, 아키라, 혹시 아니라면 아니라고 말해 줘."

용사가 그렇게 말하면서 나를 봤다. 하지만 나는 사란 단장을 바라보고만 있었을 뿐, 용사를 보진 않았다. 솔직히 말해서 용사까지 포함해서 반 친구들이 어떻게 생각하고 있는지, 어떻게 보고 있는지는 전혀 신경도 쓰지 않았다. 단지, 원래 있던 세계에선 면학에 힘쓰고 있던 학생들이었으면서, 그 기억력이 너무 안타깝다는 생각이 들었다.

이 녀석들은 어제 내가 미노타우로스를 베었을 때 단검이 산산조각으로 부서진 걸 보지 못했단 말인가?

"무슨 말이든 좀 해 봐!"

정의감 넘치는 표정을 지은 반 친구가 내게 화를 내면서 소리쳤다. 분명 직업은 화염 마법사였던 것 같은데. 내가 반 친구들의 이름도 얼굴도 기억하지 못하는 건 늘 있는 일이지만, 이 녀석을 비롯한 몇 명은 여러 가지 의미로 얼굴은 기억하고 있었다. 뭐, 호소야마나 우에노와는 달리 이름 쪽은 전혀 기억하지 못하고 있었으니, 분명 기억할 만한 가치도 없는 녀석들이겠지.

나는 그저 한숨을 쉬었다.

"미궁에서 너희를 구해 줬는데 이렇게 나오는 건가. 정말이지, 너희에겐 정나미가 완전히 떨어졌어. 마지막에 보여주던 단결력은 대체 어디로 간 건지."

"시끄러워! 이 세계에 오기 전부터 너는 마음에 들지 않았다고. 그리고 보나마나 미궁에서도 비겁한 수를 쓴 게 뻔해."

이 녀석은 궁사였던가.

조금 전의 화염 마법사도 그렇고, 소환되기 전의 세계에 살았을 때부터 자주 나에게 쓸데없이 간섭하면서 자신들을 만족시키던 녀석들이었다. 뭐, 나도 이런 녀석들을 상대할 바에야 자는 시간을 늘리는 게 더 좋다는 것을 깨달은 뒤로는 상대도 하지 않았지만.

솔직히 이 녀석들보다 용사 쪽이 정면에서 당당히 다가오는 게 몇 배나 더 시원스러웠다.

처음부터 내가 죽었다고 정해 놓고 있는 반 친구들을 보고, 나는 얘기할 시간도 오해를 풀 시간도 아깝다고 생각하면서 반 친구들에게서 벗어나 사란 단장의 유해 쪽으로 다가갔다. 반 친구들이 집요하게 나를 의심하는 것은 보나마나 왕녀의 수정 때문일 테니까, 내버려 둬도 괜찮을 것이다.

왕과 왕녀는 제지하지 않고, 내 언동을 그저 지켜보고 있었다.

사란 단장의 얼굴은 고통으로 일그러져 있었다. 가슴속이 울렁거렸다. 이 감정은 분노일까.

나는 잠깐 동안 묵념을 하고 그 유해에서 단검을 뽑았다. 붉은 액체가 몸에서 넘쳐 나왔다. 그 양은 적었지만, 새로운 붉은색이 옷을 물들였다. 그 몸은 이미 차갑게 식어 있었다. 살아 있었을 때의 모습은 이미 남아 있지 않았다. 그 미소는 이젠 볼 수가 없다.

단검에 묻은 피와 새로이 솟구쳐 나온 피를 보면서 반 친구들은 비명을 질렀다.

눈빛으로 그들의 입을 다물게 만든 뒤에, 나는 일어서서 왕을 노려봤다.

"내가 방해가 되겠지? 바로 나가줄 테니까 안심하라고."

"무슨 소리를 하는 거냐? 널 놓아 줄 생각은 없다."

왕과 시선을 교환하는 내 옆으로, 왕녀가 슬쩍 다가와서 속삭였다.

"당신은 너무 많은 걸 알았어요. 이 남자와 마찬가지로 말이죠……. 우리 나라의 '최후의 보루'를 죽인 대역죄인으로서 벌을 받아야겠어요."

왕녀는 분명 나에게만 들릴 정도의 음량으로 말할 생각이었겠지만, 왕녀 뒤에서 용사가 놀란 표정으로 눈을 크게 뜬 것을 나는 놓치지 않았다.

그 말이 신호가 되었다. 기사단이 아니라, 나도 본 적이 없었던 성의 위병들이 나를 포위했다. 검은색으로 통일된, 분명 나와 같은 암살자의 부류에 속하는 병사들일 것이다. 동작도 군더더기가 없었다.

반 친구들도 그 포위망에 가담했다.

질 부단장에게 끌려가는 식으로 용사도 그 자리를 벗어났다. 그때 질 부단장이 눈으로 나에게 뭔가를 호소하고 있었지만, 잘 알아들을 수가 없었다.

"붙잡아라."

왕의 명령에 따라 포위망이 점점 좁아지기 시작했다.

"……잔챙이가 아무리 몰려들어 봤자 잔챙이에 불과하다는 걸 이제 그만 좀 깨달으라고."

승리를 확신한 반 친구들의 표정을 보면서, 나는 그렇게 중얼거린 뒤에 『기척은폐』를 발동했다.

"사, 사라졌어?!"

"찾아라!! 아직 멀리 가지 못했을 거다!"

순식간에 시야에서 내 모습이 사라지자, 포위망을 구축하고 있던 사람들은 당황한 목소리를 내기 시작했다. 그러고 보니, 남들이 보는 앞에서 당당하게 기척을 지우는 건 처음이었을지도 모르겠다.

그들의 머리 위를 가볍게 뛰어넘은 뒤에 질 부단장에게 다가 갔다.

질 부단장은 내가 이쪽으로 올 것을 알고 있었는지, 시선을 곳 곳으로 돌리면서 작은 목소리로 말했다.

사란 단장 같은 눈은 가지고 있지 않을 테니까, 같이 훈련하면 서 경험을 쌓은 결과이겠지.

"사란 단장님을 죽인 것은 왕의 암살부대인 '밤까마귀'입니다. 당신도 노리고 있습니다. 조심하세요. 그리고 사란 단장님 의 방에 당신 앞으로 남겨둔 편지가 있었습니다. 성의 보물 창 고에서 훔쳐온, 여행에 필요한 물건들도 같이 있습니다. 왕이 알아차리기 전에 빨리 성에서 탈출하세요. 당신이라면 무슨 일 이 있어도 괜찮을 거라는 건 알고 있습니다만, 부디 조심하시 길."

"고마워. 질 부단장도 건강하게 잘 지내."

질 부단장이 슬쩍 미소를 짓는 것을 보고, 나는 기척을 지운 채 로 성의 지붕을 뛰어넘었다.

안뜰에선 나를 찾느라 위병들이 뛰어다니고 있었다. 반 친구 들은 날 놓친 것을 분하게 여기는 표정을 지었고, 용사는 모두에게 들키지 않게 안도의 한숨을 쉬고 있는 것이 보였다. 그리고 험악한 표정을 지으면서 왕녀님을 보고 있었다. 용사가 진실을 알게 되는 것도 시간문제이겠군.

나는 사란 단장의 방에 몰래 숨어들어서, 필요한 것들을 모조리 움켜쥐고 성에서 나갔다. 사란 단장이 죽었다는 게 아직도 믿기지 않지만, 이런 사태는 예상한 범위 안의 일이었다. 예전부터 사란 단장에게 내가 성에서 나갈 수 있게 준비해 달라고 부탁해 두었던 것이다. 딱히 예전부터 용사나 다른 아이들을 저버리려고 했던 것은 아니었다. 주술을 풀 때 모습을 보였던 나에 대한 대응으로, 왕과 왕녀가 모든 것을 불사하고 반 친구들을 이용해 내가 있을 자리를 빼앗으려고 들었을 때를 위한 보험이었다.

나는 사란 단장을 죽이지 않았다. 그건 나 자신이 잘 알고 있다. 왕녀에게 조종당하고 있는 것도 아니다. 반 친구들에게 무슨 소리를 듣든, 그 사실은 바뀌지 않는 것이다.

사란 단장의 원수는 반드시 내가 갚을 것이다.

하지만 그러기 위한 힘이 지금의 나에겐 분명 부족할 것이다. 사란 단장의 상냥한 미소를 떠올리는 바람에 일그러진 시야를 난폭하게 닦으면서, 나는 미궁 원정을 갔을 때 한 번 지나가본 적이 있는 길을 전력으로 질주했다.

# 간장(間章) 사란 단장

**Side 오다 아키라**

사란 단장은 희한한 사람이다.

나는 지금까지, 그처럼 괴짜라는 말이 잘 어울리는 사람을 만나 본 적이 없었다.

"아키라 군, 단장님을 보지 못했습니까?"

그리고 그런 사란 단장의 오른팔을 맡고 있는 질 부단장은 늘 고생이 많은 사람이라고 할 수 있을 것이다. 내가 그를 볼 때는 대개 갑자기 어디론가 사라져 버린 사란 단장을 찾고 있었으니까.

"아, 사란 단장이라면 아까 기사단원들의 대련을 봐주고 있었는데."

"네. 그건 알고 있습니다. 조금 전에 가 봤는데 이미 사라지고 안 계시더군요."

늘 졸래졸래 돌아다니는 사란 단장에게는 정말로 GPS를 달아 주고 싶어진다. 그러면서도 내가 모르는 게 있어서 찾고 있을 때면 곧바로 어딘가에서 나타나는 것이다. 무슨 스킬을 사용하고 있는 게 아닐까 하는 생각이 들 정도로 정확하게.

"그럼 아키라 군, 단장님을 발견하면 제가 찾고 있었다는 걸 대신 전해 주겠습니까? 급한 서류가 있다고 말이죠."

질 부단장은 그렇게 말한 뒤에 어디론가 가 버렸다. 정말로 바쁜 모양이다. 질 부단장이 대머리가 될 날도 멀지 않았군.

아니, 그 전에 왜 질 부단장이 단장이 아닌 걸까. 질 부단장이 단장을 맡는 게 틀림없이 업무가 지장 없이 잘 처리될 텐데. 하지만 뭐, 질 부단장은 이래저래 말은 많아도 사란 단장을 존경하고 있으니, 의외로 그런 단순한 이유가 있기 때문일지도 모르겠군.

그렇게 생각하면서 나는 왕이 문을 잠가놓은 장서실로 숨어들었다. 확실히 자물쇠는 단단히 채워져 있었지만, 스킬 향상과 병행하여 소리 없이 걷는 법부터 상대를 무기가 없는 상태에서 일격으로 죽음에 이르게 하는 기술까지 필요한 기술을 사란 단장에게 배우고 있는 나에게 지문 인증도 아닌 자물쇠 따위 어려울 게 없었다. 그 사람은 정말로 뭐든지 알고 있었다. 마치 이 세계의 그림책에 나오는 '현자' 같다.

"어디 보자, 여기서 여기까지는 다 읽었던가."

밤이면 밤마다 자는 시간도 줄이면서 지식을 축적하고 있던 나는 이미 어느 책이 어느 서고에 있는지 완전히 파악했다. 뭐, 사란 단장은 모든 책의 특정한 페이지까지도 완전히 기억하게 있는 것 같았지만, 아무리 그래도 나는 그 정도까진 기억하지 않고 기억할 수도 없다.

"……이게 뭐였더라. 읽을 수는 있는데 뜻을 모르는 단어가 가끔씩 튀어나온단 말이지."

그렇게 중얼거리면서, 나는 사란 단장을 찾기 위해 일어섰다.

"……어라, 그건 쿠데타를 뜻하는 단어고, 그 책은 무슨 계획 서로군요. 그걸 집다니, 아키라 군의 안목도 대단합니다."

나 혼자밖에 없는 공간에서 내가 아닌 다른 사람의 목소리가 울려 퍼졌다. 처음에는 깜짝 놀라서 단검을 쥐고 싸울 자세를 취했었지만, 이젠 슬슬 익숙해졌다. 뭐, 지금의 나에겐 단검이 없는 데다, 받은 칼은 역시 장서실에선 휘두를 수 없으니까 결국엔 아무것도 하지 않았지만.

나는 한숨을 쉬면서 뒤로 돌아봤다.

"사란 단장은 나보다 훨씬 더 암살자에 소질이 있는 것 같은데."

내 뒤에 있는 책장 뒤에서 지금까지 지우고 있었던 그 기척과 함께 조용히 나타난 사람은 빙긋 웃고 있는 사란 단장, 바로 그 사람이었다.

"암살자가 직업인 당신에게 그런 말을 들으니 쑥스럽군요."

내가 어이없는 표정을 짓는 것도 어쩔 수 없는 일이라고 생각한다. 이렇게 멍청해 보이는 사람이 '최후의 보루' 라는 소리를 들을 정도의 실력자이니까 말이다.

"질 부단장이 급한 서류가 있다고 말하면서 찾아다녔어."

"아아, 그건 이미 끝내 놓고 왔습니다. 지금쯤이면 질 군이 체크하고 있지 않을까요."

이런 사람이지만, 실없이 굴 때와 그렇지 않을 때는 잘 구분하고 있기 때문에 그렇게 큰 고생은 하지 않는 것이다. 단지 모습을 감추는 게 귀신이 곡할 정도로 능수능란할 뿐이지.

비록 괴짜라고 해도 나는 사란 단장을 존경하고 있으며, 스승이라고 생각하고 있다.

"그렇군. ……그런데, 이게 쿠데타 계획서라는 건 어떻게 아는 거야?"

쿠데타 계획서라면 더더욱 이렇게 남의 눈에 띄는 장서실 같은 곳에 놓아 두는 것은 부자연스럽다.

내 질문을 받고, 사란 단장은 수상쩍은 미소를 지으면서 쌓여 있는 책 위에 걸터앉았다.

"그 나라의 왕은 왕비를 진심으로 사랑하고 있었죠. 하지만 왕비는 어느 날 딸의 생일 선물을 사기 위해서 도시로 나가 있던 도중에 도적의 습격을 받았고, 왕비를 지키려고 싸웠던 기사들의 힘이 부족했던 나머지 목숨을 잃고 말았답니다. 가장 사랑하는 사람의 죽음으로 인해 마음이 망가져 버린 왕은 딸과 이웃 나라를 끌어들여서 왕비를 소생시키려고 했죠. 그리고 그러려면 만 명 정도는 가볍게 넘어가는 인간의 목숨이 필요하게 되었죠. 그 책은 그 미친 계획을 알게 된 기사단장이 적은 거예요. 여기에 숨긴 이유는 단순한데, 말하자면 '나무는 숲속에, 책은 장서실 안에'라고 할까요. 언뜻 보기엔 단순한 요리책으로 위조해서 말이죠. ……그건 그렇다 쳐도 제대로 숨겼다고 생각했는데, 용케도 찾아냈군요."

씨익 웃는 사란 단장.

나는 어딘가에서 들었던 적이 있는 그 이야기 때문에 식은땀이 멈추질 않았다. 어제 들었던 왕비가 죽고 왕녀가 왕의 손에 의해 인형이 되었다는 얘기하고 비슷하지 않아?

"내가 이 책을 읽도록 유도한 건 당신이잖아. 어제하고 책의 배치가 바뀌었어. 그래서 이 책을 집은 거니까 말이지."

동요를 애써 숨기면서 말한 내 말을 듣고, 사란 단장은 씨익 웃었다.

"알아 버리고 말았으니까 당신의 도움도 받기로 할까요. 우선은 오늘 임무부터 말해 드리죠."

임무는 다음과 같았다. 밤에 왕녀의 방에 몰래 숨어들 것. 가능하면 용사에게 건 주술의 매개체를 파괴할 것.

이 사람은 아무 생각도 없는 것 같으면서 사실은 모든 것이 이 사람의 손바닥 위에 있곤 했다. 그래서 두렵고 거역하고 싶지 않다고 생각하면서도, 왠지 마음이 저절로 끌리고 마는 것이다.

"……알았어."

알아 버린 게 아니라, 억지로 공범으로 끌어들인 거겠지. 그렇게 생각하면서도 나는 고개를 끄덕였다.

사란 단장은 요염하게 미소 지었다.

"순순히 말을 잘 듣는 아이는 싫어하지 않아요."


이때의 나는, 그런 사란 단장이 다음 날, 누군가에 의해 살해된 상태로 발견되리라고는 꿈에도 생각하지 못했다.

# 제3장 미궁

**Side 레이티스 왕국**

——어떤 서재에서.

"적절하게 방해자를 쫓아낸 것 같구나."

"네. '밤까마귀'들에겐 상을 주도록 하죠."

"그래. ……그건 그렇고, 그 사람이 용케도 그리 쉽게 살해당할 줄은 몰랐다."

"국왕 폐하께서 바라신 것이니까 실패할 리가 없죠. 용사를 제외한 다른 자들의 주술도 완성되었으니, 남은 건 동쪽 나라와 전쟁을 벌일 구실을 만들어야합니다."

"나중에 지명수배범을 숨기고 있다는 식으로 적당히 만들어 내면 되겠지. 그 꼬맹이는 어차피 어딘가에서 객사할 것이고 말이다. 하지만 뭐, 일단은 '밤까마귀'들을 시켜서 추적해라."

"네. 모든 것은 국왕 폐하의 뜻대로 될 겁니다."

계획은 차근차근 진행되고 있었다. 당사자들이 모르는 장소에서.

## Side 오다 아키라

성에서 나온 나는 그대로 컨티넨 미궁에 숨었다.

'만약 어떤 누명을 뒤집어쓰고 도망칠 때엔 미궁만큼 좋은 피신처는 없습니다. 통로는 거의 미로인 데다, 몸을 숨길 장소는 잔뜩 있으니까 말이죠. 그렇게 되지 않도록 저도 주의는 하겠지만, 만약 불가항력으로 그렇게 되어 버렸다면, 컨티넨 미궁에 숨어서 레벨 100을 목표로 실력을 키우세요. 당신이라면 아마도——.'

머릿속에서 사란 단장의 말이 떠올랐다. 더 이상 만나지 못할 것이라 생각하자 눈가에 물기가 맺혔지만, 고개를 저으면서 마음을 다시 고쳐먹었다.

지금은 한순간 한순간이 목숨과 관련되는 미궁 안에 있다. 늘 긴장을 하고 있지 않으면, 파티를 꾸리지 못한 지금의 나는 바로 살해당할 것이다. 안 그래도 다수를 상대하기 어려운 직업이다. 포위되면 아무리 하급 마물이라고 해도 목숨을 뺏기게 된다.

"! ……하아, 겨우 5층인가. 이른 아침 시간의 상층부는 사람이 많을 거라고 생각했는데, 의외로 별로 없군."

옆길에서 갑자기 튀어나온 고블린을, 성에서 사란 단장이 훔쳐서 준 단검으로 바로 죽인 뒤에 안도의 한숨을 쉬었다. 내가 사용하던 무기는 사란 단장을 죽인 것과는 또 다른, 투박하게 생긴 단검이다. 그런 만큼 베는 느낌은 확실하다.

LV.4의 『기척감지』는 반경 약 5킬로미터 정도의 거리가 유효 범위다. 『기척은폐』 LV.5를 지니고 있으며 기척을 지우고 있는 마물이라면 나도 알아차리지 못하지만, 이런 상층부에서 스킬 레벨이 3이상인 마물은 좀처럼 없으니까, 반경 5킬로미터 이내에 마물이 없으면 안심해도 괜찮다.

전에 미궁에서 기사단원에게 배운 방법으로 고블린의 심장부에 있는 마석을 빼냈다.

무슨 영문인지 인간에 가까운 모습을 한 마물은 심장부에 마석을 지니고 있는 경우가 많으며, 동물 형태의 마물도 있기는 하지만 인간 형태의 마물이 드롭율은 월등히 더 높다. 그 사실은 예전에 미궁 원정을 하러 왔을 때도 실제로 증명되었다.

그리고 마석은 크면 클수록 비싼 값으로 매매가 된다. 주로 마술사의 매개체로 쓰이는 것이다. 마석에는 마력이 깃들어 있으며, 마법을 다루는 자라면 어느 정도 뽑아내어 자신의 마력으로 변환할 수 있다. 고블린 정도의 하급 마물에선 통상적으로 새끼 손가락 정도의 사이즈가 나온다. 이것만으로도 스킬 칸에 표시되지 않는, 이 세계의 인간이라면 누구라도 쓸 수 있는 생활마법으로 불을 피울 수 있다.

앞으로의 일을 생각하면, 마력의 소모를 줄이기 위해서라도 반드시 대량으로 필요한 물건이다.

"가지고 있어도 손해 볼 일은 없으니까 말이지."

그렇게 중얼거리면서 보라색의 마석을 검은 옷 안, 대개는 암기를 넣어두는 곳에 넣었다. 암기는 나중에 회수하는 게 귀찮기 때문에 몇 개밖에 가지고 오지 않았다. 여차하면 『그림자 마법』으로 어떻게든 대처할 수 있으니까 괜찮을 것이라 생각한다. 『기척은폐』를 최고 레벨로 익혀둔 덕분에 마물이 눈앞을 지나가도 태연하게 있을 수 있으니까 말이지.

물론, 사란 단장처럼 마안을 지닌 마물이 없다고는 장담할 수 없으므로 경계는 해 두는 게 최선이겠지만, 스킬을 지니지 않은 것보다는 훨씬 더 편하다.

모습을 감춘 상태로 지나가면서 목을 벨 수도 있기 때문에, 누구에게 당한 것인지 어떻게 죽은 것인지 모르는 채로 죽어가는 마물이 내 앞에서 대량으로 발생하고 있었다.

마석도 밑으로 내려갈수록 일곱 마리 중에 한 마리는 드롭하게 되었고, 마력에도 여유가 생기기 시작했기 때문에 스킬 레벨을 올리기 위해서 『기척감지』를 늘 최대 범위로 펼쳐 두고 있었다. 『기척감지』는 레벨업하면 동시에 감지할 수 있는 범위가 넓어지기 때문에 레벨이 올라갔는지 아닌지를 알기 쉬운 스킬이다.

미궁에는 불과 며칠 전에 온 적이 있는지라 길의 순서도 대충 기억해 둔 상태라서, 한 번도 헤매는 일 없이 아래층으로 내려가는 계단을 발견했다. 오늘 안에 30층까지는 내려가 보고 싶었던 나는 망설임 없이 그 계단을 밟으려고 발을 내디뎠다가 멈췄다.

『위기감지』의 스킬이 격렬하게 경종을 울리고 있었다. 마력에 반응하는 트랩이 있다는 것은 사란 단장으로부터 들었기 때문에, 혹시나 그건가 싶은 마음에 작은 마석을 하나 꺼내서 전방을 향해 던져 봤다. 그러자, 지면에 부딪친 순간에 그 마석 근처로 화살이 박혔다.

"무서워라……. 이런 상층부에 이런 게 있다니, 처음 들어온 사람에겐 너무 인정사정없는 거 아냐?"

독이 발라졌거나 화살이 급소를 노리고 세팅된 것은 아니겠지만, 그래도 너무 위험했다. 전에 왔을 때엔 이런 게 없었는데 어느새 설치된 걸까. 이것도 판타지 소설에 자주 나오는 얘기지만, 만약 미궁이 어떤 의지를 가지고 스스로 덫을 생성한다고 쳐도 이건 너무나도 인위적으로 만든 느낌이 물씬 풍겼다.

그 후에 나는 30층까지 한 번도 쉬지 않고 내려갔다. 그러는 동안에도 마물이 대량으로 발생하는 몬스터 하우스 같은 트랩이 일곱 군데, 조금 전의 화살이나 초급마법이 날아오는 타입의 트랩이 열두 군데 있었다. 전부 회피했지만, 『위기감지』의 스킬 레벨을 올리는데 좋은 훈련이 될지도 모른다는 걸 깨달은 뒤로는 한층 더 집중하게 되었다. 도중에 몇몇 모험자들 같은 파티와 만나기도 했지만, 『기척은폐』 덕분에 내 존재를 알아차리지 못하고 그냥 지나갔다.

"자, 여기부터가 미지의 세계로군."

미노타우로스를 쓰러트린 곳 근처에 멈춰 서서 주위를 한 번 둘러봤다.

미궁 안은 어둑어둑했으며, 벽에는 균등한 간격으로 나란히 걸려 있는 램프가 노란색의 빛을 발하고 있었다. 천장까지의 높이가 대강 10미터 정도였고, 미노타우로스의 키가 5미터 정도였으니까 어쩌면 미노타우로스보다 더 커다란 마물이 나올지도 모르겠다.

그런 생각을 하고 있으려니, 심장 고동이 점점 더 빨라졌다. 모험을 예상하고 두근거린다는 것은 나도 남자라는 뜻일까.

내가 성을 빠져나올 때 가져온, 단장이 마련해 준 식량은 약 30일분. 짐을 분실했을 때를 대비해서 대개는 마물의 고기를 구워 먹고 있지만, 때때로 빵 같은 탄수화물이 그리워질 때는 꺼내서 먹곤 했다. 하지만 마물의 고기는 소나 돼지, 닭 같은 것보다 훨씬 더 맛있었다. 고블린 같은 인간형 마물의 고기를 먹는 것은 아직도 불가능했지만, 식량이 떨어지고 동물형 마물이 나오지 않게 되면 분명 대수롭지 않게 먹게 될 것이다. 인간이란 그런 존재다.

"자, 그럼 또 가볼까."

휴식을 끝낸 뒤에 일어서서 다시 전진했다.

사란 단장을 죽였다는 누명을 뒤집어쓰고 미궁에 숨은 뒤로 벌써 열흘이 지났다. 기본적으로 미궁 안은 당연하게도 태양이 없어서 언제부터 언제까지가 하루인지 알 수가 없지만, 내 뱃속 시계로 따져보면 열흘이었다. 그 동안 전진한 층수는 30. 지금은 60층에 있다.

10층마다 보스가 있었고, 이미 다섯 번의 보스와 싸웠지만 전부가 상대하기 벅찬 녀석들뿐이었다. 그리고 내 눈앞에 우뚝 솟은 거대한 문이 있는 곳은 60층의 보스 방이었다.

지금까지의 보스는 고블린 제너럴, 오크, 레드울프, 고블린 킹, 펜리르였다. 고블린 제너럴, 오크는 전에도 쓰러트린 적이 있었기에 약점 등도 머릿속에 들어 있어서 쓰러트리기가 쉬웠다. 뭐, 사실은 파티로 싸워야 쓰러트릴 수 있는 마물이므로 약간 애를 먹었다.

레드울프는 붉은 털을 가진 늑대였는데, 설마 하는 생각에 관찰하고 있으려니 예상했던 대로 화염 마법을 쓰기 시작했다. 마법을 쓰는 마물은 처음이었지만, 『위기감지』로 회피할 수 있었다. 『위기감지』 스킬이 없었다면 지금쯤 나는 재가 되었을 것이다. 상대하기 벅찼기 때문에 그다지 사용하고 싶지 않았지만, 『기척은폐』로 모습을 감춘 뒤에 뒤에서 목을 베었다. 레드울프는 코가 예민하기 때문에 암살술 스킬로 냄새도 지워서 처리했다. 암살자라는 직업상 원래는 뒤에서 기습하는 게 정답이지만, 역시 정정당당하게 승부하고 싶은 게 남자의 본성이다. 하지만 목숨과는 바꿀 수 없으므로 안전한 노선을 택했다.

고블린 킹은 너무나도 뚱뚱한 고블린이었고, 거구의 몸치고는 기민한 동작도 보여주었기 때문에 깊은 흥미를 느꼈다. 하지만 킹이라는 이름대로 다른 고블린도 부리고 있어서 혼자 싸우기엔 힘들었다. 그랬기 때문에 킹을 바로 베어서 쓰러트린 뒤에, 다른 고블린들은 『그림자 마법』으로 전부 잡아먹어 버렸다.

펜리르는 단번에 토벌 난이도가 높아진 것 같은 느낌을 받았다. 고블린 킹까지는 고전은 했을지언정 혼자 힘으로 그럭저럭 쓰러트릴 수 있는 마물이었다. 하지만 펜리르는 그렇게 되진 않았다. 펜리르 한 마리와 레드울프 네 마리를 상대하는 5대1의 싸움이라 안 그래도 불리한데, 펜리르의 호령 하에 각자 자신들의 머리로 생각하여 연계 공격을 시도해 왔다.

게다가 49층까지는 조금 마음을 놓아도 쓰러트릴 수 있었던 마물도, 50층의 보스인 펜리르를 경계로 신경을 바짝 곤두세우지 않으면 쓰러트릴 수가 없었다. 개체의 레벨이 높아진 것이겠지.

고전한 수준이 아니라 죽을 뻔했던 것도 한두 번이 아니었다. 펜리르도 어쩔 수 없이 『기척은폐』를 이용하여 뒤에서 목을 쳐서 쓰러트렸지만, 급히 대책을 생각해야 할 것 같았다. 만약 마법과 스킬이 봉인된 상태에서 자신의 검술만으로 상대를 쓰러트려야 할 때가 와도 죽지 않도록 말이다.

일단 51층에서 59층까지 계속 『그림자 마법』도 스킬도 쓰지 않고 전진했다. 층을 내려갈수록 점점 더 강력해지는 트랩도, 익숙해지면 『암살술』 스킬을 쓰지 않고도 보는 것만으로 알 수 있게 되었다.

『기척감지』는 스킬 레벨을 올리고 싶어서 항상 발동해 두고 있었지만, 이미 너무 깊은 곳까지 왔기 때문에 모험자를 만날 일도 없었다. 뭐, 『기척감지』도 갑자기 벽에서 튀어나와 기습하는 마물에겐 효과적이니까 스킬 레벨을 올려두는 것이 가장 좋은 선택이긴 하지만.

여기까지 고생해서 찾아왔다. 그러니까 60층의 보스는 어떤 마물일지 궁금한 마음에 가슴이 약간 두근거리긴 했다.

문에 손을 대고 밀어보니 마치 무게가 없는 것처럼 문이 저절로 열렸고, 안으로 들어가자 멋대로 닫혔다. 화악 하는 소리와 함께 벽에 걸려 있는 램프에 불이 붙었으며, 붉은 빛이 방을 비췄다.

보스 방은 모두 같은 모습이었는데, 직경 200미터 정도의 투기장으로 이뤄져 있었다. 문은 두 개밖에 없고 들어온 문은 닫혔으며, 또 하나 있는 아래로 내려가는 문은 보스를 쓰러트려야만 열린다. 즉, 이 자리에선 내가 죽든가 보스가 죽든가 둘 중 하나밖에 없다.

방 중앙에 이번 보스가 자리를 잡고 있었다.

"……키메라?"

그리스 신화에 나오는 키메라의 정확한 모습은 기억하지 못하지만, 눈앞에 있는 사자의 머리에 양의 몸통, 사자의 다리, 독사의 꼬리가 달린 마물은 키메라였던 것으로 생각한다. 어라, 다리는 양이었던가. 몸길이는 대충 5미터 정도. 보스와 싸우는 것치곤 오랜만에 1대1로 싸우라는 것인지, 주위에 마물은 보이지 않았다.

내가 '야토노카미'를 뽑고 자세를 잡은 그 순간에 그 녀석이 다가왔다.

『크오오오오오오오!!!!!!!』

울부짖었다.

겨우 그것만으로 피부가 저릿저릿했다. 목소리에 『포효』, 동작에 『위압』의 스킬을 실어서 상대의 전의를 갉아먹고 있는 것이다. 평범한 인간이라면 이것만으로 쇼크사해도 이상하지 않을 것 같은 압박감을 느꼈다. 『위압』과 『포효』의 스킬은 미노타우로스도 쓰고 있었지만, 키메라와는 갓난아기와 어른 정도의 차이가 있었다.

"쳇!"

내가 살짝 기가 꺾인 그 틈에 키메라는 그 거리를 단번에 좁혀 들었다. 순식간에 눈앞에 닥쳐온 내 팔 정도 크기의 이빨을 간발의 차이로 피했다.

"자, 이제 어떡한다."

이 키메라는 정말로 상대하기 벅차다. 비록 1대1이라고 해도 꼬리의 뱀이 예상할 수 없는 움직임으로 독을 뿌렸기 때문에 2대1이라고 말해도 좋을 것 같았다. 누구야, 1대1이라고 말했던 녀석이. 나였지.

"쳇!!"

『위기감지』가 시키는 대로 뒤로 점프하자, 지금까지 내가 있었던 장소가 독액으로 인해 녹았다. 백스텝으로 본체가 연거푸 휘두르는 발톱도 피했다.

"거참 위험하게. ……대충 2, 3미터 정도인가."

독액이 날아온 거리를 눈으로 재면서 키메라로부터 거리를 벌렸다. 키메라를 관찰하고 있으려니, 휴식은 끝이라는 듯이 돌진해왔다. 나는 '야토노카미'를 쥐고, 뒤가 아닌 앞으로 뛰어나갔다.

『크르으으으?!』

"하아…… 이것도 효과가 없나."

스쳐 지나갈 때 목을 노리고 휘둘렀던 '야토노카미'는 너무나도 쉽게 튕겨 나갔다. 꼬리를 잘라서 떨어트리려고 했지만 그것도 튕기고 말았다. 미노타우로스의 피부도 그렇고, 보기에는 푹신푹신해 보이는 모피이면서도 단단했다. 여러모로 자연계의 법칙을 무시하고 있었다.

그 기세를 살려서 5미터 정도로 거리를 벌린 뒤에 다시 마주섰다. 서로 몸을 낮추면서 격돌했다. 민첩성으로는 타의 추종을 불허하는 암살자와 각력이 뛰어난 키메라에겐 5미터 정도는 떨어져 있는 축에 들어가지도 않는다.

"으윽."

하지만 단순히 힘을 겨루는 승부가 되자, 그 순간 내가 열세에 빠지고 말았다.

암살자는 원래 정면승부를 하지 않는다. 뒤에서 비겁하게, 대상의 목을 베어버리는 것이다. 베어 버리는 일에 완력 같은 건 필요하지 않다. 상대가 비겁할 정도로 단단하지 않을 경우의 얘기지만.

밀려서 날아간 내 착지점에 키메라가 나타나 추격해 왔다. 그걸 몸을 비틀어서 피했고, 그대로 지면에 부딪쳤다. 데굴데굴 구르면서 거리를 벌리려고 했지만 일어서기 전에 복부에 충격을 받았다. 위로 올려치는 공격을 맞고 벽에 격돌한 순간 눈앞이 새하얘졌다. 힘의 차이가 너무 심했다.

그 거대한 사자의 발에 한 번 붙잡혀 버렸더니, 다음은 마치 갓난아기를 데리고 노는 것처럼 농락당하는 일만 남았다. 음, 발바닥살의 감촉은 최고로군.

일부러 그런 건지 운이 좋았던 덕분인지, 발톱이 나와 있지 않은 상태인 것 같아서 베이지는 않았다. 하지만 갈비뼈가 몇 개 부러졌고 그중 하나는 내장을 찌른 모양이다. 입에서도 몸에서도 끊임없이 피가 흘러나오고 있어 빨리 치료하지 않으면 위험할지도 모르겠다.

자신의 부상을 객관적으로 보고, 아무래도 지금은 정면 승부에 집착하고 있을 여유 따위 없을지도 모르겠다는 사실을 새삼 깨달았다. 중증이 되어서야 겨우 깨닫다니, 네가 그 멍청한 용사라도 되냐! 라고 소리칠 상황이라고 할까. 애초에 마법과 스킬을 봉인하고 싸울 수 있을 정도로 보스는 약하지 않은 것이다.

가볍게 몸이 떠올랐고, 끝에서 끝까지 내던져졌다.

"……윽! ……미안하군. 지금부턴 진심으로 싸우도록 할게."

뭔가를 기다리듯 떨어진 곳에서 내가 일어서는 걸 보고 있던 키메라에게 그렇게 말하면서 손을 앞으로 뻗었다. 키메라는 경계하면서 자세를 잡았다. 좋은 위기감지 능력이다.

하지만 너무 늦었어.

"……『그림자 마법』 발동."

어둑어둑한 보스 방에 소용돌이처럼 나선 모양의 그림자가 솟아올랐다. 그림자는 오랜만에 나올 수가 있어서 기뻐하는 것 같았다.

얇지만 결코 파괴되지 않는 강인한 그림자가 키메라의 다리를 휘감았다. 그건 내가 지시한 게 아니었다.

'역시, 당신의 마법에는 자아가 있는 것 같군요.'

언젠가 들었던 사란 단장의 목소리가 머릿속에서 메아리치며 울렸다. 그건 숲을 날려버릴 뻔했던 날의 저녁에 들었던 얘기였던가.


"마법에 자아가 있다고?"

"네. 애초에 『그림자 마법』이란 마법은 이 세계에 없으니까요."

사란 단장의 집무실에서 대수롭지 않게 내뱉은 폭탄발언을 듣고, 나는 자신도 모르게 멍하니 입을 벌렸다.

"뭐? 아니, 실제로 내 스테이터스에는 『그림자 마법』이라고 똑똑히 표시가 되어 있는데."

"그렇군요. 존재 자체는 의심하지 않습니다. 오늘 그 힘을 제 눈으로 직접 보기도 했으니까요."

책상에 발꿈치를 괴면서 빙긋 웃고 있는 단장은 너무나 즐거워 보였다. 새로운 걸 알게 된 것이 기쁜 걸까.

"이 세계의 마법은 다양하게 나뉘어져 있는 것처럼 보여도, 사실은 어떤 일정한 계열로 분류되어 있습니다."

사란 단장은 손에 든 서류를 뒤집더니, 그림을 슥슥 그리기 시작했다.

"우선 주류가 되는 것은 불, 물, 흙, 바람이라고 할 수 있겠죠. 이건 일반적인 스킬로서 재능을 따지긴 합니다만, 비교적 쉽게 습득할 수 있는 겁니다."

동그라미를 네 개 그리고, 그 안에 방금 말한 네 개의 글자를 적어 넣었다. 그리고 각자의 동그라미에 선을 그어서 잇더니 몇 개의 동그라미를 더 그렸다. 그걸 거꾸로 보니 뭔가 생물 수업에서 본 생태계의 그림 같다고, 지금 분위기와는 맞지 않는 감상을 마음속으로 중얼거렸다.

"우선 저의 『빛 마법』말인데, 이건 물에서 한 단계를 건너서 파생되는 겁니다. 자, 그럼 물과 빛 사이에 들어가는 건 뭘까요?"

"……『치유』아냐?"

"맞아요, 정답입니다. 변함없이 이해력이 좋은지라 가르치는 보람이 있군요."

사란 단장은 빙긋 웃으면서 물과 빛 사이에 치유라고 적었다.

"『치유마법』에선 별도로 『해주마법』 등이 파생됩니다만, 원래는 『물 마법』이죠. 그 외에도 『어둠 마법』은 『흙 마법』에서, 『번개 마법』은 『빛 마법』에서 파생되는 것이니, 쭉 적어가면 이렇게 된답니다."

사란 단장은 나도 알고 있는 마법을 계속 적어나갔다. 하지만 그 안에 『그림자 마법』은 없었다.

나는 가장 마음에 걸리는 걸 물어봤다.

"『어둠 마법』에서 파생되는 것 아니야? 어둠과 그림자는 비슷하잖아?"

"좋은 질문이군요. 뭐, 사용자인 당신은 잘 알고 있으리라고 생각합니다만, 『그림자 마법』은 물리공격, 『어둠 마법』은 정신공격입니다. 그렇게 따진다면 『흙 마법』에서 『어둠 마법』이 파생되는 것도 이상하지만, 그건 원래 그렇다고 치고 넘어가죠."

"쉽게 말해서 그런 기준은 대충 정해져 있단 말이지? 이해했어."

"오래 살았다곤 하나, 아직 모르는 건 많이 있으니까 말이죠. 뭐, 어쨌든 이런 느낌입니다."

사란 단장은 그렇게 말하면서, 조금 떨어진 자리에 『그림자 마법』이라고 적어 놓았다.

"당신의 『그림자 마법』이 엑스트라 스킬로 분류되어 있는 것도, 그런 점과 관계가 있을 거라 생각합니다. ……그리고 저는 『그림자 마법』이라는 것을 오늘 처음 보기도 했고요."

반짝반짝 빛나는 눈이 날 보고 있었다. 흡사 새로운 발견을 한 과학자가 실험용 모르모트를 보는 듯한 시선이었다.

"사란 단장의 『빛 마법』과 연계하여 숲을 소멸시킬 뻔했던 스킬이라니, 말만 들어도 골치 아플 것 같은데."

"뭐, 저로선 쓰지 않길 바라는 게 반, 계속 써 주길 바라는 게 반이라고 할까요."

"아, 그렇군. 그건 그렇고 마법에 자아가 있다는 건 무슨 뜻이야?"

그 시선에서 벗어나려고 얼굴을 돌리면서 본론을 꺼냈다. 사란 단장은 지금 떠올렸다는 듯 손바닥을 탁 치더니 펜을 놓았다.

"오늘, 숲을 소멸시킬 뻔했을 때의 그 모습을 옆에서 보면 마법이 폭주하고 있는 것으로밖에 보이지 않았겠죠."

"실제로 폭주했잖아."

"뭐, 그렇긴 합니다만, 마법은 폭주할 때 항상 발동한 사람을 향한답니다."

나는 얼굴을 찌푸렸다. 이 세계의 상식을 언급하면, 나는 모르는 일이라서 반론할 수가 없다.

"그런데 오늘 당신의 마법은 당신에게 위해를 가하기는커녕, 자신의 의지에 따라 숲으로 향했던 것으로 보였습니다. 이건 질 군도 같은 의견이었죠."

"……질 부단장이 그렇게 말한다면 그렇겠지."

"아! 지금 제 유리 같은 마음에 상처가 생겼어요!"

"유리? 아아, 강화유리 말인가. 이런 말로는 조금도 흔들리지 않는 주제에."

"강화유리? 아, 당신이 살던 세계의 물건이로군요! 나, 나중에 얘기를 들려주세요!"

나는 얼굴을 가까이 들이대는 사란 단장을 밀어냈다. 숨결이 거칠었다. 기분 나쁘다. 아무리 꽃미남이라고 해도 이건 힘들다.

"그래서? 만약 내 마법에 자아가 있다고 한다면, 그게 뭐 어떻다는 거야?"

"그렇군요. 또 폭주했을 때 주변에 사람들이 있을 경우, 같이 휘말릴지도 모릅니다. 『그림자 마법』은 그 자체만으로도 너무나 강력한 마법이지만, 연비와 컨트롤이라는 점에서 치명적인 문제를 안고 있기도 하고요."

그렇게 말하면서, 장난기 어린 표정을 집어넣고 진지한 표정을 지었다. 이 사람의 태세전환 속도에는 늘 감탄이 나온다.

"아키라 군, 이 마법은 제가 허가를 내렸을 때나, 주변에 사람이 없는 것을 확인한 뒤에 사용하세요. 완전히 컨트롤할 수 있게 되었다고 해도 방심해선 안 됩니다. 알겠죠?"

"알았어."

그런 기억을 떠올리면서, 나는 허리에 손을 얹고 주위를 둘러보았다.

"오른쪽 이상 없음, 왼쪽 이상 없음, 위 이상 없음, 아래 이상 없음. 표적 확인."

그림자가 키메라를 향해 뻗으면서, 어서 시작하라는 듯이 내 명령을 기다리고 있었다. 키메라가 내 그림자와 이어진 자신의 그림자로부터 벗어나려고 발버둥을 치고 있는 모습이 보였다. 하지만, 자신의 그림자로부터 도망칠 수는 없다. 빛이 있는 한.

"좋아, 이제 됐어. 잡아먹어라."

그림자가 소리로는 들리지 않는 환호성을 질렀다. 키메라의 몸을, 그림자가 서서히 침식하기 시작했다. 키메라가 처음으로 공포의 울음소리를 토해냈다. 하지만, 그림자가 멈추는 일은 없었다. 흡사 피에 굶주린 악마처럼, 내 지시대로 키메라를 갈가리 뜯으면서 잡아먹고 있었다.

상처 하나 낼 수 없을 정도로 강했던 그 피부에 그림자가 파고들자, 키메라의 몸이 산산조각으로 절단되기 시작했다.

보스 방에 피비린내가 가득 찼다. 숨이 막힐 것처럼 냄새가 심했지만, 신기하게도 기분이 나쁘진 않았다. 오히려 어릴 적부터 늘 맡고 있었던 것 같은 느낌마저 들었다. 고통으로 인해 드디어 오감까지 이상해진 걸까.

몇 분 후, 원래의 형상을 알 수 없을 정도로 갈가리 찢긴 키메라 근처에서, 만족한 그림자가 다시 내 쪽으로 돌아왔다.

"수고했어. 고마워."

그렇게 말해주자, 그림자는 내 발에 고양이처럼 들러붙더니, 이내 사라졌다.

"역시 『그림자 마법』과 스킬을 쓰지 않는 건 일반 층을 다닐 때만으로 한정하기로 하자. 보스는, 힘드니까, 말이지."

벽에 등을 기댄 채, 나는 정신을 잃었다. 역시 고통이 한계를 넘어버린 것 같았다.

의식이 어둠 속으로 가라앉았다.

《마스터의 손상이 허용치를 넘었습니다. 『그림자 마법』을 강제로 가동하겠습니다. 모드 '치유'. 마스터의 마력으로는 부족하다는 것을 확인. 『그림자 마법』에 보존되고 있던 마력으로부터 필요한 양을 징수하겠습니다. ……치유 완료. 『그림자 마법』가동 정지.》

아무도 듣는 사람이 없는 방에서, 기계적인 음성이 내 입에서 흘러나오고 있었다.

하지만 그 사실을 아는 자는 없었다.

## Side 사토 츠카사

나는 깊게 한숨을 쉬었다.

눈앞에는 바로 어제까지 우리를 도와주었던 사람, 사란 단장의 무덤이 있었다. 이 사람은 미궁에서 우리를 몇 번이나 구해주었던 사람이다.

그런데도 묘는 황폐하게 방치되어 있었고, 잡초가 멋대로 자라고 있었다. 이 세계의 풀은 성장이 빠른 건지, 불과 며칠 전까지만 해도 깔끔했던 묘지가 지금은 잡초가 무성하게 자란 초원이 되어 있었다.

"아무도 찾아오지 않았단 말인가."

일본의 무덤과는 완전히 다른, 굳이 말하자면 유럽 쪽의 양식에 가까운 무덤에는 매장되었을 때 반 친구들 모두가 바친 꽃이 후줄근해진 상태로 놓여 있었다. 내가 놓아둔 꽃도 그 상태 그대로 말라 있었다. 그로부터 열흘이 지났는데, 아무도 무덤을 찾아오지 않았다는 사실에 슬퍼졌다.

그 날, 아키라가 사라진 날부터 반 친구들은 이상해졌다.

바짝 날이 선 분위기 속에서, 사소한 일로 싸움이 벌어졌다. 늘 사이가 좋았던 사람들끼리만 뭉쳤고, 그렇지 않은 애들을 마치 부모의 원수 같은 눈으로 보고 있었던 것이다. 싸우라고, 동료끼리 분열을 일으키라고 하는 누군가의 명령을 받고 있는 것처럼.

주술에 걸린 것 같은 그런 분위기 속에서 벗어날 수 있는 건 현재는 나 자신뿐이다. 지금은 주위의 분위기에 적당히 맞출 수 있었지만, 서서히 나도 주변과 동떨어지기 시작했다.

"지금 제가 제정신인 것은 당신과 아키라 덕분이겠죠."

주술이 풀리는 과정에서 있었던 일은 그다지 기억이 나지 않았다. 하지만 주술이 풀린 뒤에, 질 부단장으로부터 아키라와 사란 단장이 주술을 풀기 위해 동분서주했다는 얘기를 들었다. 왕과 왕녀가 조금씩, 우리가 알아차리지 못하도록 주술을 걸고 있었다는 것도 질 부단장을 통해서 들었다.

나는 모두를 돕겠다거나, 세계를 구하겠다고 말하기 전에 우선 자신을 지켰어야 했다. 그게 모두를 지키는 것으로 이어졌을 것이다. 아키라는 예전부터 좋아하진 않았지만, 아키라가 나를 대신하여 내 주위의 사람들을 지켜주고 있었다는 것을 지금은 알고 있다. 고맙게 생각하고도 있다. 자기 자신에겐 분노밖에 느껴지지 않았다. 그때 그렇게 할 걸 그랬다고 후회하면서 괴로워하고 있다.

최소한의 속죄의 의미로, 어떻게든 나 자신의 손으로 무덤을 청소하고 싶었기 때문에 잡초를 뽑고, 길어온 물로 무덤을 깨끗하게 청소했다. 마법도 전혀 쓰지 않았다. 마지막으로 성의 시녀에게 빌린 청소 도구로 무덤을 닦았다.

"……휴우."

물을 끼얹고, 수세미와 비슷하게 생긴 도구로 정성껏 이끼를 벗겨냈다. 이름이 새겨져 있는 부분은 특히 더 공을 들여서 닦았다. 아무도 이 사람을 잊지 않았으면 좋겠다. 그런 염원을 담아서.

"……응?"

계속 아래를 보고 있었기 때문에 묵직하게 아파오는 목을 천천히 돌렸을 때, 문득 시선을 돌린 숲속에서 인기척이 느껴졌다.

숨을 수 있는 장소가 많이 있기 때문에 어디인가까지는 정확하게 알 수 없었지만, 분명히 이쪽을 살피고 있었다.

"누구냐!"

그 날 이후로 늘 몸에 차고 있던 검을 뽑았다. 가만히 노려보고 있으니, 어떤 나무 뒤에서 한 명의 여자가 나타났다.

"미, 미안하데이. 훔쳐볼 생각은 없었다."

"……넌…… 우에노?"

해주사인 우에노 유우키. 미궁에서 아키라의 지시에 따라 마력이 떨어질 때까지 계속 내게 해주를 걸어주었던 사람이다. 칸사이 사투리를 쓰는 활발한 성격에, 반의 분위기 메이커인 아이가 평소 모습에 어울리지 않게 살짝 풀이 죽은 표정을 짓고 있었다.

"아냐, 딱히 미안할 것 없어. 나도 검을 뽑아서 미안해. 너 역시 생명의 은인이라고 해도 과언이 아닌데 말이지."

"됐다, 마. 지금의 다른 아들이 하는 꼴을 보믄 경계하는 기 당연한기라."

"……너는 주술에 걸리지 않은 거야?"

확실히, 다른 아이들과는 어딘가 분위기가 다른 것 같았다. 무엇보다 눈빛이 달랐다. 반 친구들은 누군가의 약점을 잡으려는 듯이 눈을 희번덕거리고 있는 데 비해, 우에노의 눈은 올곧게 나를 보고 있었다.

"믄 소리를 하노? 내는 해주사데이. 주술에 대한 내성은 반에서 최곤기라. 마, 오기로 버티는 것도 있긴 하지만 말이다."

은근슬쩍 가슴을 당당히 펴는 우에노를 보고도 나는 경계를 풀지 않았다. 그런 식으로 왕녀에게 속았던 것이다. 두 번 당할수는 없다.

하지만 완벽하게 비정해질 수 없는 자신이 있었다. 정말로, 단호하게 쳐내지 못하는 자신에게 혐오감이 들었다.

"내를 믿지 몬하는 것도 이해한다. 내도 아직 츠카사의 주술이 진짜로 완벽하게 풀릿는지 믿음이 안 가거든. 그라니까 내일도 일로 안 올래?"

"내일도?"

"그래. 동료는 많을수록 좋지 긋나? 내는 내 자신이 주술에 걸리지 않은 걸 안다. 그걸 증명하고 싶은 기라. 같은 반 아들을 의심하는 건 역시 맴이 아프다."

고독하다는 게 어떤 것인지는 잘 안다. 지금 내가 바로 그렇기 때문이다. 혼자서도 초연하게 있을 수 있는 건 그 암살자 정도겠지. 나도 그 녀석처럼 어떤 일에도 동요하지 않는 마음을 갖고 싶다.

"알았어. 내일도 여기 오도록 하자. 단, 나는 검을 가까이에 두고 있으니까, 일정 거리 이상은 다가가지 않겠어. 그래도 될까?"

"당연히 그래야지. 내도 검을 차고 있는 머스마 근처엔 있고 싶지 않다."

우에노가 겨우 평소의 표정으로 웃었기 때문에 나도 약간 안도했다.

"……당신도 지켜봐 주세요. 이 나라는—— 이 세계는 제가 바꿀 테니까요."

가까이에 피어 있던 아욱꽃과 닮은 꽃을 꺾어서 무덤 앞에 놓았다.

그걸 보고 있던 우에노가 감탄한 말투로 말했다.

"아욱꽃의 꽃말은 '믿는 마음'이데이. 이 자리에 딱 맞는 걸 잘도 골랐네."

"'믿는 마음'이라. 난 몰랐어. 기억해 둘게."

아키라는 대체 어디서 뭘 하고 있을까. 오랜만에 그 건방진 얼굴을 보고 싶다. 왠지 그런 생각이 들었다.

푸르게 맑은 하늘을 향해, 아직 미숙한 나는 한 걸음을 내디뎠다.

앞서가고 있을 암살자를 어디까지라도 쫓아가려는 것처럼.

## Side 오다 아키라

"응?"

나는 60층의 보스 방에서 벌떡 일어났다. 몸에 엄청난 위화감이 들었다.

"……상처가 없어."

키메라와 싸우면서 입었던 상처도, 사란 단장과 대련하다가 맞은 타박상도, 익숙하지 않은 지면에서 대충 자는 바람에 아팠던 허리나 등도 깔끔하게 완치되어 있었다.

주위에 인기척이 없는 것과 상처가 있던 자리에서 마력이 느껴지지 않는 걸 보면 치유사가 『치유마법』을 건 게 아니라는 사실은 알 수 있었다. 애초에 『치유마법』 중에 모든 상처를 남김없이 치유해 버리는 마법은 분명 없었을 것이다.

그렇다고 해도 나에겐 『자기재생』 같은 스킬은 없다. 내 뱃속 시계로 계산해 봤을 때 전투를 치른 것은 어제 일이니까, 자연 완치는 불가능하다.

오랜만에 한껏 기지개를 켜면서 생각하기를 그만뒀다. 어차피 생각해 봤자 알 수가 없다. 그렇다면 생각해 봤자 헛수고다. 알 때가 오면 자연스럽게 알게 되겠지.

"자, 그럼 키메라 고기로 배를 채운 뒤에 다시 출발할까."

토막살인 사건이 아니라 토막 키메라 살해 사건의 현장으로 훌쩍 뛰어서 다가갔다.

미궁에는 벌레가 없는 것인지, 생고기를 하룻밤 동안 방치해

두었는데도 벌레 한 마리 꼬이지 않았다. 보스가 있는 방이라서 다른 마물이 먹을 걱정도 없었으며, 쓰러지기 전의 상태로 깨끗하게 남아 있었다. 고기 쪽은 신선하다고 말하기는 어려웠지만, 뭐, 먹지 못할 정도는 아니었다.

마석으로 불을 피우고 싶었지만 장작으로 쓸 만한 게 없었기 때문에 고기를 직접 구웠다. 바로 향긋한 냄새가 보스 방 전체에 퍼졌다.

"잘 먹겠습니다——."

합장하여 인사한 뒤에 한 입 물어서 뜯어 봤다. 육즙이 입속 가득히 퍼지면서, 맛도 같이 퍼졌다.

결론부터 말하자면, 키메라 고기는 엄청 맛있었다.

나중에 조사해 보니, 마물 고기는 강하면 강할수록 맛있어진다고 한다. 키메라 고기 같은 건 고급 식재료라기보다 아무도 먹어본 적이 없을 정도로 희귀한 고기라나. 아무리 그래도 그 많은 고기를 다 먹을 수는 없었고, 짐이 되기 때문에 울며 겨자 먹기로 보스 방에 놔둔 채 나왔다.

"자, 오늘은 어디까지 갈 수 있으려나. ……그러고 보니 매핑 같은 걸 하지 않았네."

내 앞을 가로막는 마물을 쓰러트리면서 중얼거렸다. 지금까지 길을 거의 헤매지 않고 보스 방에 도착했기 때문에 미궁의 지도는 만든 적이 없었다.

지금 생각해 보면 상당히 이상한 일이다. 미궁은 상당히 복잡하게 길이 얽혀 있어서, 매핑을 하지 않고 보스 방까지 도착하는 건 거의 불가능에 가깝다. 그것도 지금까지 내가 내려온 층수는 60층이다. 운만으로 치부하기엔 무리가 있었다.

"어떤 스킬인 거지?"

혼잣말로 중얼거리면서 스테이터스를 봤다.

언뜻 보기엔 그럴듯하게 보이는 스킬은 없는 것 같았다.

---

**아키라 오다**

**종족: 인간**

**직업: 암살자 Lv.46**

**생명력: 16000/16200**

**공격력: 10800**

**방어력: 7200**

**마력: 6300/6300**

**스킬: 산술 Lv.5, 교섭술 Lv.5, 암기술 Lv.7, 암살술 Lv.6, 곡도술 Lv.7, 단도술 Lv.5, 기척은폐 Lv.MAX, 기척감지 Lv.7, 위기감지 Lv.7, 위압 Lv.4, 포효 Lv.1, 이도류 Lv.1, 마력조작 Lv.5**

**엑스트라 스킬: 언어이해, 세계안 Lv.1, 그림자 마법 Lv.5, 행운**

---

그렇게 생각했는데, 맨 아래에 내 의문에 대한 답이 될 것 같은 스킬이 있었다. 『행운』이라는 엑스트라 스킬이었다.

"아──. 이건가."

좀 더 빨리 이 스킬을 습득하고 싶었는데 말이지. 좀 더 빨랐다면 사란 단장을 죽인 자라는 오명을 뒤집어쓰기는커녕, 소환 같은 것도 당하지 않고 지금쯤 집에서 빈둥빈둥 뒹굴면서 지내고 있었을지도 모르는데. 아, 아르바이트는 했으려나.

그건 그렇고 지금까지는 새로운 스킬의 습득과 스킬의 레벨업은 순조로웠다. 실천만 있을 뿐.『행운』이라는 엑스트라 스킬을 지니고 있다면 대부분의 일은 어떻게든 잘 풀리겠지.

그러고 보니, 왜 엑스트라 스킬 같은 걸 얻은 거지? 한번 죽을 뻔했기 때문이려나. 그렇지 않으면, 미궁에서 계속 길을 잃고 헤매는 나를 보다 못해서 신이 줬다거나? 뭐, 어느 쪽이든 고마울 따름이다.

생각을 하면서도 발은 움직였다.

『키에에에에에!!』

"우와아……."

잠깐 걸었더니 눈앞에 거대한 괴성을 지르는 뭔가가 나타났다. 너무나도 진심으로 '도망친다'는 선택지를 고르고 싶다. 먹을 수 있는 부분도 없는 것 같았고, 딱 봐도 기분 나쁘게 생겼다. 언뜻 보기엔 끈적끈적한 진흙덩어리가 움직이는 것처럼 보였지만, 입으로 보이는 커다란 구멍에서 나는 냄새가 지독했다.

"좋아, 도망치…… 응?"

'도망친다'는 선택지를 고르려고 했을 때, 20층 주변부터 느껴지지 않았던 인기척이『기척감지』에 걸렸다. 지금 나의『기척감지』의 범위는 반경 5킬로미터 정도이며, 이 층에 있을지도 모르는 다른 모험자도 감지할 수 있다. 하지만 이 기척은 마물이 입을 열었던 순간에 바로 가까이서 느껴진 것 같았단 말이지.

"시험해 볼 가치는 있을 것 같은데……."

나는 이제 손에 완전히 익은 '야토노카미'를 쥐었다. 식량이 되지 않을 마물이지만, 마음에 걸리는 건 마음에 걸린다.

『키에에에에에에에에에에!!』

"시끄러워. 그 입, 다물고 있어!"

순식간에 마물의 눈앞으로 이동한 나는 소위 *팔상자세에서 마물을 일직선으로, 위에서 아래로 비스듬히 베었다. 너무 깊이 베지 않도록 주의하면서.

『키, 키에에에…….』

"……."

마물은 바로 쓰러졌다. 너무 약하잖아. 60층을 헤매고 다니는 마물보다 단연코 약했다. 보기에는 슬라임의 아종 같기도 하고, 사실은 10층 정도에 존재하는 마물이지 않을까.

마물의 끈적끈적한 부분이 굳어지면서, 바스러졌다.

"……응."

"하아, 역시 그럴 것 같았어."

한숨을 쉬면서 마물 안에서 나타난 여자애에게 다가갔다. 일단 살아 있긴 했다. 호흡도 제대로 하고 있는 걸 보니 정신을 잃은 것뿐인 모양이었다.

---

* 검도의 자세 중의 하나로 좌상단자세를 변형시킨 자세.

나는 새로이 생긴 짐, 아니 여자애를 노려보면서 오늘 야영할 준비를 시작했다.

마물 안에서 나온 여자애는, 결론부터 말하자면 엘프였다.

인간족에선 1, 2위를 다툴 만한 미모를 지닌 왕녀가 평범하게 느껴질 정도로 너무나 아름다운 이목구비를 갖추고 있었으며, 귀는 옆으로 날카롭고 뾰족하게 솟아 있었다. 엘프의 특징에 딱 맞아떨어졌다.

하지만 자연과 신성수를 한없이 사랑하는 엘프족은 분명 자신들의 영토인 '포레스트'에서 좀처럼 나오지 않는 것으로 알고 있다.

그리고 사란 단장에게선 엘프족은 오래 살고 오만할 뿐만 아니라, 나무를 벌채하여 이용하는 인간족을 증오하며 경멸한다고 들었다. 그러므로 하프 엘프 같은 건 있을 수가 없다. 실제로 엘프족과 인간 혹은 수인족 사이에 생긴 아이는 한 명도 없다고 한다.

그러니까 귀와 얼굴을 제대로 볼 때까지 이런 곳에서 만난 여자애가 엘프족이라는 것은 믿을 수가 없었지만, 이건 분명히 꿈이 아니라 현실이었다. 복장을 보더라도 왕이나 왕녀보다도 고급스러운 옷감을 사용하고 있다는 것을 알 수 있었다. 분명 꽤 지위가 높은 엘프 아가씨일 것이다.

"아아, 귀찮은 것을 주워 버리고 말았네."

그렇게 말하면서도 2인분의 식사를 제대로 준비하고 있는 나는 너무나 사람이 좋다는 생각이 들었다.

"그렇지, 이 녀석이 눈을 뜰 때까지 할 일도 없으니 『세계안』을 시험해 보기로 할까."

지금까지는 시간이 없기도 했고, 엑스트라 스킬이 『그림자 마법』이라는 편리하지만 터무니없는 게 있었기 때문에, 내 안에선 위험한 것으로 지정해 두고 있어서 써본 적이 없었던 것이다.

이름을 보면 아마도 감정 계열의 엑스트라 스킬인 것 같은데, 역시 성에선 시험해 볼 용기가 나지 않았다. 『그림자 마법』을 쓸 때처럼 폭주라도 했다간 너무나도 곤란해진다.

하지만 지금은 미궁에 있고, 옆에는 본적도 없고 알지도 못하는 여자애가 자고 있을 뿐이다. 희생은 나와 이 소녀만으로 끝날 것이다.

……희생 운운하는 건 농담이지만 쇠뿔도 단김에 뽑으라고 했으니, 나는 몸의 감각에 의지하여 『세계안』을 발동했다.

"……?!"

---

**미궁의 벽 Lv.60: 단단해서 파괴할 수 없음.**

---

**미궁의 벽 Lv.60: 단단해서 파괴할 수 없음.**

---

**미궁의 벽 Lv.60: 단단해서 파괴할 수 없음.**

---

**미궁의 벽 Lv.60: 단단해서 파괴할 수 없음.**

---

---

**미궁의 벽 Lv.60: 다른 곳보다 조금 부드러움.**

---

**미궁의 벽 Lv.60: 단단해서 파괴할 수 없음.**

---

**미궁의 벽 Lv.60: 단단해서 파괴할 수 없음.**

---

**미궁의 벽 Lv.60: 단단해서 파괴할 수 없음.**

---

　너무나 많은 정보량에, 나는 머리를 누르면서 주저앉았다. 격렬한 두통과 현기증, 욕지기가 느껴졌다.

　"……하악, 하악!"

　겨우 고통이 잦아들어서 눈을 떴더니, 사방 곳곳에 스테이터스 플레이트 같은 보드가 공중에 떠 있었다. 아무래도 『세계안』은 한번 발동하면 자신의 의지와는 관계없이 대량의 정보가 흘러들어오는 타입의 스킬인 것 같다.

　잘 보니, 그 정보들 중에도 조금 다른 것이 있다는 걸 알 수 있었다. 예를 들자면 같은 것으로 보이는 벽도 딱 한 곳만 그 강도가 다른 곳이 있는 것 같았다.

　나는 『세계안』을 해제한 뒤에 축 늘어져서 쓰러졌다.

　역시 엑스트라 스킬은 그렇게 쉽게 써도 되는 것이 아닌 것 같았다. 나는 사란 단장과 훈련한 결과 고통에는 익숙해졌지만, 분명 사노나 다른 사람이었다면 방금 그 고통을 맛봤을 때 절규하며 기절하거나 발광했을 것이다.

아주 짧은 순간의 일이었지만, 봐서는 안 될 것이 보인 것 같았고—— 이 세계의 미래에 관한 것을 나에게 보여준들 난감할 뿐이다.

이 스킬의 본래의 힘은 분명 상대의 스테이터스를 보는 것만으로 그치지 않을 것이다. 내가 원한다면 이 세계의 모든 것, 미래조차도 보일 것이라는 사실을 감각적으로 알 수 있었다. 뭐, 그런 용도로 사용할 마음은 조금도 없지만 말이지. 목숨이 대가……일 수도 있으니까. 미래를 알았다고 해도 딱히 이 세계에 흥미 같은 건 없는 데다, 치트 능력은 『기척은폐』만으로도 이미 차고 넘쳤다. 스테이터스를 볼 수 있는 것만으로 충분하다는 말이다.

"어라…… 그럼 스테이터스 플레이트도 감정할 수 있는 건가."

시험해 봤더니, 스테이터스 플레이트의 표시가 약간 바뀌어 있었다. 전부 보는 것은 처리 능력이 쫓아가지 못해서 귀찮으니까 『세계안』을 『세계안』에만 한해서 집중해 봤다.

**세계안 Lv.1: 이 세계의 모든 것을 볼 수 있음. 보는 범위를 조절하는 것도 가능함.**

"뭐, 예상한 대로인가."

나는 그렇게 중얼거리면서, 스테이터스 플레이트를 지웠다.

한숨을 쉬면서, 식량을 꺼냈다. 식사 시간이다.

"……으응."

식사 준비를 하고 있었을 때, 완전히 잊어버리고 있었던 여자애가 눈을 떴다.

"내가 지금……."

"하아, 귀찮네. 이봐, 어디 아픈 데는 없어?"

나는 한 번 더 한숨을 쉬면서 물어봤다.

내 얼굴은 무섭게 생겼기 때문에 일단은 배려심을 발휘해서 최대한 상냥하게 말을 걸어 봤다. 이런 상황에서 두려워하는 반응을 보여도 귀찮을 뿐이니까 말이지. 얼굴이 반반한 여자는 대개 성격이 못됐다는 것이 거의 절대적인 통념이다. 기대 같은 건 일절 하지 않았다.

"……어, 아…… 괜찮아."

잠에서 깬 것처럼 방심 상태에 빠져 있던 여자애는 내 얼굴을 봐도 그다지 반응을 보이지 않았다.

친절한 나는 일단, 여자애 눈앞에 마물의 고기를 구운 것과 얼마 남지 않은 빵을 내밀었다. 그 냄새에 이끌렸는지, 누구라고는 말하지 않겠지만 배가 꼬르륵 하는 소리를 냈다. 단순하면서도 솔직해서 다행이다.

"……."

여자애는 빛의 속도로 내 손에서 먹을 것을 빼앗더니, 야생 고양이처럼 날 경계하면서 구석으로 도망쳤다. 움직임이 상당히 좋다.

감탄하고 있으려니, 빠른 속도로 전부 먹어치운 여자애가 눈빛으로 더 달라고 재촉하고 있었다. 나는 할 수 없이 내 몫으로 확보해 둔 고기를 여자애에게 넘겨줬다.

"고, 고마워."

갈라진 목소리로 말하는 감사 인사를 듣고, 나는 고개를 끄덕인 뒤에 컵에 물을 따라 주었다.

편리하군, 생활 마법. 이것만 있으면 불씨와 수분 확보는 어렵지 않다. 비록 가스도 수도도 존재하지 않는 미궁 안이라고 해도 자취가 가능할 것이다.

여자애는 감탄스러울 정도로 잘 먹었고, 마지막에는 단숨에 물을 마신 뒤에 겨우 한숨을 쉬었다.

"구해 줘서, 고마워."

물 덕분에 그나마 원래에 가깝게 돌아온 목소리로 여자애가 또 감사의 인사를 했다. 왠지 몸이 근질거렸다.

"그래. 그런데 왜 마물 속에 있었던 거지?"

"모르겠어. ……말하고 싶지 않아."

"아, 그래."

서로 말수가 적어서인지, 대화가 바로 끊어지고 말았다. 묻고 싶은 것은 잔뜩 있었지만, 일단 눈앞에 떠오른 여자애의 스테이터스를 보고 있으려니, 따져 묻고 싶은 게 많았다.

---

**아멜리아 로즈쿼츠**

**종족: 하이엘프**

**직업: 무녀(神子) Lv.51**

생명력: 500/25000

공격력: 400

방어력: 350

마력: 측정불능

스킬: 왕족의 기품 Lv.4, 마법생성 Lv.4(중력마법, 소생마법, 저
　　　주반사, 회피마법)

엑스트라 스킬: 궁술 Lv.8, 신무(神舞), 세계안 Lv.3

---

엘프는 엘프인데, 하이엘프였단 말인가. 게다가 이건 뭐야. 무슨 치트 능력이냐고. 마력이 측정불능이라는 건 무슨 뜻인데?『마법생성』이라니, 이세계에서 온 우리 이상으로 대단한 치트 능력인걸. 더구나 이 녀석도『세계안』을 가지고 있단 말인가. 내 스테이터스 플레이트도 이미 다 들킨 걸까.

"……아키라, 는 왜 여기 있는 거야?"

이미 이름은 다 들통났단 말인가. 일단 이름은 물어보라고. 내가 아니었으면 한껏 수상한 눈으로 봤을 거야.

"레벨을 올리려고."

"그렇구나."

또 대화가 끊겼다.

그러고 보니 엘프의 머리카락은 전부 금발이라고 들었는데, 아멜리아의 머리카락은 새하얀 색이었다. 눈동자도 푸른색이 아니라 붉은색이었다. 소위 선천적 백색증<sup>알비노</sup>이라는 걸까. 대부분의 사람은 꺼림칙한 반응을 보이겠지만, 공교롭게도 나는 그런

평범한 감성을 갖추고 있지 않았다.

너무나도 신비롭고 아름답다고 생각했지만, 대개는 처음 보는 녀석에게 그런 말을 하지는 않는다.

"아멜리아는 엘프 대륙으로 돌아가고 싶은 거야?"

"아니, 돌아가지 않아. 아키라랑 같이 있을 거야."

멋대로 정했다. 뭐, 스테이터스 플레이트를 보는 한 방해는 될 것 같지 않으니까 상관없지만, 이런 미소녀를 데리고 다니다간 주위의 반응이 귀찮아질 것 같은데. ……미궁에서 나올 때 헤어지면 되려나.

"나는 이 미궁을 공략하면 적당한 때를 봐서 돌아갈 생각인데."

내가 그렇게 말하자, 아멜리아는 고개를 살짝 갸웃거리면서 감정이 없는 눈으로 나를 지그시 바라봤다.

"……없어."

"뭐?"

"아키라가 있을 곳은, 인간족의 성에는 없어."

"그걸 어떻게 알았지?"

모두 세뇌를 당하고 있다는 건 알고 있었다. 왕과 왕녀가 숨기고 있는 수정을 깨트리면 분명 용사처럼 주술을 풀 수 있을 것이다. 그렇게 하면 왕과 왕녀를 규탄할 수 있다. 나에게 덮어씌운 단장 살해의 혐의도 풀 수 있을 것이라 생각한다. 그렇게 되지 않더라도 사란 단장을 죽인 '밤까마귀' 보다 강해지기만 하면 도망칠 수는 있을 것이다.

"알 수 있어. 나도 아키라와 같은 눈을 가지고 있으니까."

아멜리아는 눈을 살짝 가리켰다.

"『세계안』을 말하는 거라면 내 건 아직 레벨이 부족해."

"아니. 그건 아키라가 거부하고 있는 것뿐이야."

"……."

분명, 미래를 보지 않겠다고 내가 방금 결심한 걸 말하는 것이 겠지. 나는 내 모든 걸 꿰뚫어보고 있는 것 같아서 아멜리아로 부터 눈을 돌렸다.

"그래서? 넌, 결국 앞으로 어떻게 하겠다는 거야?"

화제를 바꾸기 위해서 그렇게 물어보자, 아멜리아는 잠시 생 각한 뒤에 대답했다.

"……아키라랑 같이 갈래."

역시 그렇게 나오는 건가. 하지만 이 녀석은 다른 여자와는 다 르게 내 얼굴을 봐도 아무렇지 않은 것 같았고, 수다스럽게 떠 들지도 않았으니, 방해는 되지 않을 것 같군.

밥을 먹고 나서 꽤나 졸리기 시작한 나는 짐에서 모포를 꺼냈 다.

"……잘 거야."

"잘 자."

"……잘 자."

내가 쓰려고 준비했던 모포를 아멜리아에게 던져준 뒤에, 나 는 미궁 벽에 등을 기대고 앉았다. 그 자리는 미궁 미로의 막다 른 끝이기 때문에 뭔가가 다가오면 바로 알 수 있다. 경험을 통해, 벽에서 마물이 튀어나오는 것은 어떤 트랩을 발동시켰을 때 뿐이라는 걸 알고 있었다.

일단 『기척감지』의 범위를 넓혀서 아멜리아까지 커버했다. 아멜리아는 이미 새근거리는 소리를 내면서 자고 있었다. 적응력이 너무 높은 것 아냐? 일단은 엘프의 왕족이잖아? 스테이터스 플레이트의 표기에 착오가 있는 건 아니겠지?

하아, 앞날을 생각하면 불안감밖에 들지 않았다. 바라던 바가 아니지만, 정말로 바라던 바가 아니지만, 내 여행에도 동행자가 생겼다.

## Side 아멜리아 로즈쿼츠

벽에 기대고 있는 아키라가 잠이 들면서 새근거리는 소리를 내기 시작했을 때, 나는 살짝 눈을 떴다. 처음부터 자는 척을 하고 있었던 것이다. 아무리 왕족이든 아니든 남자가 가까이에 있는 상태에서, 더구나 땅바닥에서 잠을 잘 수 있을 리가 없다. 썩어도 준치라고, 나는 왕족인 것이다. 썩지는 않았지만.

하지만 썩은 거나 다름없는 신세라는 생각을 하면서 한숨을 쉬었다. 고향에서 쫓겨났으니까. 그것도 여동생에게 내쫓겼다. 돌아갈 장소도 안식처도 없다. 아키라에게 그렇게 말하긴 했지만, 내 처지가 더 위험하니까.

나는 들키지 않도록 아키라로부터 슬쩍 눈을 돌렸다. 분명 상당한 숙련자일 테니, 시선 하나만으로도 바로 알아차릴 것이다. 이제 막 만난 사람의 단잠을 방해하는 것은 해선 안 될 짓이다. 그 정도는 배려할 줄 안다.

문득 그때, 따뜻한 바람이 나를 포근하게 감쌌다. 아키라가 무의식중에 발동하고 있는 생활마법이 기온이 내려간 미궁 안을 따뜻하게 만들어 주고 있는 것이다. 내가 있는 곳까지 범위를 넓혀서 데워 주고 있었다. 말투는 무뚝뚝하고 얼굴은 조금 무서웠지만, 사실은 상냥한 사람일지도 모른다. 지금까지 엘프의 영토에서 살아오면서 아무도 이렇게 세심하게 배려해 주지는 않았던 것 같았다.

나는 자신의 얼굴이 뜨거워지고 있다는 것을 알았다. 미남 미녀만 있는 엘프족을 상대로도 이렇게까지 얼굴빛이 변하는 일은 없었는데, 대체 어떻게 되어버린 걸까. 볼에 손을 대고 식혀 보려고 했지만, 열기는 좀처럼 가시지 않았다.

"……열이 난 것치고는 너무 갑작스럽고, 나른하지도 않아."

가슴의 고동이 빠르게 느껴졌고, 다른 어떤 엘프보다도 흰 살결은 옅은 핑크빛으로 물들어 있었다.

무슨 병에 걸린 걸까, 불치병이면 어떡하지. 내 몸은 대체 어떻게 되어 버린 걸까.

## Side 사토 츠카사

모두를 소집하고 나서 몇 시간 뒤, 스물일곱 개 있는 의자의 반 정도가 채워졌다. 이 세계에 온 뒤부터 다들 안색이 안 좋아졌고,

퀭하니 말랐으며, 눈 밑에는 다크 서클이 생긴 것처럼 보였다.

생생한 사람은 나와 우에노, 반에서 나 다음으로 강한 실력을 지녔으며 직업이 사무라이인 아사히나 쿄스케 정도가 다였다. 애초에 아사히나에 한해선 처음부터 말이 없고 무표정하기 때문에 컨디션이 안 좋은 상태인지조차도 알 수가 없었지만.

원래 세계에 있었을 때도 말하는 것을 거의 본 적이 없는 미스터리한 남자였다. 반에선 유일하게 아키라와 사이가 좋았고, 아키라가 일방적으로 얘기를 하고 있으면 맞장구를 쳐주는 모습을 종종 볼 수 있었다. 동아리 활동은 분명 검도부에서 주장을 맡고 있었을 것이다. 같은 동아리 멤버들은 아주 잘 따랐던 모양이다.

그러고 보니 아사히나도 아키라와 마찬가지로, 계속 나와 같은 반이었다. 엄청난 우연이었다. 그런 미스터리한 남자였는데, 이 세계로 온 뒤로는 그 미스터리한 분위기가 더욱 연마된 것 같았다.

"⋯⋯다 모이지 않을 거라는 건 알고 있었어. 지금 모인 사람들로 시작하자."

내가 자리에서 일어나 그렇게 말했더니, 조용했던 분위기가 한층 더 긴장감으로 팽팽해졌다. 날카로운 시선이 날 찔렀다.

"이제 와서 새삼스레 무슨 얘기를 하겠다는 거지? 용사니임."

미궁에서 트랩을 가동시켰던 와타베 카츠미가 노려보기 시작했다. 같은 용사 팀이었고, 일본에 있었을 때부터 사이좋게 지냈다고 생각했지만, 결국 그 정도 수준이었던 것 같다.

나는 와타베에게 지지 않을 만큼 날카로운 눈으로 마주 봤다. 그것만으로도 몇 명이 겁을 먹었다.

나보다 강한 녀석은 여기 없다. 아키라가 사라진 뒤로, 새롭게 기사단장이 된 질 씨에게 훈련을 받고 있는 것이다. 그렇게 쉽게 지지 않는다. 용서로서, 질 수 없다. 아키라 이외에는 누구에게도.

"앞으로의 일에 관해서야."

아키라 이외의 반 친구들 스물일곱 명은 정기적으로 모여서, 성 안의 회의실에서 정보 교환을 하고 있다.

첫 번째 회의에선 모두의 직업에 관한 정보를 서로 교환했다. 물론 그 자리에 없었던 아키라의 정보도 말이다. 내가 아키라의 직업을 알고 있었던 것은 그 때문이다. 뭐, 대강 그럴 것이라 생각하고 있었지만.

"앞으로의 일에 관해서라고?"

"아니, 지금 우리가 어떤 상태인지는 네가 가장 잘 알고 있잖아? 설마 마왕을 퇴치하러 가겠다는 소릴 하려는 건 아니겠지?"

방금 그 말은 여자 배구부의 에이스였던 장신의 여전사, 아마조네스 사카타 츠나미와 야구부의 4번 타자였고 사령술사인 타나카 카이치 가 한 말이었다. 두 사람 다 그 뛰어난 운동능력 때문에 전투력을 높이 사서, 나와 같은 용사 팀의 일원이 되었다. 지금은 나와 적대하고 있는 자들의 대표 격이지만.

왕녀는 상당히 잔인했다. 내부에서 무너트리는 작전을 주저하지 않고 실행하고 있었다. 나를 뒤흔들기 위해서.

"그 설마야. 나는 왕에게 약속한 대로, 마왕을 토벌하기 위해 떠날 거야. 그리고 나와 같이 가 줄 사람을 찾고 있어."

회의실 안은 다시 조용해졌고, 다음 순간 바로 술렁이기 시작했다.

"농담이지?"

"사란 단장이 오다에게 죽어서 혼란스러워진 이 상황에?"

"바보냐——?"

"아니, 바보 맞아. 애초에 이런 상황을 만들어낸 건 저 녀석이잖아?"

"그렇군, 도망치겠다는 건가."

"용사라는 이름이 아깝네."

"뭐——? 도망치다니 촌스러워어!"

사람이 잠자코 있으려니, 멋대로들 지껄이고 있었다. 나는 힘을 조절하면서, 대리석을 깎아 만든 순백의 책상을 내리쳤다. 금이 가지 않도록 신중하게 힘을 조절한 덕분인지, 술렁거리고 있던 녀석들의 입을 다물 수 있을 만큼 큰 소리가 났지만, 금 하나 생기지 않았다. 이런 비싸 보이는 물건을 분을 이기지 못하여 그 자리에서 부쉈다가 나중에 고액의 보상 청구라도 받는다면 곤란해진다.

"하아, 됐어. 너희가 갈 거라고는 기대도 안 했으니까."

나는 깊게 한숨을 쉬었다.

기대는 하지 않았다. 하지만 이걸로 확실해진 게 있었다.

"지금부터 난 너희 곁을 떠날 거야. 힘없이 늘어져 있든 싸우든 마음대로들 해."

나는 가장 윗자리에 해당하는 의자에서 일어섰다.

이게 내 선택이었다.

아무래도 왕과 왕녀는 나를 어떤 식으로든 복종하게 만들고 싶었던 것 같다. 그러니까 이 성을 떠날 것이다. 왕과 왕녀가 시키는 대로 움직이는 인형 따윈 되지 않을 것이다.

"나도 동행하지."

조용해진 회의실에, 귀에 익숙하지 않은 목소리가 울려 퍼졌다.

목소리가 들려온 방향으로 돌아보자, 아사히나 쿄스케가 일어서 있었다. 아무래도 목소리의 주인공이었던 모양이다. 처음으로 목소리를 들었다.

아사히나가 일어서자, 지금까지 입을 다물고 있던 몇 명도 따라서 일어섰다. 그중에는 우에노와 호소야마의 모습도 보였다. 나는 고개를 끄덕인 뒤에 그들을 데리고 회의실을 나갔다.

"딱 일곱 명인가. 각 팀에서 연습했던 연계를 그대로 활용할 수 있겠군."

"그리고 해주사인 우에노와 치유사인 호소야마가 있으니까 어느 정도는 다쳐도 괜찮을 거야."

내 혼잣말을 듣고 아사히나가 대꾸해 주었다. 그가 이렇게 많이 말하는 것을 본 것도 처음이다. 놀라움을 넘어서 감동했다.

"미안하지만, 내가 리더가 되는 걸 허락해 줘. 누구, 반대하는 사람 있어?"

회의실에서 멀어졌을 때 그렇게 물었지만, 아무도 뭐라고 하지 않았다. 몇 명은 힘차게 고개를 끄덕여 줬다.

"한 시간 후에 필요한 것을 챙겨서 성문 앞에 모이자. 모두 다 모이면 출발할게."

내 호령과 함께 우리는 각자의 방으로 달려갔다.

마왕 토벌은 왕 본인이 명령한 것이니까, 갑작스러운 출발에는 반대하더라도 최종적으로는 밀어붙일 수 있을 것이다. 하지만 간접적으로 방해를 해오지 않는다고는 장담할 수 없다. 일단 질 씨의 협력은 얻어냈지만, 행동은 서두르는 게 좋다.

그러고 보니 아사히나는 왜 날 따라오려는 걸까. 지금은 앞으로 여행을 함께 할 동료의 진의가 마음에 걸렸다.

# 제4장 새로운 동료

**Side 오다 아키라**

'오빠, 어디 있어? 빨리 와, 부탁이야! 이제 투정도 부리지 않고, 집안일도 도울게!!'

'정말이지, 네 아빠도 그렇고, 내 주변의 남자들은 죄다 종적을 감춘단 말이지. 콜록콜록!'

여동생과 어머니가 걱정스러운 표정으로 날 찾고 있었다. 얼굴을 보는 것도 상당히 오랜만이었다. 어머니의 얼굴은 한층 더 여윈 게 아닐까. 여동생의 눈은 붉게 부어 있었다.

아아, 돌아가고 싶다. 돌아가기 위해서라면 나는 수단을 가리지 않을 것이다.

"……꿈인가. 꽤나 리얼했군."

"아, 아키라, 밥은 아직 멀었어?"

바로 옆에서 들려오는 느릿느릿한 목소리를 듣고, 나는 자신도 모르게 눈을 가늘게 떴다. 일어나보니, 아멜리아가 배를 붙잡은 채 원망스러운 눈길로 내 쪽을 보고 있었다.

"너는 시리어스 크래셔라도 되냐?"

"시리얼? 맛있을 것 같네."

나는 깊게 한숨을 쉬었다. 이 녀석에게 시리어스를 바란 내가 바보였어.

나는 사란 단장이 마련해 준 빵 및 예비용으로 천에 싸 확보해 뒀던 고기 꾸러미를 꺼냈다.

"……아키라, 꽤나 심하게 신음하고 있었어. 악몽이라도 꾼 거야?"

"아니, 오히려 행복한 꿈이었어."

어머니와 여동생의 모습을 떠올리면서 고개를 저었다. 벌써 한 달이나 집에 돌아가지 못하고 있었다. 향수병에 걸릴 만도 하다.

"그렇구나. 예전에 살았던 세계에 놔두고 온 가족들 꿈이라도 꿨어?"

"그래."

빵을 살짝 구웠고, 고기도 구웠다. 아멜리아의 입가에선 침이 주르륵 흘러나왔다. 아직 날고기인데.

아니, 그 전에 내가 이세계에서 온 걸 말했던가.

"『세계안』을 사용하면 뭐든지 알 수 있어. 아키라가 밤에 누굴 떠올리면서 야한 짓을 했는지도. 날 이용하면 될 텐데……."

"이봐! 쓸데없는 일에 그 눈을 쓰지 마!!"

나도 모르게 버럭 소리쳤지만, 아멜리아는 전혀 염두에 두지 않는 표정으로 천연덕스럽게 대꾸했다.

"쓸데없다고? 아키라와의 거리를 좁히는 데 필요한 거야."

빵을 향해 뻗은 아멜리아의 자그마한 손을 톡 쳐서 물러나게 만든 뒤에 고기를 뒤집었다.

고기 냄새에 낚여서 마물이 나타났다. 돼지 같이 생긴 얼굴을 한 이족보행형 마물이었다. 레벨은 52인가. 아멜리아가 일어서려고 하는 것을 말린 뒤에 나는 대충 암기를 투척했다.

"아키라, 고기를 얻었어?"

"저 녀석은 맛이 없어."

"……그렇구나. 먹을 수 없는 고기는 없애야지."

아멜리아는 『중력마법』으로 이미 절명한 마물을 짓눌러 버렸다. 그냥 내버려 두면 될 텐데, 마법을 쓸데없이 쓴다니까. 마력을 무한에 가깝게 지니고 있으면 습관처럼 하는 행동인 걸까. 암기를 제대로 피해서 중력을 거는 걸 보면, 일단은 생각을 하고 행동하는 것 같긴 하다. 하지만 아침부터 스플래터를 봐야 한단 말인가.

뭐, 이젠 익숙해졌지만, 역시 냄새가 지독하네.

"……그 녀석을 멀리 버리고 올 수 있는 사람에겐 더 큰 고기를 주도록 하겠어."

"다녀올게."

다루기가 참 쉽다.

씨익 웃으면서 고기를 뒤집었다. 다루기 쉬운 녀석이라 도움이 된다.

"……버리고 왔어."

나는 수고했다고 말하면서, 약속대로 더 큰 고기를 내밀었다.

아멜리아의 표정이 단번에 환해졌다. 나는 그걸 보고 미소를 지으면서 내 몫을 준비했다.

바로 먹으려고 하다가 나는 늘 하던 버릇대로 손을 맞댔고, 아멜리아는 그걸 신기하다는 표정으로 봤다.

"잘 먹겠습니다."

"그 동작은 뭐야?"

"아아, 이 세계에는 먹을 것을 두고 감사의 인사를 하는 습관이 없었던가."

엘프족은 지식에 대한 호기심이 왕성하다고 한다. 사란 단장만큼. 이 녀석이 나와 같이 있는 것도 그런 이유 때문일지도 모르겠군.

나는 먹으면서 내 고향의 상식을 가르쳐 주었다. 예상보다 훨씬 더 흥미진진한 반응을 보였다. 물론 아멜리아도 먹는 걸 멈추지 않고 물어봤지만.

"야오요로즈(八百万)라는 말은 신이 팔백만이나 있다는 뜻이야?"

"그보다는 만물에 신이 깃들어 있다고 생각하는 것이 좀 더 정확해."

그러고 보니 사란 단장과도 이런 얘기를 했었지. 불과 몇 주 전의 일인데, 묘하게 그리웠다. 용사는 잘하고 있을까. 반 친구들의 주술은 풀렸을까.

"저기, 아키라, 아키라의 가족 이야기가 듣고 싶어."

"……뭐, 상관없으려나. 우리 집에는 병약한 어머니와 여동생이 한 명 있어. 어머니의 이름은 유카리. 여동생 이름은 유이인데, 나보다 한 살 어려."

"아버지는?"

아버지라……. 나는 어릴 적에 한 번 본 넓은 등을 떠올리면서 이를 갈았다.

"내가 초등학교 5학년일 때 실종됐어. 병약한 어머니와 어린 우리를 책임지지 못하고 도망친 거야."

"그랬구나……."

그 이후로 어머니는 집에서 부업을, 나는 학교에 비밀로 하고 아르바이트를 여러 개 뛰면서 겨우 가계를 꾸려 왔다. 유이도 동아리에 들어가고 싶었겠지만, 그걸 억지로 참고 아르바이트를 뛰어 주었다. 식사를 포함하여 집안일은 현재 내가 전담했다. 어머니도 만들지 못하는 것은 아니었지만, 몸이 안 좋아서 매일 맡는 건 무리였다. 식사는 제대로 하고 있을까. 내가 돌아가기 전에 식중독이나 영양실조로 가족들이 죽는다면 정말로 큰일이다.

"……나에게도 여동생이 있어."

"헤에, 의외로군. 네가 언니였단 말인가."

"응. 나 같은 것보다 훨씬 더 예쁘고, 뭐든 다 잘하는 완벽한 여동생이야."

"헤에……."

어쩐지 분위기가 수상하게 흘러가기 시작했다. 나는 찬찬히 아멜리아의 붉은 눈을 바라봤다. 고기를 앞에 놓고 반짝반짝 빛 나던 붉은 빛도 지금은 흐려져 있었다.

"난, 아무것도 못하니까. 집안일도, 그 어떤 것도. 여동생은 한번 보기만 하면 뭐든 할 줄 알았어."

"그 여동생도 고기 좋아했어?"

"뭐든지 먹었어. 스킬도, 나보다 더 많고 강해……. 왜 고기 얘기를 꺼내는 거야?"

겨우 이해가 된 것 같았다. 아멜리아가 여동생이라는 단어에 과민하게 반응하는 이유를.

쉽게 말해서 많이 모자란 언니와 우수한 여동생이 있고, 부모 에게 우수한 여동생만 대우를 받았다는 얘기인가. 언니는 늘 여 동생에게 비교를 당하면서 비굴한 성격을 가지게 된다.

나와 여동생은 그렇지 않았지. 뭐, 다른 의미로 특수한 가정환 경이었으니, 어머니가 그런 짓을 결코 허용하지 않았으니까 말이 다.

"분위기를 좀 풀어보려고 한 거야. 어쨌든 나는 '완벽'이라는 말이 싫어."

아멜리아가 아래를 향해 숙이고 있던 얼굴을 들었다.

"완벽이라는 건 그 이상은 되지 못한다는 뜻이니까 말이지. 인간은 결점을 가지고 있는 편이 더 잘 성장하고, 재미있기도 해. 엘프도 그건 마찬가지잖아? 그러니까 만약 그 여동생이 완 벽한 사람이라면, 나는 그런 사람은 싫어."

같은 이유로 용사도 싫었다. 확실히 결점도 많았지만, 그걸 완벽하게 덮어서 감추고 있었다. 그래서 내가 아는 용사는 완벽이라는 단어 위에 안주하고 있는 사람이었다. 평범한 사람이 보기엔 전혀 달갑지 않았다.

"……그렇구나. 그럼 아키라랑 여동생은 만나게 하면 안 되겠네."

"내가 사양하고 싶을 지경이야. 그보다 다 먹었으면 미궁 탐색을 다시 시작하자고."

아멜리아의 표정이 누그러졌다. 누군가를 위로해 주는 건 전문 분야도 아닐뿐더러, 완전히 서툴다고. 나는 아멜리아의 머리를 잠깐 쓰다듬어 준 뒤에 일어섰다. '야토노카미'를 정비해 놔야지.

"……고마워."

그러니까 정말로 자그마한 감사의 말 같은 건 들리지 않는다. 들리지 않는다면 들리지 않는 거다.


전투가 벌어졌을 때, 아멜리아는 의외로 잘 움직여 주었다. 왕족이라고 하기에 보나마나 비명을 지르고 도망칠 거라 생각했는데, 아무래도 나는 아멜리아를 얕보고 있었던 모양이다.

"아멜리아, 그쪽으로 세 마리가 갔어."

"응. 문제없어. 『그래비티』."

『중력마법』으로 세 마리를 동시에 짓눌러 버렸다. 커다란 쥐 같이 생긴 마물은 세 마리가 사이좋게 찌부러졌다. 그로테스크했다.

"하지만 맛이 없게 생겼으니까…… 화났어?"

"아니, 딱히 화가 나지도 않았고, 난 아무 말도 안 했어."

눈을 돌리면서 입을 삐죽거렸던 아멜리아의 표정이 내 말 한 마디에 환하게 빛났다. 여전히 알기 쉬운 녀석이다.

"지금 몇 층쯤 온 거야?"

"62층이야. 오늘 안으로 70층까진 가고 싶었는데, 역시 그건 힘드려나."

"나와 아키라라면 갈 수 있어. 최강의 콤비야."

어디서 그런 자신감이 나오는 건지. 나는 말없이 아멜리아의 머리를 쓰다듬어 주었다. 비단처럼 매끄러운 머리카락을 손가락으로 어루만져 주자, 아멜리아는 바로 기분이 좋아졌다. 아주 살짝 눈에 윤기가 어렸고 볼도 붉어졌지만, 나는 왕자병 환자가 아니니까 착각은 하지 않는다. 분명 미궁 안이 더워서 그런 거겠지.

"그건 그렇고, 수분 보급은 했어?"

"응. 하지만 왜 자주 물을 마시는 거야?"

"탈수증상이라도 일으키면 곤란하니까. 뭐, 이런 미궁 안은 탈수증상보다 마물을 더 경계해야겠지만. 조심해서 나쁠 건 없잖아."

"탈수……상?"

이 세계에는 탈수증상이라는 개념은 없는 것 같다. 의료기술도 그다지 발전하지 않았다고 한다.

"더운데도 물을 마시지 않았을 때 몸 상태가 나빠지거나 하진 않아?"

"……나빠져."

"그걸 탈수증상이라고 불러. 자칫하면 죽는다고."

"더운 날에 엘프들이 갑자기 몸이 안 좋아지면서 그대로 죽는 일이 있었는데, 그게 유행병이 아니라 탈수증상이었구나."

납득한 것 같았다. 나도 예전에 한 번, 아르바이트로 바쁜 나머지 수분 보급을 게을리했다가 열사병에 걸릴 뻔했었다.

그때는 정말 힘들었다. 늘 내게 붙어 다니던 여동생은 계속 울었고, 어머니에게 집안일을 전부 시키고 말았으니까. 그 이후로 자신의 컨디션 관리에는 남들보다 한층 더 집착하게 된 것이다.

"알았으면 물을 자주 마셔 둬."

"알았어."

나는 암기를 던졌다. 멀리 있는 모퉁이에서 얼굴을 내민 마물의 이마에 명중했다. 스킬 레벨도 플레이어 레벨도 순조롭게 올라가고 있었다. 목표를 달성하는 게 빠를까, 미궁을 공략하는 게 더 빠를까가 궁금하군.

"아키라가 살았던 세계, 라고 할까. 나라? 와 비슷한 나라를 알고 있어."

"헤에? 우리보다 먼저 소환된 용사가 나라라도 세운 거야?"

"그래. 분명 엘프족 영토에 가까이 있는 인간족의 나라였어."

아멜리아의 얘기에 따르면, 에도 시대 때의 일본이 그대로 존재하는 것 같은 나라가 인간족의 영토에 있다고 한다.

"그 나라의 이름은 '야마토'. 아키라가 먹고 싶다고 말했던 쌀이 주식인 나라야."

"좋아, 미궁에서 나가게 되면 거기로 가보자."

"응. 아키라라면 그렇게 말할 거라 생각했어."

쌀이 먹고 싶다. 빵은 이제 질렸다. 일본인은 쌀과 된장국으로 이뤄져 있는 것이다. 나는 쌀이 없으면 살아갈 수 없다. 아이 러브 쌀.

켈록, 숨겨 두고 있던 감정이 폭발한 것 같다. 위험하네, 위험해.

"인기 있는 '온천'이 있다고 했으니까 같이 갈까? 사실은 남녀가 따로 들어간다고 하지만, '혼욕'이라는 것도 있어."

"아멜리아 씨, 혼욕의 의미를 알고 말하는 건가요?"

"같이 알몸으로 탕에 들어가는 거지?"

"……."

"괜찮아, 가슴 크기에는 자신이 있어."

나도 모르게 시선을 아멜리아의 가슴 쪽으로 떨궜다. 지금까지 그다지 의식하지 않았지만, 제법 크다. 한순간 그 옷 안의 모습을 상상하고 말았지만, 바로 고개를 저으면서 지워 버렸다.

아니, 그건 안 되겠지. 평범하기 짝이 없는 얼굴을 가진 내가 아멜리아만큼 아름다운 소녀와 혼욕이라니 너무 버겁다. 게다가 주위의 시선도 따가울 것이다.

이 아이는 자신이 엘프라는 걸 잊고 있는 것 아닐까. 하지만 아멜리아는 정말로 기대하고 있는 것 같았다.

"이, 일단 보류하는 걸로 하자."

"미궁을 나갈 때까지는 답을 들려줘."

"새, 생각해 볼게."

답이 쉽게 나올 리가 없다. 미궁이 계속 이어지면 좋겠는데. 그런 대화를 나누면서도 우리는 확실하게 마물을 처리해 나갔다.

"지금까지 인간족이 도달한 미궁의 최하층은 40층. 그것도 레이드 파티를 꾸려서 성공했다고 하니까, 아키라의 전투력은 인간족과 비교가 안 돼."

갑자기 무슨 소리를 하는 건가 싶어서 나는 아멜리아의 얼굴을 봤다. 아멜리아는 진지한 표정으로 내 쪽을 보고 있었다. 나는 그 진지한 표정을 버티지 못하고 반 친구들에게조차 말하지 않았던 사실을 아멜리아에게 밝혔다.

"어째서인지 모르겠지만, 내 스테이터스는 명백하게 용사보다 더 강해."

아멜리아는 이미 알고 있었는지 살짝 고개를 끄덕이기만 할 뿐, 그다지 큰 반응을 보이지 않았다. 그리고 말하기 어려운 표정으로 입을 열었다.

"아키라, 네 종족 중의 최강인 마족조차도 일반인의 기본 공격력은 900이 한계야. 선대 마왕도 공격력이 1만 정도였어. 틀림없이 아키라는 세계 최강이야."

"……그럴지도 모르겠네. 『세계안』을 사용하지 않아도 내가 비정상적이라는 것쯤은 알고 있어. 그리고 나는 어떤 사람과의 약속 때문에 레벨을 100까지 올리기 위해서 미궁에 들어와 있는 거야. 밖에 나갔을 때 나는 걸어 다니는 파괴병기 같은 존재가 될지도 몰라."

"100까지 올리면 어떻게 돼?"

"글쎄. 나도 정확하게는 몰라. 하지만 내가 바라는 일이 일어날 것은 확실하다고 생각해."

예전에 살았던 세계라면, 분명 존재하는 것만으로 즉시 사살해도 좋다는 허가가 내려졌을 것이다. 위험인물로서 실험용 모르모트가 될지도 모른다.

나는 분명, 이 세계에 존재해선 안 되는 괴물일 것이다.

그런 생각을 하고 있으려니, 아멜리아는 내 손을 꼭 잡았다.

"세상이 아키라를 괴물이라고 불러도 나는 곁에 있을 거야."

"고마워."

아주 약간, 아멜리아에게 구원을 받은 느낌이 들었다. 그러고 보니 예전에 이런 일이 있었지. 나는 지금의 아멜리아에 해당하는 위치에 있었지만.

잘 지내고 있을까, 쿄스케는.


### Side 아사히나 쿄스케

나와 용사인 사토 츠카사, 아키라는 유치원 시절부터 계속 같은 반이었다.

그 사실을 알아차린 것은 초등학교 6학년 때였으며, 그때는 늘 같은 얼굴이 보인다고 생각했을 뿐이었다. 하지만 역시 10년 이상이나 같이 있다 보면 어떤 저주가 아닐까 하는 생각이 들 수밖에 없었다.

사토는 무슨 이유인지 아키라를 적대시했고, 아키라는 주위에 무관심해서 그 사실을 알아차리고 있는지 아닌지 잘 알 수가 없었다. 말도 안 되는 확률로 고등학교도 같은 곳을 다니게 된 것에는 역시 한기를 느낄 수밖에 없었지만, 그런 운명인 것으로 생각하기로 했다.

그리고 나와 아키라가 처음 얘기한 것도 고등학생이 된 뒤였다. 사토처럼 딱히 눈에 띄는 외모를 가지고 있지 않은 나와 아키라는 교실 안에서 반 친구들과 얘기를 나누는 일이 없었고, 잠을 자거나 책을 읽으면서 각자 홀로 지내고 있었다. 그러던 중에 아키라의 비밀을 알게 된 것은 분명, 1학년 여름방학 때가 아니었을까.

"……오다 아키라?"

"응……? 켁, 검도부의, 어──. 그러니까…….."

"응, 아사히나 쿄스케야."

우리가 다니는 고등학교는 아르바이트를 금지하진 않는다. 권장도 하지 않지만, 가정환경을 이유로 들면 허가서는 꽤나 쉽게 나온다고 들었다. 그리고 또 하나의 이유는 성적이겠지.

그렇다곤 하지만, 정말로 아르바이트를 하고 있는 사람은 아키라뿐일 것이다. 그리고 아키라는 그 사실이 알려지는 걸 바라지 않았다. 하지만 하필이면 나는 아키라가 땀을 흘리면서 일하고 있는 장면과 마주치고 말았던 것이다.

그날은 그렇게 그냥 헤어졌다. 아키라도 아르바이트 도중이었으니까 말이지. 설마 도로공사 현장에서 힘쓰는 일을 하고 있을 줄은 몰랐지만. 아무리 그래도 위험한 일은 학교에서도 분명 금지하고 있을 텐데.

그건 그렇고 역시 내 이름을 기억하지 않고 있었나. 일단은 이래 봬도 10년 넘게 가까이서 지냈는데.

다음 날, 교실에 들어가자 내 앞으로 아키라가 다가왔다.

"점심시간에 시간이 나면 도서실로 좀 와 줘."

"그래."

체육관 뒤가 아니라서 안도한 것은 나만의 비밀이다. 아키라는 빈말로도 눈매가 좋다고 할 수 없었으며, 일부 학생들 사이에선 그렇고 그런 사람들의 자식이 아니겠느냐는 소문까지 돌고 있을 정도였으니까.

어쨌든 나는 고개를 끄덕이고 자리에 앉았다. 심장이 두근거리면서 소리를 내고 있었다. 머릿속에선 그럴 리가 없다고 생각하면서도, 돈을 내놓으라고 하면 어떡하지 같은 소심한 말이 흘러나오고 있었다. 잘 생각해 보니 비밀을 유지하고 싶으면 내가 오히려 돈을 받아야 할 입장이겠지만, 혼란에 빠져 있던 나는 그런 생각도 떠올리지 못했었지.

점심시간. 늘 하던 대로 점심을 먹었고, 평소대로라면 바로 잤겠지만 나는 자리에서 일어나 도서실로 향했다.

아키라는 4교시가 끝남과 동시에 교실을 뛰쳐나간 뒤로 돌아오지 않았다. 아마도 매점의 빵 구매 전쟁에 참가한 것이겠지. 도시락만으로는 부족한 남자 고등학생들이 몰려드는, 말 그대로 전쟁터 같은 곳에 스스로 찾아간다니. 상당한 용기를 가진 녀석이라니까.

　우리 학교 도서실은 학교 현관의 안쪽에 있으며, 사서인 아주머니가 늘 대기하고 있었다. 하루 종일 비어 있기 때문에 쉬는 시간이면 언제든 올 수 있지만, 나는 현대국어 시간 외에 여길 온 것은 처음이었다. 도서실과는 인연이 없을 것 같은 아키라가 도서실을 지정한 것은 상당히 의외였다.

　"미안해, 불러내서."

　도서실에 도착했을 때 나에게 맨 먼저 한 말이 사과의 인사였을 때엔 나도 모르게 같이 사과할 뻔했지만, 그건 타고난 포커페이스를 이용하여 겨우 참아냈다. 고개를 끄덕이기만 하고 아키라의 맞은편에 앉았다.

　"그리고 단도직입적으로 말하자면, 어제 일 말인데……."

　"응, 아무에게도 말하지 않으면 되는 거지?"

　내가 그렇게 말하자, 아키라는 갑자기 표정이 환해졌다. 분명 매일 거울 앞에서 자신의 무표정한 얼굴과 마주보고 있는 나였기 때문에, 그나마 알아볼 수 있는 미묘한 변화일 것이라 생각했다.

　"하나 묻고 싶은데, 왜 그렇게까지 비밀로 하는 거야? 분명 학교에서 금지하진 않았을 텐데."

　"아아, 그거 말인가."

그러자, 아키라는 갑자기 쑥스러운 듯이 고개를 돌리면서 볼을 긁었다.

"왠지 혼자서만 멋을 부리는 것 같아서 꼴사납잖아?"

"뭐?"

"그러니까아, 가족을 위해서 노력하고 있다고 주장하는 것 같아서 오히려 꼴사납게 보이잖아. 그런 건 내 미학에 반하는 짓이라고."

"가족을 위해서 노력한다는 게 뭐가 잘못인지 모르겠는데."

"아니야. 그렇게 노력하는 모습을 남에게 드러내는 것이 싫은 거야, 난."

과연, 그렇다면 이해가 될 것 같았다.

나도 동아리 활동을 끝낸 뒤에 다른 녀석들에게는 말없이 죽도를 휘두르거나 달리기를 하고 있으며, 그런 모습을 보여주고 싶지 않다고 생각한다. 그러고 보니 어제 아르바이트를 하고 있던 아키라와 만난 것도 달리기를 하던 중이었지.

"그러니까 절대 다른 녀석들에게 말하지 마, 알았지? 특히 내 여동생에게는 말하면 안 돼."

"여동생? 너한테도 여동생이 있었단 말인가."

"그래, 한 살 어리지만…… 너한테 '도'?"

나는 휴대전화로 여동생이 친구하고 찍었다는 스티커 사진을 보여주었다. 여동생이 억지로 보내온 것이다. 오른쪽에 있는, 무슨 이유로 그러는지 모르겠지만 볼을 부풀린 채 원숭이 같은 포즈를 취하고 있는 포니테일의 키가 큰 여자애를 가리켰다.

"이 애가 내 여동생이야."

"……오오. 그럼 소개하지. 여기 있는 이 애가 내 여동생이야."

그렇게 말하면서 아키라는 내 여동생 옆에서 브이 자를 그리고 있는 짧은 머리의 귀엽게 생긴 여자애를 가리켰다.

"……이런 우연이 다 있네. 설마 여동생끼리도 친구였을 줄이야."

"나야말로. 설마 네가 케이카의 오빠였다니. 뭐, 그 말을 듣고 보니 닮긴 했네."

"아니, 네 여동생과 네가 닮은 것에 비하면 우리는 아무것도 아닌데."

아키라와 여동생인 유이는 판박이라고 해도 될 정도로 아주 닮았다. 지금이야 남녀의 차이가 있으니까 구분이 되겠지만, 분명 어릴 적에는 눈매를 제외하면 거의 구별이 되지 않았을 것 같다.

"너만 괜찮다면 나중에 또 얘기를 나눠보자고."

아키라의 말을 듣고, 나는 두말할 것도 없이 고개를 끄덕였다.

"물론이야. 그리고 나는 그냥 이름으로 불러줘."

"알았어, 쿄스케. 나도 아키라라고 불러줘."

"알았어. 그런데 아키라, 보충수업 기간이라서 여름방학이라도 오늘 수업이 있으니까 다행이었지만, 만약 오늘 보충수업이 없었다면 어떡할 생각이었어?"

"아아, 초상화가 실린 전단지를 뿌려서 찾아다녔을지도 모르겠네. 내 여동생은 예전에 미술부원이라서 그림을 잘 그리니까 그려달라고 부탁해서 말이지."

여름방학이지만 수업이 있는 것을, 오늘만큼 고마워한 적이 없었다.

나와 아키라는 그대로 세세한 교류를 이어갔고, 2학년이 되어서도 또 사토와 함께 같은 반이 되었다. 그리고 '모리건'에 소환되었다.

내 직업은, 검도부원이라 그런 건지 사무라이. 아키라는 암살자였다.

애초에 아키라는 소환되었을 때부터 거의 기척을 지우고 있었기 때문에, 첫 번째 회의가 열리고서야 아키라도 이세계에 불려왔다는 것과 직업을 처음 알았지만.

아키라처럼 이세계에 소환되는 유형의 소설은 읽어보지 못한 나였지만, 왕과 왕녀의 이상한 분위기는 왠지 모르게 감지하고 있었다. 사무라이의 고유 스킬 중에 『감』이 있기 때문일까.

"스테이터스."

---

**쿄스케 아사히나**

**종족: 인간**

**직업: 사무라이 Lv.5**

**생명력: 400/400**

**공격력: 1400**

**방어력: 800**

마력 : 600

스킬 : 산술 Lv.6, 곡도술 Lv.4, 이도류 Lv.1, 직감 Lv.8, 화염 마법
　　　 Lv.1,

엑스트라 스킬 : 언어이해, 군사(軍師) Lv.3

---

　미궁에서 나온 뒤의 스테이터스가 이 정도였다. 레벨업을 하
면서 상당히 스테이터스가 상승한 것 같았다. 질은 전혀 다르지
만, 용사인 사토보다 조금 뒤떨어진 수준이다. 단, 『감』의 스킬
레벨만큼은 이상하게 높았다.

　『산술』이나 『곡도술』 등의 스킬 레벨을 보니, 일본에서 살았
던 시절의 경험도 반영되고 있는 것 같았다.

　내가 누가 뭔가를 숨기고 있다는 걸 바로 알아차릴 수 있는 것
은 이 스킬 때문이었던 모양이다. 뭐, 이걸로 도움을 받은 적은
셀 수 없이 많은지라 고마워할지언정, 귀찮게 여기지는 않았
다.

　레이티스의 왕과 왕녀는 수상했지만, 기사단장인 사란 씨와
부단장인 질 씨를 비롯한 기사단원들은 너무나도 좋은 사람들
이었다. 훈련은 너무나 힘들었지만, 그것도 우리를 생각해서
일부러 엄격하게 대해준다는 걸 알 수 있었다.

　그리고 아키라는 내가 모르는 곳에서 암약하고 있었다. 이 세
계로 와서 한 번도 얘기해 보진 못했지만, 뭔가를 하고 있다는
것은 알고 있었다. 가능하면 아키라 쪽에서 먼저 얘기해 주길
바랐다. 그리고 내가 할 수 있는 게 있다면 도와줄 생각이었다.

하지만 나는 어떤 사정이 있었는지를 들을 수는 없었고, 아키라는 사란 씨를 죽인 혐의를 뒤집어쓰고 성을 나가 버렸다.

나도 데리고 가 주길 바랐다.

왜 그때 같이 성을 뛰쳐나가지 않은 건지, 나는 스스로도 이해가 되지 않았다. 단, 그때의 반 친구들은 나까지 포함해서, 하나같이 이상한 상태였다는 것만큼은 기억하고 있다. 여기서 떠나고 싶지 않다. 사란 씨를 죽인 아키라를 용서할 수 없다. 그런 생각이 어디서부터인지 모르지만 자꾸 떠오르면서, 몸이 둔하게 움직였던 것이다. 며칠도 되지 않아서 원래 상태로 돌아왔지만, 위화감은 사라지지 않았다.

하지만 그 위화감도 왕녀의 방에서 검은 수정을 깨트리자 사라졌다. 그때도 왜 왕녀의 방에 들어갈 수 있었는지, 왜 수정을 깨트리고 있었는지도 몰랐지만, 왠지 이건 깨트려야 한다는 확신이 들었던 것이다. 『감』이 발동하고 있었던 것도 아닌 것 같았는데······.

깨지는 소리를 듣고 성 안에 있는 사람들이 찾아오기까지의 몇 분 동안, 스물여섯 개가 있던 수정을, 내 것까지 포함해서 여섯 개를 깨트리고서야 비로소 제정신을 차리고는 창문을 통해서 방을 나갔다. 조금만 더 늦었으면 왕녀와 그 시녀에게 들켰을 것이다. 나에겐 아키라처럼 기척을 지우는 스킬이 없으니까, 상당히 위험했다.

그리고 그 날이 지나기 전에 용사가 회의를 소집했고, 성을 탈출했다. 나는 아키라를 만나기 위해서, 힘을 키우기 위해서 용사와 동행했다.

"아사히나는 어떻게 주술이 풀린 거야?"

성을 나오고 숲을 빠져나와서, 도시를 우회하여 동쪽으로 향하고 있는 도중에, 사토가 그렇게 물어봤다.

이 녀석과 제대로 얘기를 나눠보는 건 이번이 처음일지도 모르겠다.

"……왕녀의 방에 있던 수정을 깨트렸더니 몸이 가벼워졌어. 왜 깨트렸는지는 나도 모르겠지만."

"자신의 의지로 한 기 아이라믄, 그기는 왕녀가 아인 다른 누군가의 조종을 받았다는 얘기 아이가?"

그도 그럴 게, 왕녀라믄 지 수정을 지가 깨트리자는 생각을 하진 않긋제? 하고 칸사이 사투리를 쓰는 여자인 우에노가 옆에서 불안한 말투로 말했지만, 사토는 뭔가 생각에 잠기더니 그대로 입을 다물었다.

아마도 성에 왕녀 같은 적이 더 숨어 있거나, 우리 편을 들어주는 사람이 있을지도 모른다는 생각을 깊이 하고 있겠지. 나도 몸이 자신의 의지로 움직일 수 있게 되면서 많이 생각해 봤지만, 전혀 알아낼 수가 없었다. 대체 누구였을까……. 내가 기억하고 있는 것은 훈련을 마치고 돌아오는 길에 따뜻한 빛에 감싸였다는 생각이 들자마자, 갑자기 몸이 저절로 움직이기 시작했다는 것뿐이다. 의식이 또렷했던 만큼, 기분은 더 나빴다.

그 기억을 떠올렸더니 기분이 나빠져서 나는 그 자리를 급히 벗어났다. 지금은 성에서 상당히 멀어졌기 때문에 달리는 걸 멈추고 숲속에서 휴식을 취하고 있었다. 숲속에서도 미궁보다는 약하다고 해도 마물은 나오기 때문에 경계는 게을리 하지 않았다.

"……아키라, 죽었을 거라곤 조금도 생각하지 않지만, 건강하게 지내고 있으라고."

나는 아무도 없는 숲을 보며 그렇게 중얼거리고, 짐 속에서 무기인 한 자루 칼을 꺼냈다. 회의가 끝난 뒤에 짐을 챙기려고 방에 돌아왔더니, 침대 위에 놓여 있던 것이었다.

한눈에 보고 좋은 칼이라는 걸 알았다. 설령 주술이 걸려 있다고 해도 팔면 여비를 충당할 수 있을 거라고 생각하여 가져왔는데, 우에노의 말에 따르면 주술 같은 건 걸려 있지 않다고 했다.

자루에서 칼날, 칼집에 이르기까지 모든 부분이 순백인 그 칼은 코가라스즈쿠리 방식으로 만들어졌으며, '하쿠류(백룡)'라는 이름이 한자로 새겨져 있었다.

스킬이 아니라 단순한 감이지만, 이건 분명 또 한 자루의 검과 쌍으로 만들어진 칼일 것 같았다. 하지만 그 감은 분명 맞을 것이다. 이 칼은 아키라와 합류한 뒤에야 제 역할을 할 것이다. 그렇게 확신하고 있었다.

그때까지는 아키라 옆에 설 수 있을 정도의 실력을 키울 것이다.

이게 나의 현재 목표였다.


——그리고 우리는 나무 사이로 누군가가 우리를 보고 있었다는 것을 알아차리지 못했다.

그 사람은 기사단의 갑옷에 달린 망토를 펄럭이면서 성을 향해 돌아갔다.

"……내가 도와줄 수 있는 건 여기까지다. 사란 단장님의 명령도 말이지. ……행운이 있기를, 이세계의 용사들이여."

## Side 오다 아키라

그곳에서 그렇게 멀리 떨어지지 않은 지하에서, 우리는 드디어 79층에서 80층으로 이어지는 계단을 발견했다. 약 하루 정도는 찾아서 돌아다니지 않았을까. 이번에 찾아낸 계단은 뚜껑으로 가려져 있었고, 그 위에는 짓눌린 상태의 미노타우로스가 놓여 있었기 때문에 발견하는 데 아주 시간이 많이 걸렸던 것이다.

"오래 걸렸군."

"응. 지금까지 걸렸던 것 중에서 가장 오래 걸렸어. 설마 마물의 고깃덩어리로 계단이 막혀 있었을 줄이야."

"그러게 말이지. 참고삼아 묻겠는데, 저 커다란 미노타우로스를 저런 꼴로 만든 건 너지? 사인은 명백히 『중력마법』이었고 말이야."

"묵비권."

내 엑스트라 스킬인 『행운』이 없었다면 계속 79층을 헤매고 다녔겠지. 아마도. 『행운』님 만만세다.

"이번 보스는 뭘까?"

"드래곤?"

"아니, 그건 이상하잖아. 대개 그런 건 마지막 층에 나오는 거 아냐?"

"그런 거야?"

"원래 그런 거고, 남자의 로망이기도 해."

층마다 난이도가 높아지는 트랩을 피하면서, 앞으로 나아갔다.

"이대로 보스가 있는 방에 갈 거야?"

"그래. 최대한 빨리 레벨을 올리고 싶어."

"하지만 기술을 연마하지 않으면 스테이터스에 몸이 따라가지 못해."

아멜리아가 드물게도 진지한 말을 하고 있었다. 그런 생각을 하고 있으려니, 아멜리아가 내 쪽을 반쯤 뜬 눈으로 보기 시작했다.

"지금 날 엄청 폄하한 것 같은 느낌이 들었어."

"기분 탓이야. 그건 그렇고, 구체적으론 뭘 하라는 건데?"

"스킬을 쓰지 않고 검술만으로 이 층을 샅샅이 뒤지는 거야."

그건 나도 전에 해본 적이 있었지. 그때는 분명 결국 무리라는 것을 깨닫고 말았던 것으로 기억하지만.

"그건 예전에 나도 실천해 보려고 했지만, 결국 스킬이 없으면 죽겠다는 결론을 내렸거든?"

"그때는 혼자였으니까. 둘이서 안전을 유지하면서 돌아다니면 괜찮아."

대수롭지 않은 듯이 아멜리아는 그렇게 말하면서, 내 쪽으로 손을 뻗었다.

뭔가 불안한 예감이 들었다.

"『마법생성』……『스킬 봉인』."

"……뭐?"

옅은 푸른색이 내 몸을 감싸자, 몸이 갑자기 무거워진 느낌이 들었다. 주위를 늘 탐색하고 있던 『기척감지』가 뚝 끊기면서, 불안감에 휩싸였다.

그러고 보니 아멜리아에겐 『마법생성』이 있었다. 있다는 건 알고 있었지만, 여기서 같은 편을 상대로 쓸 거라는 걸 누가 예상할 수 있었을까.

"……아멜리아 씨, 『위기감지』도 『기척감지』도 『기척은폐』도 쓸 수가 없는데요?"

"알고 있어. 괜찮아."

뭘 근거로 그렇게 말하고 있는 건지 가볍게 물어보고 싶었지만, 지금은 그럴 기분이 아니었다. 아멜리아가 진지한 표정으로 내 쪽을 돌아봤다.

"아키라, 오른쪽 전방에서 휴지 고블린 세 마리. 기척을 읽고 있었다면 스킬을 쓰지 않고도 알 수 있어."

"……쳇."

상층부에서 죽은 모험자의 장비품이었던 듯한 검이나 도끼를 장착한 거대한 고블린이 아멜리아가 알려준 대로 3초 정도 후에 나타났다.

나는 허리에 차면 방해가 되기 때문에 등에 장비하고 있던 '야토노카미'를 뽑아들고 맨 앞에 서 있던 녀석에게 달려들어 베었다.

"모르겠다. 어떻게든 되겠지."

결과부터 말하자면 나는 한 마리도 쓰러트리지 못했다. 거의 죽을 뻔한 상태에서 아멜리아가 거대한 고블린 세 마리를 한꺼번에 압사시켰던 것이다.

"아키라, 기운 내."

"하아."

나는 미궁의 벽에 기댄 채 한숨을 쉬었다. 아마도 충격을 받고 있는 지금의 내 머리 위에는 보이지 않는 버섯이 재배되고 있을 것이다.

휴지 고블린을 쓰러트리지 못했던 나는 자신의 기술이 부족함을 깨닫고, 지금 당장에라도 보스 방으로 달려가고 싶어졌다. 아멜리아가 달래 주었지만, 그것만으로는 도로 기운이 날 리가 없었다.

"휴지 고블린에 대한 모험자 길드의 토벌 추천 레벨은 70이상이야. 애초에 스킬이 없는 아키라로선 쓰러트릴 수 없는 상대가 맞아."

일단은 내게 위안이 되는 말을 해 주고 있는 것 같았다.

하지만 내 마음은 개운하지 않았다. 개운해질 리가 없었다.

"왜 그렇게 풀이 죽은 거야?"

"……남자가 여자에게 보호를 받다니……."

어이가 없다는 표정으로 바라보는 아멜리아의 시선에서 도망치려는 듯이 나는 다시 고개를 숙였다.

그렇다. 뭐가 분하냐고 묻는다면, 아멜리아에게 보호를 받았다는 것이 분했던 것이다.

짜증 나는 남자라고? 하지만 엄청 분하단 말이야. 더구나 내가 자칫하면 죽을 뻔한 위기에 몰렸을 정도로 고전했던 상대를, 아멜리아는 『중력마법』으로 한 방에 끝냈다. 죽고 싶은 마음이 드는 것도 당연하잖아.

하지만 여기서 멈춰 서 있을 수 없는 것도 진실이다. 일단은 휴식을 취할 겸 마음에 걸렸던 것을 가르쳐 달라 하기로 했다.

"아니, 그건 그렇고, 모험자 길드라는 게 있어?"

"응. 어느 종족이든지 모험자는 인기가 있는 직업이야. 강해지기만 하면 쉽게 돈을 벌 수 있으니까."

그 대신 빨리 죽지만.

그렇게 말하는, 차가운 목소리의 아멜리아를 보면서 나는 자신도 모르게 등을 쭉 폈다. 사란 단장에게서 사망률이 아주 높은 직업이 있다는 얘기는 언뜻 들었었는데, 아무래도 모험자를 말하는 것 같았다. 그리고 아멜리아는 그걸 좋게 생각하지 않았다.

"아멜리아는 모험자 길드에 가입한 상태야?"

"응. 일단 돈을 벌 수 있으니까."

아멜리아는 왕족에 어울리지 않는 말을 하더니, 목에서 인식표를 꺼냈다.

두 장의 인식표가 체인으로 연결된 상태로 목걸이처럼 목에 걸려 있었다.

이게 길드에 등록된 것을 나타내는 증표인가. 멋진데.

"안 줄 거야."

"당연히 내 건 내가 만들어야지."

"아키라가 엄청 갖고 싶은 표정으로 바라보니까 그렇지. 자아, 이게 갖고 싶죠, 욕심꾸러기 아저씨?"

"그런 식으로 말하지 마."

찬찬히 인식표를 보니, 첫 번째 것에는 아멜리아의 이름과 종족과 직업이 적혀 있었고, 두 번째 것에는 아무것도 적혀 있지 않았다. 신기해하는 내 표정을 보고, 아멜리아가 차분하게 설명해주었다.

처음에는 멍청한 애인 줄 알았는데, 역시 여동생이 있기 때문인지 그런 착실한 면도 보이기 시작했다. 이상하네, 나한테도 분명 여동생이 있을 텐데.

"이쪽 인식표는 랭크를 나타내는 거야. 색에 따라서 랭크가 달라지니까, 문자로 표시할 필요가 없어."

"호—오. 아멜리아의 랭크는 어느 정도야?"

내가 묻자, 아멜리아는 아주 잠깐 얼굴이 굳어졌다. 보아하니 물어선 안 되는 화제였던 것 같다. 그렇지만 아멜리아는 대답해주었다.

"위에서 두 번째. 종족에 따라서 난이도가 달라지니까 인간족과 엘프족은 기준이 달라."

"그래? 그럼 엘프족이면서 위에서 두 번째라는 건 대단한 거야?"

"뭐, 대단하긴 해. 하지만 내 여동생은 가장 높은 랭크야."

또 여동생인가. 아멜리아와 얘기를 하다보면 때때로 튀어나오는 것이 이 여동생이다. 그리고 여동생 얘기를 할 때마다 아멜리아는 당장에라도 울 것 같은 표정을 지었다. 물어보고 싶었지만 그럴 분위기가 아니라서 매번 묻기도 그랬다.

애초에 나와 아멜리아는 만난 지 아직 며칠밖에 되지 않았다. 지금이야 이런 식으로 가볍게 얘기를 나눌 수 있는 사이가 되었지만, 원래는 내 낯가림이 발동하면서 말이 없는 상태가 계속 이어졌을 것이다. 역시 사선을 함께 돌파한 사이이다 보니 내 심경에도 변화가 생긴 것이라 할 수 있겠지.

뭐, 아마도 그런 이유만 있는 것은 아니겠지만.

"네 인식표는 실버던데, 그럼 가장 높은 랭크는 골드라는 뜻이야?"

"그래. '모리건'에 네 명밖에 없는 골드 랭크. 그들은 세계 최강이었어."

"이었다고?"

의미심장하게 느껴지는 듯한 말을 듣고, 나는 고개를 갸웃거렸다.

"아키라가 지금은 최강이야. 그리고 사실은 골드 위에 랭크가 하나 더 있으니까."

"그건 무슨 색인데?"

"분명 블랙이었을 거야. 초대 용사님이 좋아하던 색이라고 했어. 블랙 랭크는 최근 100여 년 동안 공석이었으니까, 인간족은 아무도 기억하지 못해. 엘프족도 모르는 자가 더 많아."

그러고 보니 엘프족은 수명이 길었지. 참고로, 인간족은 엘프족과 비교하면 수명이 짧지만, 번식력이 더 높다.

"그러고 보니 아멜리아는 지금 몇 살이야?"

"여자한테 나이를 물어선 안 됩니다."

주먹이 휙 날아왔다. 그것도 터무니없는 스피드로. 아무리 마음을 허락했다고 해도 그 부분은 파고들어선 안 되는 모양이다.

주먹이 명치를 때렸다. 하지만 공격력 400의 주먹은 명치를 때려도 전혀 아프지 않았다.

일반적인 인간족이 지닌 공격력의 한계치의 네 배는 될 힘이었지만, 오히려 모기에 물린 게 더 가렵고 따끔할 것 같았다. 그렇게 생각해 보면, 인간족이 얼마나 약한지가 이해가 되는군. 용케도 수인족에게 이겼네. 수로 밀어붙인 걸까.

"미안해. 자, 그럼 다시 시작할까."

"아직 더 할 거야? 몸은 괜찮아?"

아멜리아가 걱정스러운 표정으로 내 얼굴을 들여다봤지만, 나는 일어섰다.

"아쉽게도 나는 강해져야만 할 이유가 있어서 말이지. 그러기 위해선 죽을 위기도 겪을 거고, 아무리 가혹한 훈련이라도 견뎌낼 거야."

내가 그렇게 말하면서 씨익 웃자, 아멜리아도 얼굴을 붉히면서 인식표를 다시 가슴 속으로 집어넣은 뒤에 일어섰다.

"그럼 나도 도울게. ……아, 아키라의 곁에 있겠다고 말했으니까."

"그렇군. 고마워."

남이 보면 상당히 무뚝뚝하게 느껴지겠지. 하지만 이렇게 보여도 내가 보일 수 있는 최고의 부끄러움이다. 그 증거로, 얼굴에 열기가 올라오고 있었다.

나는 아멜리아로부터 등을 휙 돌린 뒤에, 다시 탐색을 시작했다.

"위에서 화이트 배트."

"알고 있어."

몇 미터를 걸어갔을 때, 아멜리아가 날카로운 목소리로 소리쳤다. 하지만 나는 아멜리아가 말해 주기 전에 날갯소리를 듣고 뭔가가 온다는 것은 알고 있었다. 훈련의 성과다.

우리 눈앞에 나타난 것은 흰 박쥐였다. 물론 평범한 박쥐가 아니다. 인간의 몸집만큼 컸고, 무리가 아니라 혼자 행동했다. 날카롭고 뾰족한 발톱과 강인한 이빨을 가지고 있었는데, 분명 이것에 물렸다간 상반신과 하반신이 영원히 헤어지게 될 것이다. 레벨도 상당히 높은 것 같았다.

"청각도 시각도 후각도 아니야. 그것과는 다른, 말하자면 육감으로 상대의 움직임을 읽도록 해."

"그런 무모한 말을……."

'야토노카미'를 등에서 뽑은 기세를 살려, 비스듬하게 아래로 휘둘렀다. 베었다고 생각했지만, 칼은 목을 떨어트린 게 아니라 흰 모피에 약간의 상처를 입힌 것만으로 끝났다.

"화이트 배트는 적의 인식을 흐트러트려. 지금의 아키라에겐 딱 맞는 상대야."

"미리 말하라고, 미리."

내 파트너 겸 전투를 가르쳐 주는 선생님은 학생을 최우선적으로 생각하고 계신다.

나는 지금까지 시각과 청각으로 상대를 인식하면서 싸워 왔다. 물론, 지금까지 모습을 감추는 마물과 싸우기도 했었지만. 그때는 상당히 고전했었다. 최종적으로는 『그림자 마법』을 사용해서 억지로 베어 버렸다.

"내가 봉인한 것은 스킬뿐이야. 마력은 봉인하지 않았어. 마력은 의식만 하지 않을 뿐이지, 우리 안에 있어. 그걸 느끼고 조작할 수 있다면, 신체 능력을 향상시킬 수 있어."

고전하는 나에게 아멜리아 선생님의 고마운 말씀이 들려왔지만, 의식을 기울일 여유는 없었다. 그래도 어떻게든 겨우 대꾸를 했다.

"새로운, 신체강화, 마법이라도, 만들면, 되는, 거야?"

대화를 하고 있을 때도, 당연하지만 전투는 계속되고 있었다. 급소는 피했지만, 이미 내 몸에는 생채기가 대량으로 생기고 있었다.

"마력, 이라."

마력만 움직이는 감각이란 게 어떤 것인지는 알 것 같았다.

맨 처음, 전에 살았던 세계에서 스스로 기척을 지우려고 생각했을 때부터 자신 안에 뭔가가 있다는 것은 느끼고 있었던 것이다. 그리고 이 세계로 온 뒤로 확실하게 알게 되었지만, 『기척 은폐』의 스킬은 주위에 떠돌고 있는 마력과 자신의 마력을 동조해 마력을 온몸에 빈틈없이 두르는 스킬이다. 그렇게 동조한 마력을 몸이 아니라 주위로 발산하면 되지 않을까. 눈에 보이게 설명한다면 안개 같은 느낌으로.

"……시도해 볼까."

"아키라?! 적 앞에서 눈을 감았다간……."

아멜리아의 목소리는 집중하고 있는 내 귀에 들어오지 않았다.

그저 집중하고, 마력을 동조했다가 발산했다.

"?!"

"오! 찾았다."

인식을 흐트러지게 만든 몸이 아니라, 진정한 모습을 드러낸 흰 박쥐는 무슨 이유인지 내 모습이 보이지 않는 것처럼 주위를 두리번거리면서 돌아보고 있었다.

최근에 암살자다운 전투를 하지 않았기 때문인지, 뒤에서 표적을 보는 것은 오랜만이었다. 암살자로선 낙제점을 받을 감상이로군. 나는 '야토노카미'를 휘둘러서 단칼에 베었다. 몇 초 후에 박쥐의 목이 바닥에 떨어져서 굴렀다.

"아멜리아, 이러면 되는 거야?"

"……어떻게 그걸 아키라가……?"

"아멜리아?"

아멜리아는 아름다운 얼굴을 일그러트린 채, 뭐라고 계속 중얼거리고 있었다. 어깨를 두드리자 겨우 내 쪽을 바라봤다.

"괜찮아? 몸이 안 좋다면 억지로 내 곁에 있어주지 않아도 되는데?"

"괘, 괜찮아. 아키라, 방금 그건 뭐야?"

나는 고개를 갸웃거렸다. 그렇게 이상한 짓을 했단 말인가.

"뭐라니, 마력을 주위와 동조한 뒤에 내 몸에서 주위로 발산한 것뿐인데?"

"아키라, 평범한 인간은 자신의 마력을 자신과 접하지 않은 주위의 마력과 동조하는 건 할 수도 없고, 몸에서 벗어난 뒤에 그 마력을 컨트롤하는 것도 불가능해. 내가 알고 있는 한 단 한 명을 제외하면."

나는 점점 더 고개를 갸웃거렸다. 불가능하다니, 지금 막 했잖아.

"주위에 있는 마력은 아직 컨트롤할 수 있어?"

"응? 아아, 돌아와——."

마력을 불러 모으자, 마력은 순순히 내 몸으로 돌아왔다. 아멜리아는 복잡한 표정을 짓고 있었다.

"왜 그래?"

이쯤 되니 역시 나도 걱정이 되기 시작했다. 그렇게 위험한 짓을 한 걸까.

내 걱정과는 상관없이, 아멜리아가 무겁게 입을 열었다.

그 내용은 내 말문을 막히게 만들기에 충분했다.

"지금의 아키라와 같은 기술을 썼던 사람이 있었어. 그 사람은 초대 용사님이야."

"뭐?"

듣자 하니, 이 세계에 사는 사람들이 숭배해 마지않는 '초대 용사님'과 같은 기술을 쓸 수 있게 된 것 같았다.

### Side 아멜리아 로즈쿼츠

나는 자신이 가엾다고 생각해본 적이 없었다.

하지만 주위의 어른들은 내가 가여운 아이라고 말했다.

가엾다는 건 대체 어떤 걸까. 가엾다는 건 주위의 어른들이 정하는 걸까. 그렇지 않으면 내가 정해도 되는 걸까.

머리카락이 희면 가여운 걸까. 눈이 붉으면 가여운 걸까. 여동생이 더 우수하면 가여운 걸까.

나는 잘 모르겠다.

확실히 여동생 쪽이 더 아름다운 머리카락과 눈을 가지고 있으며, 너무나도 강했다. 옛날부터 여동생에게 모든 것을 빼앗겨 왔다. 내 편이었을 부모님에 친구들, 사랑을 속삭여 준 약혼자. 어느새 모든 동족이 여동생의 곁에 있었고, 무슨 이유인지 내가 여동생을 괴롭히고 있었던 것으로 되어 있었다. 여동생은 모두가 보는 앞에서 울면서, 내가 얼마나 지독하게 굴었는지를 열변했다. 동족은 모두 여동생의 편을 들었다.

그리고 나는 엘프족의 영토에서 추방되었고, 신성수에서 떠날 것을 선택하라는 강요를 받았다.

아무도 내 말을 믿어 주지 않았다.

나도 아무도 믿지 못하게 되었다.

여동생에게 쫓겼고, 거기서부터 기억이 애매하지만 낭떠러지에서 떨어진 뒤에 바다에서 떠돌다가 인간족의 대륙인 '컨티넨'에 도착했을 것이라고 생각한다. 모르는 숲에서 혼란에 빠져 있었을 때 그 검은 슬라임 같은 끈적끈적한 마물에게 잡아먹힌 것이다.

죽음을 각오했다. 아니, 죽었다고 생각했다.

다음에 눈을 뜬 곳은 인간족의 미궁 안. 분명 이름은 컨티넨 미궁이었을 것이다. 흑발의, 딱히 변변치 않게 생긴 인간족의 남자가 먹을 것을 주었다.

나는 그 슬라임 같은 마물이 최근 엘프의 영토를 소란스럽게 만드는 유괴범이 풀어놓은, 엘프족을 포획하기 위해 개조된 슬라임의 아종이 아닐까 하고 생각하고 있다.

이유는 두 가지.

첫 번째 이유는 먹히기 직전에 희미했지만 확실하게 인간의 기척이 느껴졌으니까. 그것도 한두 명이 아니었던 것 같았다. 아마도 마을이 가까웠겠지. 만약 그 마물이 인간을 잡아먹는 육식성이었다면, 나 한 사람이 아니라 마을을 습격하는 게 더 좋았을 것이다. 어느 정도 고전은 하더라도 그 슬라임은 전투 능력이 없는 직업을 가진 마을 사람 정도는 문제없이 포식할 수 있었을 것이다. 만약 우연히 모험자가 있었더라도 그 슬라임이라면 상당한 실력자가 아니라면 반격할 수 있었다.

두 번째 이유는 무슨 영문인지 컨티넨 미궁에, 그것도 자신의 실력에 어울리지 않는 하층부에 있었다는 것. 미궁의 마물은 기본적으로 자신의 실력에 맞는 층에서 움직이지 않는다. 예외는 몇 년에 한 번 미궁에서 마물이 너무 많이 넘쳐나는 일이 발생할 때다. 그럴 때 마물은 앞다퉈서 상층부로 올라간 뒤 지상에 나타난다.

이것으로 세울 수 있는 가설은 나를 붙잡은 뒤에 또 한 명을 데리고 돌아가려 했기 때문이라는 것이다. 몸의 크기로 봐서는 또 한 명 정도 들어갈 여유가 있었으며, 누군가의 명령에 따라 움직이고 있을 그 슬라임 같은 존재가 실은 엘프족이 아니라 마족급으로 마력량이 많은 인간이라는 조건으로 표적을 포착하고 있었다면, 마력이 상당히 높을 것으로 보이는 이 눈앞에 있는 남자는 그 조건에 부합된다.

그 예상이 옳다고 보면, 엘프족을 노리고 있어야 할 유괴범이 왜 인간족 대륙에 마물을 풀어놓은 것인지는 모르겠지만……

만약 이 남자에게 그 이유가 있는 게 아닐까 하는 생각이 들어서, 나는 모든 것을 꿰뚫어보기 때문에 동족들이 모두 싫어했던 『세계안』으로 남자의 스테이터스를 봤다.

---

**아키라 오다**

**종족: 인간**

**직업: 암살자 Lv.68**

**생명력: 23000/23400**

**공격력: 15600**

**방어력: 10400**

**마력: 8400/9100**

**스킬: 산술 Lv.5, 교섭술 Lv.5, 암기술 Lv.8, 암살술 Lv.8, 곡도술 Lv.9, 단도술 Lv.5, 기척은폐 Lv.MAX, 기척감지 Lv.9, 위기감지 Lv.8, 위압 Lv.7, 포효 Lv.3, 이도류 Lv.3, 마력조작 Lv.8, 환혹마법 Lv.1**

**엑스트라 스킬: 언어이해, 세계안 Lv.2, 그림자 마법 Lv.7, 행운**

잠깐 동안 나는 말문이 막혔다.

명백하게 이상했다. 생긴 것을 보면 인간족 남자인데, 스테이터스의 수치가 이상했다. 여러모로 이상했다. 너무나 이상했다.

모험자 길드의 최고 랭크에 해당하는 골드 랭크인 여동생의 스테이터스보다도 월등하게 강했다. 공격력만 놓고 말하자면 선대의 마왕을 이미 능가하고 있었다. 그런데도 기척이 약했다. 강한 자 특유의 기척이라는 것을, 이 남자로부턴 느낄 수가 없었다.

내 시선을 느꼈는지 돌아보는 남자를 보고, 나는 당황하여 지금 막 일어난 것처럼 굴었다. 인간족의 남자는 귀찮은 듯한 반응을 보이면서도 날 배려하면서 말을 걸어 물어봤고, 나는 놀라면서도 그 말에 대답했다.

꽤 오랫동안 음식도 물도 넘기지 못했던 목에는 중노동이었는지, 조금 지나자 목이 쉬기 시작했다. 그걸 아는지 모르는지, 그는 구운 마물의 고기와 빵을 내밀었다. 그 직후에 내 배가 소리를 내면서 울었다. 칠칠치 못한 짓이지만, 나는 그걸 빼앗듯이 받은 뒤에 미궁 구석에서 먹었다.

그게 아키라와의 첫 만남이었다.

본 적도 없고 알지도 못하는, 더구나 마물 안에서 튀어나온 여자에게 식량과 물을 준 아키라는 내 얼굴을 봐도 눈을 돌리지 않았고, 얼굴도 찌푸리지 않았다.

그러기는커녕, '완벽'이라는 게 싫다고 말해 주었다. 평범한 엘프처럼 금색의 머리카락과 푸른 눈을 가지고 있지 못한, 불완전한 나를 인정해 준 것이다.

동족들조차 믿어 주지 않았던 내 입장에선, 그것만으로도 기쁜 말이었다.

"아키라, 내 머리카락이랑 눈이 이상해?"

그렇게 물어봐도 아키라는 결코 눈을 돌리지 않았다. 그리고 신기하다는 표정으로, 너무나도 그게 당연하다는 듯 대답했다.

"무슨 소리를 하는 거야? 너보다 더 아름다운 머리카락과 눈을 가진 사람은 나는 보지 못했어."

아키라는 아직 예쁘고 강한 내 여동생을 보지 못했지만, 그래도 아키라라면 내 편을 들어주지 않을까 하는 생각이 저절로 들었다.

아키라라면 여동생을 봐도 내 편을 들어줄 것 같았다. 그리고 아키라의 근처에 있으면 가슴이 두근거리고, 살갗이 살짝 닿기만 해도 몸은 전류가 흐르는 것처럼 파르르 떨리면서, 심장이 뛰었다.

예전부터 느끼고 있던 것이었지만, 분명 이게 사랑이겠지.

동족인 엘프들의 아름다운 얼굴에도, 과거의 약혼자가 해 주었던 자상한 말에도 반응하지 않았던 내 뺨은 아키라가 머리를 쓰다듬는 순간 바로 붉게 물들었다.

계속 아키라 곁에 있고 싶다.

무슨 일이 있더라도 나는 아키라의 편을 들 것이다.

비록 아키라가 전 세계를 적으로 돌린다 하더라도, 나만은 아키라의 곁에 있을 것이다. 그렇게 마음속으로 강하게 맹세한 것은 과연 언제였을까. 그 맹세는 흐려지는 일 없이, 분명 앞으로도 계속 마음속에 존재할 것이다.

"아키라, 우리, 계속 같이 있자."

"그래——. 계속 같이 있어 줄 거지?"

"응."

이때만큼은 여동생에게 감사할 수밖에 없었다. 동족들에게 배신을 당하지 않았다면 나는 아키라와 만날 수가 없었겠지.

그러니까 키리카 로즈쿼츠와 그 외의 많은 동족들, 날 배신해 줘서 고마워.

그렇게 생각하면서, 나는 슬며시 미소를 지었다.

## Side 오다 아키라

80층의 보스 방에, 나와 아멜리아는 드디어 발을 들였다. 보스 방을 발견한 뒤로 약 24시간 후, 즉 하루가 걸린 뒤였다.

하루를 쉰 것에는 물론 이유가 있었다. 한 가지 이유는 아멜리아의 『마법생성』의 단점, 한 번 사용하면 이틀 동안은 사용하지 못한다는 것이다. 평범한 인간이라면 여기에 소비마력이 크다는 것을 들 수 있겠지만, 아멜리아는 무한에 가까운 마력을 보유하고 있기 때문에 그 문제는 해결되었다.

물론 『마법생성』을 쓸 것까지도 없이 보스를 바로 쓰러트리면 되겠지만, 보스 방은 만전을 기한 상태에서 도전하고 싶었다.

또 한 가지 이유는 내 훈련이었다. 최대한 오래 스킬을 봉인한 상태에서 검술을 단련하고 싶었던 것이다.

"아멜리아, 준비는 됐어?"

"응. 언제든지 열어도 돼."

내가 준비운동을 하면서 묻자, 말없이 명상하면서 이미지 트레이닝을 하고 있던 아멜리아는 눈을 뜨고 고개를 끄덕였다. 나는 손을 쥐었다 폈다 하면서 동작을 확인했다.

"좋아, 가 볼까."

"나와 아키라, 둘이라면 순식간에 죽일 수 있어."

"그럴 수 있는 상대라면 좋겠지만 말이지."

나는 '야토노카미'를 뽑으면서 문에 손을 댔다. 지금까지와 마찬가지로, 무게가 없는 것처럼 거대한 문이 열렸다. 안으로 들어가자 바로 문이 닫혔다.

"?! 아키라!!"

아무것도 보이지 않아서 고개를 갸웃거렸을 때, 기척을 찾고 있던 아멜리아가 지금까지 들어본 적이 없을 만큼 절박한 목소리로 외쳤다. 그 직후에 나도 어떤 기척을 느끼면서 그 자리에서 뒤로 점프했다. 조금 전까지만 해도 내가 서 있었던 장소가 순식간에 불이 붙으면서 그을렸다.

"……뭐야, 방금 그건."

온몸에 소름이 끼치는 듯한 감각이 지금도 남아 있었다. 아멜리아는 다시 지그시 기척을 살폈다.

"또 와!!"

아멜리아의 목소리를 듣고, 나는 옆으로 뛰어서 피했다. 다음 공격은 완전히 피하지 못하면서, 오른쪽 허벅지가 살짝 그을렸다.

"큭!"

"아키라, 방금 그게 보였어?"

"그래, 아주 약간이지만 말이지. 지금까지 싸워 본 적이 없는 상대였어."

내가 그렇게 말하자, 아멜리아는 새파래진 얼굴로 위를 쳐다봤다.

"나는 직접 본 적도 싸운 적도 있어. 먼 옛날, 엘프족의 보물인 신성수를 불태우려고 하다가 키리카── 내 여동생에게 쓰러진 마물, 드래곤이야. 그때의 드래곤과는 다른 개체이지만."

"드래곤?!"

설마하고 생각하면서, 나도 위를 쳐다봤다.

『크아아아아아아아아아아아아!!!』

거의 점으로 보이는 높은 천장에, 원근감이 이상해질 것 같은 거대한 그림자가 달라붙어 있는 것이 보였다. 거의 절멸한 것으로 일컬어지고 있으며, 마물 중에서도 위에서 세는 것이 더 빠른, 무시무시한 강함을 자랑하는 괴물.

"……그때, 다음 보스는 어떤 녀석일지에 대해 얘기했을 때 그만 플래그를 세우고 만 건가."

검은 드래곤이 황금색의 눈을 빛내면서 우리를 내려다보고 있었다.

드래곤처럼 최종 보스의 분위기를 띠는 마물은 마무리 짓기 딱 좋은 수인 100층 정도에서 나올 거라고 생각하고 있었는데, 예상이 크게 빗나갔다. 결국, 아멜리아의 예상이 맞아떨어지게 되었다.

"아멜리아, 저 드래곤에게 『중력마법』을 걸어서 지면으로 떨어트릴 수 있겠어? 역시 위에서 공격을 받는 건 힘들어."

"아마 할 수 있을 거야. 하지만 크기를 잘 모르니까, 떨어트렸을 때 우리가 깔릴지도 몰라. 위험해."

아멜리아는 드래곤의 공격이 스친 내 오른다리를 보면서 말했다. 그렇게 말하고 있는 사이에도 드래곤의 화염탄은 멈추지 않고 계속 쏟아지고 있었다.

"난 신경 쓰지 마. 이런 상처 정도로는 안 죽어. 하지만 이대로 있으면 좋은 표적이 될 뿐이야. 이러다 맞을 거라고."

"······알았어."

아멜리아는 입을 삐죽 내밀면서 내키지 않는 표정으로 고개를 끄덕였다. 손을 위로 뻗으면서 한 마디, 방아쇠가 될 말을 중얼 거렸다.

"『그래비티』── 떨어져라, 드래곤."

『크아아아아아?!』

검은 비늘을 지닌 드래곤에게 엄청난 중력이 걸리면서, 덩치 가 큰 몸을 삐걱거리게 만들었다. 매달려 있기 위해서 천장을 붙잡고 있던 발톱이 하나씩 부서졌고, 천장에도 금이 생겼다.

『중력마법』에 저항하는 것에 모든 신경을 집중하던 드래곤은 우리에 대한 공격을 멈췄고, 등에 난 날개를 펼치려고 했다. 아 멜리아가 곧바로 중력을 조작하며 그 시도를 저지했다. 그리고 몇 초 후, 드래곤이 땅바닥을 향해 떨어지기 시작했다.

나는 '야토노카미'로 드래곤을 받아치기 위해서 자세를 잡았 다. 엄청난 기세로 낙하하는 드래곤은 공중에서 몸을 비틀면서 날 노려봤다.

"미안하다."

나는 곧장 목에 칼을 찔러 넣었다. '야토노카미'는 단단해 보 이는 드래곤의 검은 비늘을 뚫었으며, 그 목을 베었다.

드래곤의 목에 '야토노카미'를 찔러 넣은 나는 예상외로 약 한 느낌에 약간 위화감이 들었고, 칼을 뽑으면서 아멜리아 쪽으로 점프했다.

그 직후에 아멜리아의 목소리가 울려 퍼졌다.

"?! 아키라! 어서 떨어져!!"

『크아아아아아아아아아!!』

"쳇!"

아멜리아가 외치는 소리가 도달하기도 전에, 나는 지근거리에서 드래곤의 공격에 직격당했다. 무의식적으로 옆에 있던 아멜리아를 밀쳐냈다. 그 직후에 엄청난 힘으로 마치 먼지처럼 내 몸이 날아갔다.

"아키라!"

비명에 가까운 아멜리아의 목소리가 멀리서 들렸다. 밀쳐내서 미안했지만, 어떻게든 늦지 않게 피신시킨 것 같군.

등이 너무나도 아팠다. 아마도 드래곤의 공격을 맞고 밀려 날아가면서 벽에 격돌한 것이겠지.

다행히 오른손으로 쥐고 있었던 '야토노카미'는 그대로 빠져나온 것 같았으며, 흠집 하나 없이 검게 빛나고 있었다. 칼날에는 드래곤의 피 같은 액체가 묻어 있었다.

일어남과 동시에 아멜리아가 내 쪽으로 달려왔다.

"아키라, 괜찮아?"

"응. 그럭저럭. ……저 녀석, 목을 베었는데 기운이 넘치잖아."

"드래곤은 마물 종에서도 상위의 존재. 아키라가 싸웠다고 하는 미노타우로스랑 키메라 따위와는 비교가 되지 않을 정도야."

아멜리아는 그렇게 말하면서, 내 몸을 여기저기 만져보며 심각하게 다친 곳이 없는지 확인하고 있었다. 나는 지면에 내려와서 우리를 노려보고 있는 드래곤을 봤다. 금색의 두 눈이 희미한 어둠 속에서 번들거리면서 빛나고 있었다.

"혼신의 일격이었는데 말이지."

"『중력마법』이 풀렸는데도 날고 있지 않다는 건 아키라의 공격도 효과가 있었다는 뜻이야. 그보다 나는 그 날카로운 칼에 더 놀랐어."

아멜리아는 내 오른손을 봤다.

나는 '야토노카미'를 슬쩍 들어 올렸다. 다른 드래곤을 베어 본 적이 없었기 때문에 비교는 할 수 없지만, 의외로 쉽게 칼날이 비늘을 관통한 것 같았다.

"뭐, 이 녀석은 특별하게 만들어진 물건이니까 말이지."

이걸 건네주었을 때의 사란 단장의 미소가 눈에 떠올랐다. 드래곤 같은 건 베어 본 적이 없으니까 모르겠지만, 초대 용사가 만든 칼이라면 딱히 이상한 일이 아닐지도 모른다.

"그러는 아멜리아는 다치지 않았어?"

"괜찮아. 아키라가 보호해 줬어."

"아─. 기억이 안 나는데."

기억이 나지 않는다는 것은 무의식중에 그랬다는 뜻일까. 아멜리아가 다치질 않아서 다행이다. 조금 전의 나, 정말 잘했어.

"일단 저 녀석을 어떻게 처리하느냐가 문제로군."

"저 드래곤, 좀 이상해."

"뭐가 말이야?"

"강하지만, 드래곤치고는 너무 약해. 아키라의 스테이터스가 비정상적이라곤 해도 공격이 너무 쉽게 들어갔어."

확실히, 드래곤치고는 좀 어이가 없다는 느낌이 들었다. 목을 베어도 죽지 않은 터프함에는 경탄했지만, 상위 마물치고는 좀 부족하다. 내 시야에 표시되는 스테이터스에도 드래곤이라는 것은 확실하게 보이고 있지만, 위화감은 사라지지 않았다.

"으—음, 잠깐 시험해 볼까."

"뭘 할 건데?"

고개를 갸웃거리는 아멜리아에게, 나는 정면에서 승부하겠다고 선언한 뒤에 달리기 시작했다.

『크아아아아아아아아아아아아아악!!!』

마치 다가오지 말라는 듯이, 조금 전까지 중단하고 있었던 원거리 공격이 다시 시작되었다. 나는 오른다리나 등의 부상은 신경 쓰지 않고 화염탄을 계속 피하면서, 거대한 드래곤의 다리 부근까지 도착했다.

아무리 드래곤이라고 해도 자신이 맞을 수도 있는 공격은 하지 않았다. 드래곤은 다리를 들어 올리더니, 나를 짓밟으려고 했다. 닿기 직전에 그 공격을 피하고는, 아래로 찍은 다리를 타고 몸으로 올라갔다.

『크아아아아아아아아아?!』

매끈매끈한 비늘에 칼을 박아 넣으면서 올라가고 있었기 때문에 드래곤이 고통으로 난폭하게 몸부림을 쳤다.

"큭!!"

"『그래비티』!!"

드래곤이 뿌리치는 힘에 못 이겨서 떨어질 뻔했을 때 아멜리아가 『중력마법』을 컨트롤하여 드래곤의 움직임만 멈추게 만들었다. 드래곤의 거구가 땅속으로 약간 파묻혔다. 나이스 타이밍이었다.

드래곤은 쓰러지기 직전이었지만, 고집을 부리는 것인지, 애써 버티면서 일단은 나를 떨쳐내려고 했다. 상상을 초월하는 중력이 걸려 있을 텐데 그래도 움직일 수 있다니, 역시 드래곤이라고 할까.

하지만 나는 이 드래곤을 드래곤으로는 생각할 수 없게 되었다. 드래곤을 본 적도 없지만, 확실히 상상했던 것보다는 반응이 너무 약했다.

"자. 이걸로 체크메이트로군."

머리까지 다 올라온 나는 오른손에 쥐고 있는 칼을 황금의 눈동자에 깊이 찔러 넣었다.

『크카아아아아아아아!!』

드래곤은 비명에 가까운 소리를 질렀고, 조금 전과는 비교가 되지 않을 정도의 기세로 몸을 뒤흔들었다. 나는 칼에 모든 체중을 실어서 더 깊이 밀어 넣었다.

"큭! ……『그림자 마법』 발동."

칼날에서 그림자가 넘쳐 나왔다. 그건 넓은 보스 방을 완전히 덮었으며 드래곤도 집어삼켰다.

『그림자 마법』이 드래곤의 내부를 완전히 파괴했다. 뇌를 마구 휘저은 뒤에 다시 칼날까지 되돌아왔다.

드래곤은 힘이 빠졌고, 모든 일이 완전히 끝났을 때, 갑자기 그 거구가 빛을 발하기 시작했다. 일반적인 마물은 죽은 뒤에 빛 같은 걸 뿜어내지 않는다. 어둑어둑한 방에 드래곤의 빛은 조금 강하게 느껴질 정도였다.

나는 '야토노카미'를 뽑은 뒤에 드래곤에서 뛰어내렸다. 멀리서 보고 있던 아멜리아가 달려왔다. 아멜리아 쪽으로 공격이 가지 않은 걸 보면, 아멜리가가 있던 곳은 역시 원거리공격의 사정권 밖이었던 모양이다.

"아키라, 다친 곳은 없어?"

"괜찮아. 드래곤 비늘 때문에 생긴 찰과상밖에 없어."

"하지만 오른다리의 부상이 심해졌어."

오른쪽 허벅지를 힐끗 보고는,

"지금은 아드레날린이 분비되고 있으니까 괜찮아."

"아드레날린?"

"나중에 가르쳐 줄게."

그보다 드래곤이 있던 곳을 봤다.

빛이 점점 약해지면서 드래곤의 거구가 사라졌고, 그 대신에 드래곤과는 비교가 되지 않지만, 커다랗고 검은 고양이 마물이 누워 있었다.

"이게 드래곤이었던 마물이야?"

나는 공중으로 이리저리 눈을 돌렸다.

"아마도 그렇겠지. 스테이터스의 엑스트라 스킬에 『변신』이 있었으니까, 그걸 쓴 게 아닐까?"

"한번 본 적이 있는 것으로 모습을 바꿀 수 있다는 스킬의 일종. 엑스트라 스킬이라면 한번 본 것이라면 스테이터스까지도 거의 그대로 흉내 낼 수 있었을 거야. 하지만 얼마나 강한지는 자신이 공격해서 확인해 보지 않으면 흉내 낼 수 없지."

그러니까, 슬쩍 본 것만으로 나나 아멜리아로도 변신할 수 있단 말인가. 그 대신, 피부의 부드러움 같은 건 직접 만져보지 않으면 모르겠지.

"드래곤을 공격할 정도로 바보는 아니었단 얘기로군. 그 덕분에 우리는 구원받은 셈이지만."

나는 블랙캣이라는 이름으로 불린다는 그 마물에게 다가갔다. 이름 그대로로군. 만약 신이 이름을 붙이고 있다면, 좀 더 제대로 된 이름을 붙여 주라고.

아멜리아도 내 뒤를 따라왔다. 검은 털에 황금색 눈을 지닌 마물은 슬쩍 눈을 뜨면서 우리를 봤다. 아직 숨을 쉬고 있는 것 같았다.

『인간이 이 층까지 온 것은 처음이다. 나도 좀 지나치게 들떴던 것 같구나.』

살짝 벌린 입에서 소리가 새어나왔다. 중후한 느낌이 드는, 머릿속에 깊고 또렷하게 울릴 것 같은 목소리가 눈앞에 있는 빈사 상태의 마물로부터 들려올 줄은 생각도 못했기 때문에, 나와 아멜리아는 두리번거리면서 주위를 둘러봤다.

『이쪽이다, 어리석은 자들아. 하아, 나를 쓰러트린 자가 이런 바보들이었다니, 너무나도 아쉽구나.』

"누가 바보라는 거야, 이 바보 고양이."

"바보라고 말하는 사람이 바보야."

그 악담에 간발의 틈도 주지 않고 바로 대꾸하자, 블랙캣은 아주 약간 눈을 가늘게 좁혔다. 웃은 것 같았다. 꽤나 기운이 남아 있잖아.

『그 논법으로 따지자면 그 남자도 바보라는 얘기가 되겠군. 뭐, 좋다. 너에겐 마왕님이 전해달라고 부탁한 말이 있다. 들어 볼 텐가?』

블랙캣은 내 눈을 똑바로 보면서 말했다. 나는 고개를 갸웃거렸다. 마왕이란 자와는 아직 이름을 들어본 게 전부인 사이다. 오히려 그쪽이 날 알고 있었다는 것이 놀라울 지경인데.

"마왕? 나한테 무슨 볼일이 있는데?"

『글쎄. 나도 그분의 마음은 잘 모른다.』

"아키라, 들어볼 거야?"

아멜리아는 불안한 표정으로 날 쳐다봤다. 나는 아멜리아의 머리를 쓰다듬었다.

"괜찮아. 아멜리아가 있어 주면 문제없겠지?"

"응."

『어흠.』

같이 있기가 어색한지, 블랙캣은 그 중후한 목소리로 헛기침을 했다. 그 눈에는 증오의 빛이 감돌고 있는 것 같은 느낌이 들었다. 역시 종족에 관계없이 남녀의 닭살 행각을 보면 분노가 솟구치는 모양이다.

『마족의 대륙, '볼케이노'. 그리고 그 깊숙한 곳에 존재하는 마왕성에서 기다리고 있겠다.』

"그것뿐이야?"

『그래, 내가 들은 얘기는 이것뿐이다.』

"여러 가지로 의아한 게 많은데, 그 말은 어떻게 전달받은 거야? 80층의 보스라면 계속 이 미궁 안에 있었을 것 아냐?"

블랙캣은 고개를 저었다.

『우리는 마왕님이 만드신 마의 존재다. 우리는 모두 마왕님의 눈이 되고, 귀가 되고, 손발이 된다. 직접 전해 듣지 않아도 알 수 있다. 내 경우는 마왕님으로부터 직접 명령을 받았지만 말이지.』

"내가 들은 얘기로는 마물은 분명 신이 창조한 것으로 아는데."

『그럼 그 얘기는 잘못된 거다. 나는 마왕님의 손에 의해 창조된 것을 어제 일처럼 기억하고 있으니까.』

"……."

자랑스럽게 말하는 블랙캣을 보면서, 나는 입을 다물었다. 블랙캣이 거짓말을 하고 있는 것으로는 보이지 않았다. 하지만 사란 단장이 내게 거짓말을 한 것이라는 생각도 들지 않았다. 그럼 누구의 말이 옳은 것일까.

『자, 남자여. 나를 죽여라.』

"뭐? 왜?"

『마왕님께서 주신 『변신』 스킬을 간파당한 나에게 전술적 가치는 없다. 그 드래곤은 정말 잘 만들었다고 생각하지만.』

어딘가 분해 보이는 표정을 짓는 블랙캣. 나는 고개를 갸웃거렸다.

"이제 와서 묻는 것도 좀 그렇지만, 넌 왜 움직이지 못하는 거지?"

『당연히 내 움직임을 최후의 최후까지 제지했던 『중력마법』 때문이지 않느냐. 무리하게 저항했기 때문에 뼈가 아파서 일어설 수가 없다.』

"헤에. 그게 중력이라는 건 알고 있는 건가."

『우리 마왕님은 모든 것을 알고 계신다.』

다시 가슴을 당당히 펴고 자랑스러워하는 블랙캣을 보고, 나는 고개를 끄덕였다.

그렇군. 마왕은 우리 세계에서 소환, 또는 전생한 사람일지도 모르겠다. 왜냐하면 이 세계에 과학은 존재하지 않기 때문이다. 사란 단장에게서 들은 얘기를 보더라도, 아멜리아와의 대화를 통해서라도 그 사실은 얼추 확인할 수 있었다.

단, 아멜리아가 중력이라는 개념을 알고 있었던 것은 놀라웠는데, 소환이나 전생으로 인해 이 세계에 온 사람에게 가르침을 받았거나, 또는 그런 내용이 엘프족에게 기록으로 남아 있을 가능성도 있다. 신기한 일은 아닐지도 모른다.

그러고 보니 레이티스에서도 전등이나 카메라를 본 적이 있었다. 아직 국민에겐 보급되지 않은 것 같았지만, 사용법도 다르지 않았다. 왕성에서 찾아낸 카메라는 그 사용법과 숨기는 방법이 교묘했다. 분명 가르쳐 준 자가 있을 것이다.

『알았다면 이제 죽여라.』

"거절하겠어."

『왜냐!』

블랙캣은 으르렁거리면서 이빨을 드러냈다. 나는 블랙캣이 움직이지 못하는 것을 틈타서, 몸을 숙여 그 털을 이리저리 쓰다듬었다. 따뜻한 그 털은 너무나도 풍성하게 자랐으며, 손바닥을 갖다 대기만 했는데도 몇 센티미터는 안으로 푹 들어갔다.

"이렇게 아름다운 털을 가진 고양이를 내가 죽일 수 있을 리가 없잖아."

"그러고 보니 아키라, 마물이라도 고양이는 마구 쓰다듬었어."

『뭐라고?!』

그렇다. 나는 고양이를 좋아한다. 그 츤데레같은 성격과 폭신폭신한 털에 마음을 뺏긴 지 어언 10년. 초등학생 시절의 하굣길에서 사람을 잘 따르는 길고양이를 쓰다듬었을 때부터 내 마음은 고양이의 포로가 되어 있었던 것이다.

검은 고양이는 재앙을 가져온다는 말을 하곤 하지만, 고양이를 나쁘게 여기는 것 자체가 터무니없는 일이다. 자신의 불행은 전부 자신이 원인인 것이다.

『이제 어떡한담. 이렇게 돌아가면 나는 평생 웃음거리가 될 텐데.』

"그럼 우리랑 같이 행동하면 돼. 내 정보를 알 수 있게 되니까 마왕도 만만세, 나는 늘 털을 쓰다듬을 수 있으니까 만만세야."

그렇지? 아멜리아를 그런 뜻이 담긴 눈으로 바라보자, 아멜리아는 블랙캣의 털 위에 손을 갖다 댄 채 슬쩍 쓸어보고는 황홀한 표정을 짓고 있었다. 대답은 굳이 듣지 않아도 알 수 있었다.

『나는 딱히 상관없다만, 동족, 그러니까 마물은 죽지 않을 거다.』

"그야 그렇겠지, 일단 하루에 서른 번은 쓰다듬도록 해줘."

"나도."

『희한한 녀석들이로구나. 뭐, 상관없겠지. 따라가 주마.』

고맙게 여기라는 듯이 콧방귀를 뀌는 블랙캣. 태도가 건방지네. 아직 움직이지도 못하는 주제에.

"뭐, 이긴 건 우리이니까, 최종적인 결정권은 나와 아멜리아에게 있지만 말이지."

상당히 불순한 이유로 여행 동료가 한 마리 늘었습니다.


"다음 층으로 가는 계단이 없어."

"뭐?"

한 차례 블랙캣의 털을 마음껏 쓰다듬고 만족한 뒤에, 다음 층으로 나아가려고 했을 때 아멜리아가 그렇게 말했다. 나는 가늘게 뜬 눈으로 보스 방을 한 번 둘러봤다.

살풍경하고 커다란 방에 문이 하나. 그 문은 들어올 때 사용했던 문이다. 더구나 이쪽에선 열 수가 없다. 확실히, 지금까지는 계속 존재했던 아래로 내려가는 계단이 없었다.

『의심할 것도 없이 이건 내 탓이겠구나.』

블랙캣은 몸을 부르르 떨면서 크게 하품을 한 뒤에, 그렇게 중얼거렸다. 두 사람 몫의 차가운 시선이 꽂혔다. 그 시선을 통해, 이게 어떻게 된 일인지 제대로 설명하라고 재촉하고 있었다.

『보스 방이니까 보스인 내가 살아 있는 것을 미궁이 허용할 리가 없지. 마왕님이 만드신 미궁에는 마물들이 도망치지 못하도록 막는 의지가 갖춰져 있으니까 말이다.』

"역시 의지를 갖고 있는 미궁인가. 귀찮군."

사란 단장의 얘기로는 최하층보다 더 아래에 핵이 있으며, 그걸 부수면 미궁을 파괴할 수 있다고 했다. 지금까지 하나의 미궁도 파괴되지 않은 것은 물론이고, 아무도 최하층에 도달하지 못했기 때문에 소문의 영역을 벗어나지 못했지만, 미궁을 만든 초대 마왕 본인이 그렇게 말했다고 하던가.

내 감상을 자조하듯이 훗 하고 웃더니, 블랙캣은 조용히 그 금색의 눈을 숙였다.

『그래서 죽이라고 말한 거다. 여기서 굶어 죽고 싶은 거냐? 역시 마족 이외의 종족과 마물은 서로 어울릴 수 없다.』

슬픈 말투로 그렇게 중얼거리는 블랙캣을 보고, 나는 지면을 보면서 해결책을 생각했다. 이대로 물러가는 것은 왠지 마왕의 의도대로 움직이는 것 같아서 마음에 들지 않았다.

"확실히 널 죽이는 게 가장 간단하겠지."

"하지만 포기하는 건 아직 일러."

아멜리아의 목소리를 듣고, 나와 블랙캣을 고개를 들었다. 아멜리아는 블랙캣을 빤히 응시했다. 붉은색과 금색이 교차했다.

『방법이 있다는 말이냐?』

아멜리아는 블랙캣으로부터 시선을 돌리더니 나를 봤다.

"아키라가 이름을 지어 주면 돼."

"이름?"

이름을 지어주는 것이 무슨 의미가 있다는 얘기일까. 고개를 갸웃거리는 나에겐 아랑곳하지 않은 채, 아멜리아와 블랙캣은 서로를 보면서 고개를 끄덕이고 있었다.

『과연, 그렇게 하면 나는 이곳의 보스가 아니게 되고, 이 방에서 나갈 수 있게 되겠군! 하지만 계약이…….』

"아키라는 초대 용사님과 마찬가지로 마력을 자유자재로 다룰 수 있어. 그러니까 분명 잘 풀릴 거야. 그리고『변신』으로 작아지면, 보기에는 그냥 검은 고양이야. 남들 앞에 모습을 드러내도 아무도 이상하게 여기지 않을 거야."

『과연, 그렇군. 그럼 거기 있는 남자, 어서 나에게 이름을 지어 주거라.』

"잠깐, 잠깐. 제대로 설명을 하라고."

흥분하여 당장에라도 달려들 것 같은 블랙캣을 보면서, 나는 당황했다. 일단 블랙캣은 드래곤보다는 작지만, 나보다는 월등히 크다. 공격을 받아낼 자신은 있지만, 박력이 엄청났다.

『네가 내 주인이 되면 되는 거다.』

"너무 생략했잖아."

방금 그 설명만으론 이 세계에 사는 사람이 아닌 나는 물론이고, 이 세계에 사는 일반인도 이해가 안 될 것이다.

흥분하여 제대로 얘기를 하지 못하는 블랙캣을 놔두고, 나는 아멜리아 쪽으로 고개를 돌렸다.

아멜리아도 조금 흥분하고 있는지, 볼이 약간 붉어져 있었다. 하지만 블랙캣보다는 나았다.

"마물을 조종할 수 있는 건 마족뿐이야. 하지만 수백 년에 한 번은 마물과 그런 유대관계를 가지게 되는 인간이 태어나. 내가 태어나기 훨씬 전에 있었던 일이지만. 뭐, 엘프족은 다른 부족을 혐오하니까 대부분은 인간족이나 수인족이지만."

아멜리아는 그때 잠깐 숨을 쉬었다.

"마물에게 이름을 지어준다는 생각을 한 사람은 초대 용사님이야. 이름을 지어줌으로써 인간과 마물 사이에 진정한 의미의 유대를 가지게 했어."

또 초대 용사라는 이름이 나왔다. 먼 옛날의 사람일 텐데, 이 초대 용사라는 사람만 유독 많은 걸 남기고 있군.

"진정한 의미의 유대라니, 그건 또 뭐야."

"우선 이름을 지어준 자는 마물이 어디로 가도 그 위치를 특정할 수 있어."

호오, 확실히 편리하겠군. 서로 떨어질 수가 없게 되겠어. 하지만 반대로 마물의 자유가 없어지는 걸 뜻하는 게 아닌지…….

"나머지는 두 사람 다 『염화(念話)』라는 마법을 얻게 돼."

"입으로 말하지 않아도 대화가 되는 걸 말하는 거야?"

나는 조금 전의 블랙캣 못지않게 흥분했다.

"나는 써 본 적이 없지만, 아무도 그게 맞을 거야."

메뉴가 상당히 화려한데. 이 블랙캣은 사람 말을 할 수 있으니까 괜찮지만, 평범한 마물은 사람 말을 할 수가 없다. 분명 그걸 대비한 조치이겠지. 아니, 그보다 왜 이 녀석은 말할 수 있는 거지?

"그 유대관계는 서로의 합의가 없으면 만들어질 수 없어. 협박을 하거나 강요하는 것도 안 돼."

『하지만 한번 이어지면, 양자의 합의하에 그 관계를 끊지 않는 한 죽을 때도 함께한다.』

아멜리아의 말을 블랙캣이 이어받았다.

"죽을 때도?"

불길한 말이 튀어나왔다. 그렇다고 말하면서 블랙캣은 고개를 끄덕였다. 왠지 모르게 그 얼굴이 히죽거리고 있는 것처럼 느껴졌다.

"유대관계를 가진 상태에서 어느 쪽이 죽으면 또 다른 쪽도 죽어. 그런 계약이야."

"헤에, 그것 참 대단하네."

평생 가는 상처가 남는다거나, 계속 고통이 이어지는 것보다는 훨씬 낫다. 나는 죽는 것보다 아픈 게 더 싫다.

아멜리아의 걱정스러운 시선을 느꼈지만, 나는 아무렇지도 않았다. 확실히 죽는 건 두렵지만 아멜리아가 곁에 있어 주는 한, 내가 죽는 일은 없을 테니까 말이지. 정신적인 허세가 아니라 현실적인 의미로.

만일 죽게 되는 사태가 일어난다고 해도 아멜리아에게 『소생 마법』이 있는 한, 그런 내 자신감은 무너지지 않는다.

『평범한 인간족은 지금의 설명을 들으면 겁을 먹고 포기하곤 한다만. 가까이에 있는 것만으로 느낄 수 있는 마력도 그렇고, 넌 정말로 인간족이냐?』

그리고 드래곤을 봤다면 평범한 인간은 우선 도망쳤을 거다. 그렇게 말하면서 블랙캣은 나를 보고 어이가 없다는 분위기를 자아내고 있었다.

나는 어깨를 으쓱했다.

"아니, 이미 나는 드래곤과 비슷하게 엄청난 괴물의 영역에 들어와 있을지도 몰라."

『그런 말을 자기 입으로 한단 말이냐. 하지만 그렇지 않았다면 한 번 더 승부를 겨루자고 도전했을 거다. 평범한 인간족의 꼬맹이에게 패했다면 마왕님에게 고개를 들 수가 없으니까 말이지.』

큭큭 하고 소리를 죽이면서 웃는 블랙캣을 보고, 나도 웃음을 지어보였다. 그리고 동시에 표정이 진지해졌다. 마음을 정한 것이다.

"그럼 서로의 손을 겹치도록 해."

아멜리아의 목소리를 듣고, 나는 아직 움직이지 못하는 블랙 캣 앞까지 가서, 그 큰 앞발 위에 내 손을 얹었다.

"아키라, 블랙캣에게 이름을."

나는 고개를 끄덕인 뒤에, 그 금색의 눈을 향해 내 시선을 맞췄다. 해야 할 말은 왠지 이미 알고 있는 것 같은 느낌이 들었다.

"내 이름은 오다 아키라. 너의 주인이 될 자다. 너에게 이름을 주겠다."

머릿속에 떠오르는 말을 그대로 말했지만, 틀리진 않은 것 같았다. 이번에는 블랙캣이 그 말에 대응했다.

『새로운 주인, '오다아키라'. 나는 너와 함께 어디까지든 갈 것이다. 둘 중 누군가가 죽는, 그때까지 함께할 것이다.』

"너의 이름은 요루(夜). 그 아름다운 밤하늘 같은 털에서 따온 이름이다."

『요루…… 좋은 이름이다. 지금부터 내 이름은 요루이며, 널 따를 것을 맹세하마.』

한자로 변환되진 않기 때문에 분명 내가 떠올린 글자와는 다르겠지만, 뭐, 나중에 가르쳐 주도록 하자.

"잘 부탁해, 요루."

우리 주위를 흰색의 빛이 나타나서 두르더니, 따뜻하게 감쌌다. 눈이 부셔서 눈을 감았다. 나와 요루 사이에 눈에 보이지 않는 뭔가가 이어진 것이 느껴졌다. 이게 유대관계라는 것일까.

아멜리아가 한 걸음 앞으로 나오더니 내 손 위에 자신의 손을 겹쳤다. 흰 빛은 어느새 사라지고 없었다.

"나도 잘 부탁해, 요루."

아멜리아가 미소를 지었다. 아멜리아의 치유 효과 덕분인지, 요루의 분위기도 왠지 부드러워진 것 같았다.

『나야말로 잘 부탁하겠소, 아멜리야 양.』

"응, 맡겨줘. 그 이마의 문장이 잘 어울려. 아키라도 그 팔의 문장이 정말 근사해."

아멜리아의 말을 듣고, 시선을 내 팔로 옮겼다가 눈을 휘둥그레 떴다. 내 두 팔에 검은 문장이 새겨져 있었다. 그리고 그것과 같이 생긴 황금색의 문장이 요루의 이마에도 있었다.

"그건 유일하게 눈에 보이는 유대관계의 증표 같은 거야."

아멜리아가 설명해 주었다. 정말로 과분할 정도로 우수한 파트너로군.

『이제 당당히 같이 갈 수 있겠군, 주공.』

요루가 기쁜 말투로 그렇게 말했다. 나는 고개를 갸웃거렸다.

"너의 진짜 주인은 마왕이잖아."

『제2의 주인이라는 뜻이다. 자잘한 것은 신경 쓰지 마라.』

되는 대로 막 갖다 붙이는군. 나는 그렇게 생각하면서 쓴웃음을 지었다.

문득 뭔가가 느껴져서 방구석 쪽으로 시선을 옮기자, 지금까지 없었던 마법진이 푸르게 빛나고 있었다. 어딘가, 이 세계로 오는 원인이 되었던 그 마법진과 비슷한 것 같다는 느낌이 들었다.

아니, 세세한 부분까지 기억하고 있는 건 아니지만, 거의 같았다.

"네 예측대로 다음으로 가는 길이 열렸군."

"하지만 아직 요루가 움직이질 못해."

아멜리아는 걱정스러운 표정으로 요루를 봤다. 우리가 한 짓이

라곤 하나, 정작 동료가 되고 보니 엄청 죄책감이 들었다.

『마왕님께 받은 '변신'은 대량의 마력을 쓰는 데다, 그 상태에서 치명상을 입었으니 죽지는 않겠지만 2, 3일은 움직이지 못할 것이다.』

치명상을 입힌 건 나인데 말이지. 아니, 그 전에 치명상을 입혀도 죽지 않는다는 건 어떤 의미론 최강이지 않나······.

아, 하지만 『변신』이 풀리면서 한동안 움직이지 못하게 되면 그동안에 확실하게 목숨을 앗아갈 수 있는 공격을 맞을 수 있겠군.

나는 일단 비상용으로 가지고 있던 식량을 펼쳤다. 사란 단장에게 받은 식량은 아멜리아가 동료가 되면서부터 엄청난 스피드로 사라졌다. 남은 건 훈제한 고기뿐이다. 그 냄새 때문에 마물들이 상당히 많이 다가왔지만 그 녀석들도 사이좋게 훈제 고기로 만들어 주었다. 아멜리아가 가끔 훔쳐 먹곤 하지만, 그래도 상당한 양이 남았다.

"이곳은 안전지대야. 천천히 가자고. 그 동안 내 얘기를 들어줘."

"응, 내 얘기도."

『그럼 내 얘기도 들려주도록 할까.』

비록 조금 전까지 적이었던 사이였다고 해도, 많은 얘기를 나누면 그것만으로도 사이가 좋아질 수 있을 것이다.

분명.

## Side 요루

나에게 새로운 주인이 생겼다. 아니, '새로운' 이란 말은 좀 이상하군.

나의 주인은 마왕님이다. 그 사실은 바뀌지 않는다. 주공은 제2의 주인이다.

내 눈은 마왕님의 것. 내 귀는 마왕님의 것. 내 코는 마왕님의 것. 하지만 내 감정은 주공의 것이 되었다.

이러고 있는 사이에도 내 눈을 통해서 마왕님은 주공을 관찰하고 있다. 마왕님에게 들은 얘기에 따르면, 주공은 용사 소환으로 이 세계에 소환된 이세계인이라고 한다. 용사 소환이라는 것은 다시 말해 마왕님을 쓰러트리기 위해서 이세계의 사람을 소환하는 대마법.

마왕님에게 있어서 주공은 숙적이다. 주공도 마왕님을 제거하기에 앞서 적의 전력은 최대한 줄여 놓고 싶을 텐데. 주공은 마왕님을 쓰러트릴 생각은 지금 당장은 없다고 했지만, 여차할 때엔 날 보고 마왕님의 편을 들라는 말을 했다. 다름 아닌 바로 주공이.

정말로 이상한 사람이다.

용사 소환 얘기가 나와서 말인데, 마법진이 아직 남아 있었다는 것도 놀랍지만 가장 놀라운 일은 스물여덟 명이나 소환되었다는 점이다. 과거의 용사 소환에서도 네 명 이상의 용사가 소환된 적은 없었다. 기록상으로는 그렇다.

나 자신도 마왕님의 손에 의해 태어난 지 아직 100여 년 밖에 되지 않았다. 마물 사이에선 아직 신참에 속한다. 아마 내 예상이지만, 하이엘프인 아멜리아 양보다도 연하일 것이다. 이런 생각을 했다면, 그렇게 아프지 않은 철권이 날아오겠지만.

자란 환경 때문인지 아멜리아 양의 지식은 많이 편중되어 있었고, 주공도 이 세계에 대해선 거의 무지하다고 할 수 있었다. 실은 이들 중에선 내가 가장 아는 것이 많았다.

그런고로, 움직일 수 있게 될 때까지 주공과 아멜리아 양의 질문에 대답해 주었다. 물론, 마왕님이 불리해질 것 같은 질문에는 대답하지 않는다는 조건으로 말이다. 내 입장에선 딱히 대답해도 상관없기는 하다. 아무리 마왕님이라고 해도 멀리 떨어진 마족의 영토에서 나에게 간섭할 수 있는 방법은 없고 말이다.

하지만 주공은, 그랬다간 엄청난 스포일러가 될 거라며 잘 이해가 안 되는 말을 하면서 거절했다. 역시 마왕님이 눈독을 들이고 계시는 인간족이다. 이렇게 흥미를 유발하는 인간족은 처음이다.

"네가 다른 마물과 달리 말을 할 수 있는 이유는?"

『간단하다. 나는 인간들에게 마왕님의 목소리를 전하기 위해 만들어진 마물이기 때문이지. 마족 이외의 인간이 건방지게도 마족의 영토를 침공하려고 할 때는 내가 그 나라에 일부러 찾아가서 경고하는 것이다.』

"그럼 『변신』으로 드래곤이 됐던 이유는? 자칫하면 죽을 뻔했다고."

확실히 전령으로 갔는데 죽었다가는 곤란하겠지만,

『그랬다가 죽으면 그뿐이다. 마왕님을 뵙는 건 그저 꿈이나 다름없지.』

그렇게 말하는 나를 보면서 아멜리아 양이 불만스럽게 입을 삐죽 내밀었다. 그 모습을 보고 나는 그만 웃고 말았다. 주공도 살짝 웃고 있었다.

아멜리아 양도 처음 봤을 때엔 참으로 표정이 없는 여성이라고 생각했지만, 주공과 관련된 얘기에는 표정이 자주 바뀐다. 주공의 얼굴은 여전히 표정을 읽을 수 없었지만.

"그리고 마안에 대해서 묻겠는데."

『호오. 마안이라니, 그것 참 기묘한 것에 대해 알고 싶어 하는군.』

"아니. 내 은인이 지니고 있었어. 그 사람은 살해당했지만 말이지."

살해당했다고 말했을 때, 주공으로부터 믿기지 않을 정도의 강한 살기가 뿜어져 나왔다. 그 날카로움에 숨이 막혔다. 아마도 무의식중에 나온 것이겠지만, 그 몸에선 마력도 넘쳐 나오고 있었다. 오라의 형태로 나오는 모습을 눈으로 보고 확인할 수 있을 정도로.

아멜리아 양도 식은땀을 흘리고 있었다. 이 정도라면 한시라도 빨리 힘을 컨트롤하는 방법을 가르쳐 주지 않았다간 주공은 평생 인간들 사이에서 살아갈 수 없을지도 모르겠다.

그건 그렇다 쳐도 이 힘은 대체…….

"······아키라, 증오스러운 감정은 이해하겠지만 숨이 막혀."

"응? 아, 미안."

가슴을 옥죄는 듯한 살기 속에서 겨우 목소리를 낼 수가 있었던 아멜리아 양에게 감사했다. 지금까지 괜히 주공과 계속 행동을 함께했던 게 아니군. 익숙해진 걸까?

가슴을 옥죄는 느낌도 사라졌으니 질문에 대답해 주기로 하자.

『마안이라 함은 마왕님과 마왕님에 버금가는 실력을 가진 자에게 마법으로 눈을 다쳤을 때 드물게 나타나는 현상이다. 그 은인이라는 자는 상당한 실력자였던 것 같군.』

나도 아직 한 사람밖에 본 적이 없었다.

"그래, 사란 단장은 지금의 용사보다 강했으니까 말이지. 뭐, 전력을 다해서 싸우는 모습은 본 적이 없지만."

주공은 가슴을 당당히 펴면서 그렇게 대꾸했다. 지금의 용사의 실력은 어느 정도인지 모르지만, 주공이 그렇게 말한다면 상당한 실력자일 것이다.

응? 사란? 들어본 적이 있는 이름인데.

『그 사란이란 자는 사란 미스트레이를 말하는 건가?』

내가 묻자, 주공은 턱에 손을 댄 채 멍하니 비스듬하게 위를 보면서 고개를 끄덕였다.

"그래, 분명 그런 이름이었던 것 같아."

나는 내가 짐승의 모습을 하고 있는 것에 안심했다. 분명 인간의 모습으로 변신한 상태였다면 미간에 주름을 잡고 있었을 테니까.

"아키라, 사란 미스트레이라면 분명······."

아멜리아 양이 무슨 말을 하려다가 입을 다물었다. 같은 이유로 나도 입을 다물었다. 우리는 눈빛을 주고받았고, 더 늦어지기 전에 화제를 바꾸기로 했다.

그건 그렇고 사란 미스트레이라니, 참으로 그리운 이름이로군. 주공의 반응만 보자면 상당히 잘 따랐던 것 같은데.

주공은 아직 깨닫지 않아도 된다. 이 세계의 잔혹함을.

"아키라, 공격력에 대해선 묻지 않아도 되겠어?"

"아아, 그렇지. 요루, 질문이 있는데······."

『뭔가, 주공.』

"스테이터스의 공격력이라는 부분이 상당히 이상하지 않아? 뭐, 딱히 공격력만 그런 건 아니지만."

『이상하다고? 어디가 말이지?』

이 세상에 생명을 받고 태어난 뒤로 스테이터스에 의문을 가진 적은 없었다. 이상한 게 있어도 원래 그런 건가 보다 하고 생각하면서 그냥 넘어가고 말겠지만, 역시 이세계에서 온 주공에겐 이상하다고 느끼는 부분이 있는 걸까?

"내 스테이터스의 수치는 상당히 높아. 그건 아멜리아도 이미 확인했어. 하지만 이렇게 공격력이 높은데도 쓰러트리지 못한 마물이 있었거든?"

주공의 공격력에 대해선 잘 알고 있다, 내 몸으로 직접 경험했으니까 말이다. 하지만 그런데도 마물을 쓰러트리느라 고전했던 이유를 모르겠다고 한다. 들려주는 얘기에 따르면, 레벨이 아직 낮았을 때는 미노타우로스에게 칼이 일절 통하지 않았다고 하는데.

『주공, 이 미궁의 미노타우로스에게 검으로 공격했단 말인가?』

"그래, 검이라기보다는 단검이 더 정확하겠지. 산산조각으로 부서지는 바람에 깜짝 놀랐어."

『……..』

상식이 없는 자에게 상식을 가르치는 것은 이쪽의 상식이 통하지 않기 때문에 피곤하다는 말이 있는데, 지금이 바로 그런 경우였다. 반응을 보니, 아멜리아 양도 대답하지 못했던 질문인 것 같다. 주공이라면 또 모를까, 아멜리아 양도 몰랐다니.

나는 자신도 모르게 한숨을 쉴 뻔했다.

『주공, 미노타우로스는 아무리 공격력이 높아도 검은 거의 통하지 않는다. 아니, 말하는 걸 들어보니 지금이라면 검이 통할 것이라고 생각하는 것 자체에 놀라움을 금할 수가 없다만.』

"사란 단장과 질 부단장의 검은 통했는데?"

주공은 솔직하게 고개를 갸웃했다. 나는 그야 그렇겠지, 라고 생각하면서 고개를 끄덕였다.

『마물을 벨 수 있는 마법이 걸려 있는 무기라면 약간은 통하겠지. 하지만 그 이외는 전혀 통하지 않아. 공격력과 상대의 방어력에 하늘과 땅만큼의 차이가 있다면 자신의 검이 부러진다.』

주공이 현재 쓰고 있는 칼은 마물을 벨 수 있는 마법이 당연히 걸려 있다. 미궁에 들어갈 예정인 기사단이 마물을 벨 수 있는 마법이 걸리지 않은 무기를 쓸 리가 없다. 당연히 용사 일행의 무기도 그랬을 것이다. 주공만이 그 마법이 걸리지 않은 평범한 무기를 사용하고 있었다는 얘기가 된다. 애초에 이 컨티넨 미궁에서 검이 거의 통하지 않는 마물을 상대로 검술 수행을 하고 있는 것 자체가 이상한 일이다.

나는 조심스럽게 주공에게 물어봤다.

『지금까지 이 미궁에서 검은 통하지 않아도 마법이라면 아주 쉽게 쓰러트린 마물이 있었겠지?』

주공은 잠시 생각한 뒤에 고개를 끄덕였다.

"키메라가 그랬었지."

『주공, 이 미궁에는 물리공격에 강한 마물이 널리고 널렸다. 상층부의 녀석들은 검으로 쓰러트릴 수 있었다고 해도, 하층부의 녀석들은 마법 또는 마력을 쓰지 않으면 쓰러트리는 것은 거의 불가능하다고 할 수 있지.』

주공은 잠시 굳어졌으며, 내 말을 음미한 뒤에 경악했다. 역시 놀라겠지.

지금까지 자신이 수행해 왔던 장소가 사실은 수행에 어울리지 않는 장소였으니까. 아니, 기준을 달리 하면 더할 나위 없이 최적의 장소라고 할 수 있으려나.

"요루, 이 미궁은 마법 수행에 제일 좋은 장소라는 뜻이야?"

『그렇, 겠군. 그렇다고도 할 수 있겠지.』

내가 생각하면서 그렇게 답하자, 주공은 고개를 푹 숙였다. 그의 등을, 아멜리아 양이 자애의 감정이 한껏 담긴 표정을 지은 채 부드럽게 쓰다듬으면서 위로해줬다.

조금, 아주 조금, 눈앞에서 그런 식으로 정겹게 지내는 모습을 보고 있으려니 짜증이 나는군. 하지만 뭐, 어쩔 수 없나.

"미궁에 특색이 있다는 건 처음 들었어."

『뭐, 그렇겠지. 반대로 이 세상에는 마법이 통하지 않는 마물이 존재하는 미궁도 있다. 분명 엘프의 영토에 있는 '포레스트 미궁'이었을 텐데. 거기서 다시 수행하는 건 어떨까?』

"요루, 그 정보는 확실한 거야?"

『마왕님께서 하셨던 말씀이다. 4대 미궁에는 각각 특색이 있는데, 인간들이 강해져서 마왕에게 도전할 수 있을 때까지 육성하기 위하여 몇 대 전의 마왕이 그런 설정으로 바꾼 것이라고 말이지. 내 입장에선 마왕님의 입에서 나온 말씀 이상으로 신빙성이 있는 말은 존재하지 않는다.』

"그렇군."

한숨을 쉬던 주공은 다음 순간 고개를 번쩍 들었다.

"그렇다면 내가 쓰러트린 화이트 배트는?"

"아키라, 그때 마력을 쓰고 있었어."

"그랬나……."

다시 격침한 모습을 본 아멜리아 양의 입꼬리가 살짝 올라가 있었다.

아멜리아 양은 얌전해 보이지만, 실은 마왕님이 말씀하시던 '사디스트'라는 성격을 가지고 있는 것 같군.

『뭐, 주공은『기적은폐』만으로도 이미 반칙에 가까운 존재이지. 인식할 수 없는 곳에서 공격을 받으면 아무리 힘이 강한 자라도 싸움 자체가 성립이 안 되니까 난감할 것이다. 직업에 맞는 전법을 쓴다면 지는 일은 없지 않을까?』

"암살자다운 전법이라……."

주공은 같이 지내 보니 꽤나 유쾌한 타입이었다. 일반적으로 암살자라면 기척을 지우고 뒤에서 그 목을 베어 버리는 존재를 떠올리지 않을까. 주공의 경우엔 용사나 전투광처럼 정면에서 정정당당하게 등장하며 싸울 것 같아서, 상상만으로도 유쾌해졌다.

이제 움직일 수는 있지만, 조금 더 이 시간을 즐겨도 괜찮지 않을까.

### Side 오다 아키라

결국 보스 방에서 하룻밤을 묵은 우리는 드디어 마법진 앞에 섰다.

요루가 움직일 수 있게 될 때까지 아멜리아의 얘기를 들을 수 있었다. 대부분은 시시한 이야기였지만, 딱 하나 마음에 걸리는 얘기가 있었다. 아멜리아는 사람들이 지어낸 이야기처럼 얘기하고 있었지만, 그 이야기는 어쩌면 아멜리아 자신의 이야기이지 않았을까…….

"옛날에 희푸른 전이용 마법진은 그자가 가고 싶어 하는 장소에 갈 수가 있다는 얘기를 들은 적이 있어. 다수가 함께 가면 그 중 누군가의 뜻을 받아들여 선택한다고."

아멜리아의 말을 들으면서 내 생각이 중단되었다. 나는 고개를 저은 뒤에 아멜리아를 봤다. 지금은 우리의 앞날을 정할 마법진에 집중하자.

이 방의 보스 노릇을 하고 있었던 요루도 마법진이 어디로 가기 위해 만들어진 것인지 모른다고 했다. 만약 이 마법진이 우리의 교실에 나타난 것과 같은 것이라면, 아멜리아의 말대로 이 세계에 오고 싶어 하던 사람이 있었다는 얘기가 되겠군.

뭐, 이 세계에 막 소환되었던 때를 떠올려 보면 꽤 많은 사람들이 이세계 전이를 바라고 있었을 것이다. 이렇게 말하는 나도 입으로는 아무리 여동생이나 어머니를 위한 것이라고 말했지만, 아르바이트에 쫓겨서 놀 시간도 없었던 일상에 진절머리가 났던 것도 사실이다. 어쩌면 마법진에게 선택받은 것은 내 소원이었을지도 모르겠군.

이 미궁이 검술 수행에 적합하지 않다는 것을 알게 된 지금, 끝까지 머물러야 할 이유도 없어졌다. 80층이라는 이도 저도 아닌, 뭔가 어정쩡하게 느껴지는 층수에서 끝나는 것은 납득이 가지 않았지만, 뭐, 더 이상 밑으로 내려갈 루트도 발견되지 않으니 어쩔 수 없겠지. 즉, 여기가 최하층이라는 얘기다.

이 마법진을 통해 어디로 가게 될지는 모르겠지만 뭐, 어디든가 주겠어. 하지만 만약 마법진이 내 뜻을 선택한다면 요루와 아멜리아와 함께 원래 세계에 가게 되겠군. 두 사람을 만나기 전의 나라면 크게 기뻐했겠지만, 지금은 그렇지 않다. 용사와 다른 아이들을 놔두고 돌아갈 순 없는 데다, 아멜리아를 가족과 소원해진 지금의 상태를 해결하지 못한 채 원래 세계로 데려갈 수도 없다. 나는 맨 먼저 가족들의 안부를 확인하고 싶지만, 돌아가고 싶지 않다는 마음도 확실하게 존재했다. 내 뜻을 마법진이 선택하지 않기를 바랄 뿐이다.

변신으로 새끼고양이 크기만큼 작아진 요루가 내 어깨에 올라탔으며, 아멜리아는 내 손을 꼭 잡았다. 만약 서로 헤어진다면 나와 요루는 서로의 장소를 알 수 있지만, 아멜리아는 알 수가 없다. 어디로 가더라도 아멜리아를 찾아낼 자신은 있지만, 역시 조심해서 나쁠 건 없을 것이다.

"준비는 됐어?"

"괜찮아."

『언제든 좋다.』

내가 물어보자 왼쪽에선 두근거리는 듯이 들뜬 목소리가, 귓가에선 중후한 목소리가 울려 퍼졌다. 혼자여도 아무렇지 않지만, 이런 때 대답해 주는 목소리가 들려오는 것도 의외로 나쁘지 않군.

"좋아, 출발!"

우리는 푸르게 빛나는 마법진 안으로 발을 디뎠다. 마법진은 빛이 더 환해졌으며, 눈을 뜨고 있을 수 없을 정도로 강하게 빛났다.

## Side 사토 츠카사

이 세계에서 우리만큼 무지한 자는 없을 것이다. 책을 읽는 것을 금지당하고 있었던 우리는 이 세계에 대한 것을 아무것도 몰랐다. 애초에 왜 금지당하고 있었는지도 몰랐던 것이다.

돈, 정치, 지리, 역사, 전통, 문화, 종교. 그 모든 것이 평화롭게 살아가기 위해선 필요한 지식이며, 그 모든 것을 우리는 익히지 않았다. 그자들이 익히지 못하게 만들었다. 우리도 익히려고 하지 않았다.

아키라라면 어떻게 했을까. 아니, 그 녀석이라면 누구보다 빨리 그 사실을 깨닫고 자기 나름대로 대처를 하고 있었겠지. 아키라는 마음에 들지 않지만, 그 녀석의 재능과 노력은 인정하고 있다.

그런데도 나는……

"……봐, 이봐, 사토!"

깊은 사고의 바다 속에 잠겨 있던 의식이 순식간에 다시 떠올랐다. 눈앞에선 순백의 칼을 찬 아사히나가 내 어깨를 흔들고 있었다.

"괜찮아?"

"아니, 미안해."

아무래도 잠시 졸았던 모양이다. 위기감은 확실히 있지만, 역시 용사라고 해도 3대 욕구에는 이길 수가 없었다.

"정신 차려. 여긴 이세계라고. 용사인 네가 제대로 버티지 못하면 우리는 전부 죽을지도 몰라.”

나는 날 너무 과대평가한다는 생각과 함께 웃으면서, 앉아 있던 큰 바위에서 일어섰다.

우리는 현재 레이티스 왕국을 벗어나, 인간족의 영토에서 가장 평화를 사랑하는 나라인 ‘야마토’를 향해 이동하고 있었다. 지금은 그 여정 도중에 어떤 숲속에서 휴식을 취하고 있었다.

도중에 만난 상인으로부터 들은 얘기에 따르면, 야마토는 원래 세계의 일본과 비슷했다. ……아니, 몇 대인지는 모르지만 일본에서 소환된 용사가 건국한 나라라고 했으니, 제2의 일본이라고 할 수도 있을 것이다. 역시 과학기술 같은 건 존재할 리가 없고, 문명 레벨은 에도 시대 정도라고 하는데, 일본의 주식인 쌀이 있다고 했다.

일본과 비슷하기 때문에 가고 싶어진 게 아니다. 빵이 질려서, 쌀이 그리워져서 일단은 그곳으로 가보기로 한 것에 가까웠다. 어느 쪽이 이유이든 둘 다 비슷하긴 하군.

그리고 마침 마족 영토에 가까운 곳이기도 하고 말이다.

“그러고 보니 아사히나는 왜 날 따라와 주는 거야?”

걸으면서 그동안 계속 묻고 싶었던 것을 물어보자, 아사히나는 복잡한 표정을 지으면서 입을 다물었다.

“말하고 싶지 않으면 말하지 않아도 괜찮아. 그냥 궁금해서 물어본 거니까.”

역시 말하기 어려운 이유가 있는 걸까. 나는 그렇게 생각하면서 황급히 얼버무렸다.

"네가 화를 낼지도 모르는데, 괜찮을까?"

커다란 덩치에 비해서 의외로 세세한 부분을 신경 쓰는 남자라고 생각하면서, 나는 미소를 지었다. 세세한 일은 전혀 신경 쓰지 않는 아키라와는 정반대로군.

"아키라와 합류하기 위해서야. 너와 아키라는 어딘가 닮은 점이 있으니까, 널 따라가면 언젠가는 아키라를 만날 수 있을 거라 생각했어."

조심스럽게 내 얼굴빛을 살피는 아사히나를 보니, 화가 나기는커녕 이번에는 내가 조심스럽게 물어보게 되었다.

"닮았다니, 구체적으로 어떤 점이?"

"……어떤 점이 닮았냐고 물어도, 글쎄…… 분위기, 려나."

고개를 갸웃거리는 아사히나. 아니, 네가 먼저 꺼낸 말이거든. 마음속으로 아사히나에게 그렇게 따지면서 나는 소름이 돋는 것을 느꼈다.

설마하고 생각했지만, 내가 지금까지 느끼고 있었던 아키라에 대한 적개심은 동족혐오였단 말일까. 아니, 설마 그럴 리가.

"설마, 네가 아키라를 싫어하는 건 동족혐오인가?"

"크헉?!"

아사히나가 날린 말의 화살이 내 가슴에 깊게 박혔다. 내 안에선 부정하고 그걸로 끝을 냈는데, 아사히나로부터 결정타를 맞은 것이다.

"내, 내가 동족혐오 같은 걸로 같은 반 친구를 싫어할 리가 없잖아?"

"그럼 달리 이유가 있어?"

천진난만하게, 그저 호기심이 시키는 대로 물어보는 아사히나가 처음으로 두렵게 느껴졌다. 악의 없는 순수함이란 이런 걸 말하는 거였나.

"글쎄. 자, 이제 휴식은 끝! 갈 길을 서두르자."

"응? 아아, 그렇군."

나는 적당히 얼버무리고, 가까운 곳에서 물을 마시거나 누워 있는 반 친구들에게 외쳤다. 각자 나른한 말투로 대꾸하면서 일어났다. 내 태도에 의문을 가지지 않고 대꾸해 주는 아사히나에게 진심으로 감사했다.

"츠카사, 야마토가 어디에 있다고 했지?"

호소야마가 내 옆에 서서 물었다. 그 뒤에는 우에노도 있었다.

여자애 두 명은 싸우는 일이 없었고, 오히려 사이가 좋았다. 두 사람이 반에선 얘기하던 모습을 거의 본적이 없었는데, 마음이 맞는 부분이 있었던 모양이다. 이렇게 맺어진 것은 이세계 소환 덕분이로군.

"응, 야마토는 인간족 영토에서 가장 동쪽, 엘프의 영토에 가까이 있어. 레이티스 왕국은 다른 모든 종족들과 멀리 떨어진 곳에 있었으니까 그렇게 멀지는 않아. 앞으로 하루나 이틀 정도만 더 가면 되지 않을까?"

머릿속으로 상인이 보여준 지도를 떠올리면서 그렇게 대답하자, 우에노는 입을 삐죽 내밀면서 말했다.

"자동차나 비행기, 적어도 자전거라도 있으믄 편했을 낀데.

걸어서 가는 게 이리 힘들 줄은 몰랐다."

"과학기술의 편리함에는 새삼 감동하게 되네."

확실히 그런 게 있었으면 이동거리가 늘어나는 것은 물론이고, 이동시간도 얼마나 많이 단축할 수 있었을까.

"……돌아가고 싶네. 이 세계도 즐겁긴 하지만, 역시 우리는 지구에서 살아야 해. 원래 세계가 아니면 진정이 안 돼."

남자 한 명이 절실한 목소리로 중얼거렸다. 나는 하늘을 쳐다보면서 마음속으로 중얼거렸다.

돌아가고 싶다. 고향으로, 집으로 돌아가고 싶어.

그러기 위해서라도 마왕을 쓰러트리고 이 세계를 평화롭게 만들 것이다. 용사인 이상, 마왕을 쓰러트려야 한다. 아키라가 아닌, 용사인 내가.

마왕에게 승리한 나는 의기양양하게 성으로 돌아가서, 질 씨에게 돌봐달라고 부탁한 나머지 반 친구들과 합류한 뒤에 돌아갈 것이다. 고향으로. 그때 이세계에 사는 사람들에게 감사의 인사를 받으면서 배웅을 받는 것이 제일 좋겠지.

돌아가는 방법은 분명 왕과 왕녀가 알고 있을 것이다. 그렇지 않으면 마왕이 알고 있겠지. 아키라는 아키라의 길을, 나는 나의 길을 갈 것이다. 하지만 최종적으로 이기는 사람은 나다.

기다리라고, 아키라. 그 세상일에 관심 없는 척 고고하게 구는 태도를 바로 무너트려 주겠어.


와자지껄 소란스럽게 떠들면서, 많은 사람들이 넓고 큰 길을 걸어가는 모습은 도시에선 드물지 않은 광경이다. 우리가 원래 세계에서 살았던 동네도 굳이 말하자면 번화가에 가까웠으며, 눈앞에 펼쳐져 있는 광경보다 더 많은 사람들 사이를 걸었던 적도 있다. 하지만 우리는 거리 한가운데서 넋을 놓은 표정으로 입을 벌린 채 굳어 있었다. 사람이 많아서 놀라고 있는 게 아니었다. 우리가 놀라고 있는 것은 오가는 사람들의 차림새 때문이었다.

그렇다. 우리는 드디어 야마토라는 나라에 도착한 것이다.

"어, 어딘가에 여기랑 비슷한 테마파크가 있었던 것 같은데. 수리검 던지기 같은 걸 체험할 수 있는 곳."

"시대극 체험촌?"

"그래, 그거야."

내 옆에서 아사히나와, 반에서도 아키라와 친했으며 여기로 소환되었을 때도 아키라와 얘기를 하고 있던 바람 마법사인 나나세 린타로가 나누는 대화를 다른 생각을 하면서 대충 듣고 있었다. 그러고 보니 아키라가 암살자라는 직업을 가졌다는 사실을 가르쳐 준 사람도 나나세였던 것 같다.

남성은 무늬가 있는 하카마를 입고 약식 복장에 허리에는 칼을 찼으며, 여성은 기모노나 무녀 의상을 입었으며 머리에 비녀를 꽂고 있었다. 저녁에 종종 TV로 방영되는 에도가 무대인 시대극 같은 광경이었다.

무녀 복장에 약간 위화감이 들었지만, 그걸 입고 있는 여성들이 모두 우리가 일부러 보지 않으려고 했던 어떤 건물로 향하고 있는 걸 보고, 무녀 복장이 여성들의 정장이라는 것은 얼추 추측할 수 있었다.

"그리고 저건 아마도 히메지성이겠지?"

"말하지 마……. 일부러 보지 않고 있었는데."

"아아, 미안."

노리고 있었던 게 아닐까 싶을 정도로, 정확하게 내가 듣고 싶지 않은 말을 중얼거린 아사히나에게 그렇게 대꾸하면서, 나는 그걸 쳐다봤다.

크기로는 최근에 보수공사를 마친 히메지 성 정도 될까.

모양은 전혀 비슷하지 않지만, 성벽이 흰색의 회반죽으로 칠해져 있는 것은 똑같았다. 그 때문에 히메지성을 떠올린 게 아닐까 하는 생각이 들었다.

멀리 떨어진 위치에 있는 우리가 봐도 커다랗게 느껴지던 그 성은 레이티스 왕성처럼 호화찬란하지는 않았지만, 보는 사람을 압도하는 박력이 있었다. 그리고 그 성을 보고 있으려니, 정체를 알 수 없는 기운에 오한을 느끼면서 몸이 떨려오는데…… 감기라도 걸린 걸까.

"이런, 죄송합니다."

"사과했으니 넘어가겠지만, 형씨들, 길 한가운데서 떡하니 서 있지 말라고."

멍하니 성을 바라보고 있으려니, 앞에서 걸어오던 남자와 부딪쳤다. 반사적으로 사과하자, 남자는 웃으면서 빠른 걸음으로 그 자리를 떠났다.

"……."

"아사히나?"

아사히나 혼자만 뭔가가 마음에 걸렸는지 남자의 뒷모습을 유심히 보고 있었다. 뭔가를 생각하는 것 같더니, 내 얼굴을 힐끗 보고는 남자를 쫓아갔다.

"이봐, 누구라도 좋으니 저자를 붙잡아줘. 소매치기야."

"뭐?"

아사히나의 말을 듣고, 나는 황급하게 지갑이 있는지 확인했다.

"……없어."

야마토에 들어왔을 때는 분명히 있었던 지갑이 없었다.

기억을 더듬어보니, 남자가 부딪치던 자세가 확실히 이상했다. 그리고 제대로 앞을 보고 걸었는데, 멈춰 서 있던 나에게 부딪칠 리가 없다. 부딪쳤다면 일부러 그런 것이다.

"츠카사? 와 고개를 숙이고 있노. 아사히나는?"

우에노가 호소야마와 함께 내 쪽으로 다가왔다. 주위의 동료들도 서서히 이변이 생겼다는 걸 알아차리기 시작했다.

"내 지갑이 소매치기를 당했어. 지금 아사히나가 대신 쫓아갔고. 너희는 괜찮아?"

내 말을 듣고 곧바로 지갑을 찾아보는 그들의 얼굴은 이내 안도의 표정으로 바뀌었다. 보아하니 나만 당한 것 같군.

용사이면서 소매치기나 당하다니…… 평생의 수치야.

"다행히 그 지갑 안에 돈은 한 푼도 들어 있지 않았지만, 저쪽 세계에서도 쓰던 물건이라서 말이지."

"누구한테 선물받은 거야?"

나나세가 흥미가 생겼는지 물어봤다. 그다지 얘기를 나눠본 적이 없어서 날 싫어하는 줄 알았는데, 내 기분 탓이었던 것 같다.

"응, 생일 선물로 형이 준 거였어."

형제끼리 싸움은 끊이지 않았지만, 그래도 저쪽 세계를 떠올릴 수 있는 소중한 추억이라는 것은 변함이 없었다.

잠시 후에 아사히나가 돌아왔다. 그의 손은 뭔가를 들고 있었다.

"이 나라에는 좋은 사람들이 많은 것 같아."

"!!"

그렇게 말하면서 내 지갑을 내밀었다. 나는 안도의 한숨을 쉬면서 지갑을 받았다. 안에 든 것도 무사한 것 같았다.

"고마워. 그건 그렇고 용케 쫓아가서 붙잡았네."

"응, 내가 소리친 뒤에, 말 전달 게임이라도 하는 것처럼 주위 사람들이 모두 같은 말을 외쳐준 덕분에 *신센구미 같이 생긴 사람들이 붙잡아 줬어."

듣자 하니, 치안을 유지하기 위한 조직도 있는 모양이다. 몇 대인지 모른다는 그 용사는 에도 막부 말기를 좋아했던 것 같군.

---

* 에도 시대 말기에, 막부의 반대파를 진압하던 무사 집단.

"옥색 *하오리를 입었어?"

"그래. 하치가네도 빠짐없이 착용해서 한순간 코스튬 플레이어인 줄 알았어."

아사히나는 진지한 표정으로 그렇게 말했고, 우에노는 그걸 부러운 표정으로 보고 있었다. 그러고 보니 우에노는 일본사 수업의 진도가 막부 말기 시대로 들어가자 신이 난 표정으로 수업을 듣고 있었지. 지식도 아주 많았던 것 같다. 역사 오타쿠라고 부르는 그런 사람인 걸까.

"좋아, 일단은 오늘 묵을 숙소를 찾자. 모험자 길드에는 그다음에 가는 거야."

"알았어."

그건 그렇고 소매치기란 말인가. 치안도 생활 수준도 높은데, 어떤 세계에서도 범죄는 사라지지 않는군. 나는 조금 슬퍼졌다.

아, 숙소 얘기가 나와서 말인데, 옛날에는 숙소를 가리켜 '여인숙'이라고 했던가. 태어나서 처음으로 소매치기를 당한 혼란과 충격 때문인지, 이런 때인데도 아무래도 상관없는 일이 머릿속에 떠올랐다.

그런 생각을 털어내려는 듯이 고개를 저은 뒤에, 나는 정신을 차리고 동료들의 뒤를 쫓았다.


'꾀꼬리 정자'라는 곳에 묵기로 한 우리는, 각자 방에 들어가

---

* 일본식 전통 겉옷. 하치가네는 머리를 보호하기 위해 쓰는 간단한 보호구를 말한다.

숙소에서 제공해 준 옷으로 갈아입은 뒤에 다시 접수처 앞에 집합했다.

우에노와 호소야마가 모처럼 여기 왔으니까 입어보고 싶다는 이유로, 여관의 주인아주머니에게 밑져야 본전이라는 생각으로 옷을 빌려달라고 부탁한 것이다.

"저기, 아사히나, 우리까지 갈아입을 필요가 있었어?"

"그런 눈치 없는 소리는 여자들 앞에선 절대 말하지 마. 그리고 이렇게 입어보는 것도 괜찮잖아. 잘 어울려."

준비시간이 상당히 오래 걸리는 여자들을 기다리는 동안, 방해가 되지 않는 곳에 모여서 얘기를 나눴다.

나는 연푸른색의 천에 붉은 잉어 무늬, 아사히나는 검은 바탕에 불꽃놀이 무늬가 있는 옷이었다. 나나세와 다른 아이들은 무난한 짙은 남색의 무늬가 없는 옷을 골라 입었다. 여주인이 우리에게만 화려한 전통 옷을 억지로 권유했던 것이다.

아사히나는 체격도 좋아서 잘 어울렸지만, 나는 아무리 좋게 보려 해도 어울리지 않았다. 그리고 아사히나는 검도부원이었던 만큼 전통 옷에 익숙한 느낌이 들었다.

나는 한숨을 쉬면서 내 가느다란 몸을 내려다봤다.

아사히나보다 강하다고 하지만 그건 내 스킬 덕분이다. 순수한 검 실력만 놓고 따진다면 검도부 부장인 아사히나에게 이길 수 있을 리가 없다. 스킬을 써도 근거리라면 아슬아슬한 승부가 되겠지. 결국 내가 아사히나보다 앞서는 것은 마법뿐이라는 것을, 여기까지 오는 동안 잘 알았다.

그런 부정적인 생각을 떨쳐 내려는 듯이 나는 다시 고개를 저었다.

"우리 왔데이!"

"오래 기다리게 해서 미안해. 역시 기모노는 입는 게 힘들더라. 주인아주머니에게 도움을 받았지만……."

귀에 익숙한 목소리를 듣고 뒤로 돌아본 우리는 굳어 버렸다.

"오, 오오."

"어때? 잘 어울려?"

호소야마가 그 자리에서 한 바퀴 돌더니 장난기 어린 표정으로 웃었다. 우에노도 두 팔을 벌려 넓은 소매를 보여주면서 귀엽게 고개를 기울였다. 스타일이 좋은 호소야마는 전통 옷이 잘 어울리지 않을 거라 생각했는데, 분홍색 나비 무늬의 기모노가 잘 어울렸다. 우에노는 짙은 남색의 옷감에 나팔꽃 무늬가 또렷하게 새겨진 옷을 입었다.

둘 다 늘 묶기만 하던 머리카락을 위로 틀어 올렸기 때문에, 평소엔 보이지 않는 살짝 땀이 밴 목덜미가 관능적이었다. 남자 고등학생은 버티기 힘든 모습이었다. 더구나 두 사람 다 우리 반이 자랑하는 미소녀였으니 남자들이 잠자코 있지 않았다.

"아아, 태어나서 다행이야……."

그중엔 눈물을 흘리면서 합장하는 아이까지 있었다.

"저기, 어때?"

"이, 이상하지 않나?"

두 사람이 나에게 감상을 요구했다. 아사히나를 제외한 남자들이 내 시야의 한구석에서 피눈물을 흘리고 있는 모습이 보였다. 아사히나는 그 모습을, 표정을 읽을 수 없는 얼굴로 바라보고 있었다. 역시 그는 쉽게 동요하지 않는군.

"제길! 결국엔 얼굴인가! 얼굴이란 말인가!!"

"얼굴을 바꿀 수 있다면…… 헉! 이 세계에는 마법이 있잖아."

"너, 천재 아냐?! 좋아, 바로 조사해 보자!!"

나는 그런 그들을 곁눈질로 보면서 살짝 웃은 뒤에 솔직하게 감상을 말했다.

"잘 어울려. 이런 상황이 아니었으면 바로 고백했을 텐데 말이지."

그런 내 감상을 듣고, 두 사람은 볼을 붉게 물들이면서 만족스러운 표정을 지었다.

보아하니 잘못된 선택은 아니었던 모양이다. 여자애들 중에는 나에게 뭘 요구하는 건지 모르겠지만, 말로 해 주는 것 이상의 뭔가를 바라는 사람도 있었고, 불만스러운 표정을 짓는 사람도 있었다. 뭐, 호소야마도 우에노도 그런 사람이 아니라는 것은 알고는 있지만.

"좋아, 그럼 밥을 먹으러 가 볼까!"

잠깐 걸어가자 '꾀꼬리 정자' 근처에 있는 '물푸레나무 식당'이라는 곳의 광고용 깃발에 '덮밥'이라는 글자가 적혀 있는 것을 키가 큰 아사히나가 찾아냈고, 우리 일곱 명은 그 가게에 줄줄이 들어갔다.

"우와아! 장어덮밥이 있어!"

"해물덮밥도!!"

"살아 있길 잘했어……. 성을 나오길 잘했어……."

다른 손님들이 먹고 있는 덮밥을 보고, 우리는 환호성을 질렀다. 또 울면서 합장을 하고 있는 아이도 있었다.

퀄리티는 역시 일본에 비해 모자라지만, 지금의 우리는 분명 사토 가에선 익숙하게 먹었던 월급날 전의 튀김찌꺼기 덮밥이라도 맛있다고 눈물을 흘릴 것이 틀림없다. 그 정도로 쌀에 굶주려 있었던 것이다.

"이국에선 오신 손님들은 뭘 드시겠어요? 보아하니 덮밥을 먹어본 적이 있는 것 같은데."

가까운 자리에 앉으니, 싹싹해 보이는 아주머니가 안쪽에서 주문을 받으러 왔다.

머리카락과 눈의 색은 역시 우리와 달랐지만, 복장은 그야말로 우리가 태어나기 전의 일본식 복장이었고, 주문을 받는 방법 같은 것도 우리와 같았다.

그리운 일본식 접대 방법. 확실히 마음을 놓은 상태에서 이런 걸 접했다간 눈물이 터져 나올지도 모르겠군. 이러니저러니 해도 다들 일본을 좋아하는 것이다.

"차림표 있나요?"

은근히 향수병에 걸려 있으려니, 호소야마가 아주머니에게 그렇게 묻고 있었다.

"차림표? 그게 뭐지?"

아무래도 차림표는 없는 모양이었다. 하지만 이래선 어떤 게 있는지 알 수가 없겠는데. 호소야마는 굴하지 않고 다시 물었다.

"메뉴판이라고 할까, 어떤 음식을 팔고 있는지 적어놓은 건 없나요?"

"아아, 메뉴판말이구나. 메뉴판이라면 여기 있어요."

분위기를 볼 때는 차림표가 더 잘 어울릴 것 같은데. 아무래도 야마토를 건국한, 그 몇 대인지 정확하게 모른다는 용사는 꽤나 대범한 성격인 것 같다. 외래어가 뒤죽박죽으로 섞여 있었다.

"감사합니다. 어디 보자…… 나는 해물덮밥을 먹을까."

가까이 앉아 있던 내가 메뉴판을 받아들어 대충 살펴봤다. 당연히 우리가 아는 말은 아니었지만, 반 친구들 전체가 지니고 있는 엑스트라 스킬인 『언어이해』 덕분에 어려움 없이 읽을 수 있었다.

"그럼 나도 그걸로──."

"난 고추냉이 덮밥으로."

"시오리, 그건 이름만 들어봐도 억수로 매울 것 같은데…… 진짜로 시킬 끼가? 아, 나는 참치덮밥으로 할란다."

다들 각자 좋아하는 것을 차례차례 시켰다. 호소야마의 주문만 왠지 어딘가 이상한 느낌이 들었다. 그런 메뉴가 있다는 것은 역시 호소야마처럼 주문하는 사람이 있다는 얘기겠지.

호소야마는 지금까지 여행하던 중에도 어딘가 이상한 식사를 하고 있었던 것 같았다. 레이티스 성을 빠져나왔을 때 가지고 온 것 같은 자극적인 냄새가 강한 파란 가루를 잔뜩 뿌려먹었던 것 같은데…….

아니, 잊어버리자. 식사를 할 때마다 귀여운 얼굴과 이상한 음식의 갭 때문에 얼굴이 굳었던 기억이 있었던 것 같지만, 응, 잊어버리자. 분명 피곤해서 환각을 보고 있었던 거야. 그러니까 호소야마가 그 파란 가루가 들어간 용기를 테이블 위에 내놓고 한껏 신이 난 모습을 보이고 있는 것도 내 피로가 보여주는 환각일 거야.

"나는 참치 파썰이 덮밥. 뭐 하냐, 아사히나. 너만 아직 주문하지 않았다고."

"아, 미안. 그렇군, 나는 계란 닭덮밥으로."

아사히나는 예상한 그대로의 메뉴를 시켰다.

"알았어요──."

방긋 웃으면서 주방으로 물러가는 아주머니의 뒷모습을 보면서, 나는 문득 그 녀석을 떠올렸다.

아키라는 잘 챙겨먹고 있을까. 아니, 걱정하는 건 아니거든. 제대로 챙겨먹지 않는다면 나중에 내가 쓰러트리는 보람이 없기 때문이라고.

왁자지껄 떠드는 나나세나 다른 아이들을 바라보면서, 자신에게 변명을 했다.

그리고 돌아갔을 때 아키라의 어머니에게 '아키라는 굶어 죽었습니다.' 같은 말은 할 수가 없다.

아키라네 어머니는 화를 내면 정말 무섭단 말이지. 아니, 사람은 누구든 화를 내면 무섭지만, 아키라네 어머니는 다른 사람과

차원이 다르다. 평소에 얌전한 사람일수록 화를 내면 무섭다고 하는데, 그 말이 딱 맞아떨어진다고 할까, 예전에 아키라와 딱 한 번 서로 치고받으며 싸웠다가, 다음 날 아키라네 어머니와 우리 어머니 양쪽에게 꾸지람을 들은 적이 있었다.

아키라 쪽은 나를 기억하지 못했지만, 아키라네 어머니는 내가 계속 같은 반이라는 것을 기억하고 있었던 것 같다. 애초에 싸운 이유가 아키라가 나를 기억하지 못한 것에 대한 분노였기 때문에 아예 관계가 없다고는 할 수 없었다.

그때 나는 우리 어머니보다 아키라네 어머니에게 꾸지람을 들은 게 더 무서웠던 것을 기억하고 있다. 그저 담담하게, 내 행동이 어디가 잘못된 것인지, 어떻게 하면 되었는지를 시종일관 친절하고 정중하게 방긋 웃으면서 설명해 주었다. 아직 어렸던 나는 화가 났는데도 웃고 있는 아키라네 어머니를 이해하지 못했으며, 그저 무섭기만 했던 것이다.

아니, 지금도 아키라네 어머니에게 같은 식으로 꾸지람을 듣는다면 나도 모르게 도망쳤을지도 모르겠다. 괜히 긁어서 부스럼을 만들 필요가 없다는 말대로, 내가 도와주기 전에 아키라가 죽어버리지 않기를 기원할 뿐이다.

"오래 기다리셨습니다! 어디 보자, 해물덮밥은 누가 시켰죠?"

"아, 저예요."

내 생각이 끝나기를 기다린 것처럼 마침 주문한 덮밥들이 나왔다.

"""잘 먹겠습니다——!"""

시시한 생각은 그만 두고, 나는 정말로 오랜만에 쌀을 먹었다.

"아아, 쌀이다."

"살아 있길 잘했어……."

"넌, 아까부터 그 말만 하고 있는 거 아냐? 살아 있는 게 정말 다행이긴 하지만 말이지."

"맛있네."

평소와 마찬가지로, 표정의 변화가 없는 아사히나를 제외한 다른 사람들은 모두 행복한 표정으로 덮밥을 먹었다.

그런 아이들을 보면서, 나는 다시 한번 아키라를 떠올렸다.

아키라는 쌀을 좋아하니까, 분명 무슨 일이 있어도 이 나라에 올 것이 틀림없다. 아사히나는 아키라와 합류하길 바라고 있지만, 나는 그보다 앞서갈 것이다. 인간족의 대륙을 동쪽부터 크게 반 바퀴를 돌면서 실력을 키운 뒤에, 마족의 대륙, 나아가선 마왕의 성으로 쳐들어갈 것이다.

용사는 아키라가 아니라 바로 나다. 내가 완수해야만 한다.

아사히나에겐 미안하지만, 나는 아키라와 재회하기 전에 마왕을 먼저 쓰러트릴 것이다. 마왕을 쓰러트리고 나면, 모두가 내 덕분에 돌아갈 수 있게 될 것이다. 모두 나에게 고마워할 것이 틀림없다. 물론, 아키라도 말이지.

그런 생각을 하면서 덮밥을 열심히 퍼먹었다.

응, 맛있네.

# 제5장 엘프의 영토

**Side 오다 아키라**

  반사적으로 눈을 감자 다리가 지면에서 떠올랐고, 가벼운 부유감이 잠시 나를 덮친 뒤에 다시 어딘가의 지면에 착지했다. 이쪽 세계로 소환되었을 때도 분명 이런 느낌을 받았다. 다른 점이 있다면 예전에 눈을 떴을 때는 건물 안에 있었지만, 이번에는 숲속으로 나왔다는 것이라고 할까.

  "······여긴 어디지?"

  "······?!"

  『아멜리아 양?』

  주위를 잠깐 둘러보면서 일단 나무밖에 없다는 걸 확인하고 있으려니, 아멜리아가 갑자기 뭔가를 발견한 듯한 표정으로 얼굴을 찌푸렸다. 요루가 의아한 표정으로 아멜리아의 이름을 불렀다.

  포커페이스라고 할까, 무표정이라고 할까, 평소에는 표정이 그다지 바뀌지 않는 아멜리아가 드물게도 동요하고 있었다. 어떤 한곳으로 눈이 고정되어 있었다. 그 시선을 따라 가보니, 나무들 사이로 한층 더 큰…… 아니, 믿기지 않을 정도로 거대한 나무가 보였다.

원근감이 흐트러질 정도로 거대한 그 나무는 엷게 빛나고 있었으며, 아직 가지조차 뻗어 나오지 않은 줄기 중간쯤에 구름이 걸려 있었다. 상당히 먼 거리에 있을 텐데도, 전체 모습을 눈에 담을 수가 없었다. 상상을 초월하는 크기였다. 대체 저 나무의 나이는 몇 억 살쯤 될까.

요루도 그 나무의 존재를 알아차렸으며, 분명 이유는 다르겠지만 마찬가지로 얼굴을 찌푸렸다. 그리고 낮은 목소리로 신음하듯 말했다.

『신성수…… 엘프족 영토인가. 이번 마법진은 아멜리아 양의 생각을 읽어 들인 것 같군.』

"신성수라는 건 저 나무를 말하는 거야?"

"그래. 저게 바로 엘프족의 자랑. 그 어떤 것과 바꿔서라도 지켜야 할 것. 저 나무에 손을 대는 건 어떤 자라도 허용되지 않으며, 저 신성한 줄기에는 그 어떤 마법이나 주술도 풀 수 있는 힘이 깃들어 있다고 전해져. 왕녀인 나조차도 만져본 적이 있는 건 떨어진 금색 잎뿐이야."

말과는 달리, 불길한 것을 보는 듯한 표정으로 아멜리아는 나무를 바라봤다.

아니, 그것보다 역시 아멜리아는 왕녀였군. 스킬에 『왕족의 기품』이 있다는 건 처음부터 알아차려서 왕족이라는 건 알고 있었지만, 먹보인 데다 전혀 그렇게 보이지 않았기 때문에 거의 잊어버리고 있었다.

　나는 뭐라고 말을 걸어보려 하다가 입을 다물었다. 스스로도 무슨 말을 하고 싶었는지 잘 모르겠다. 하지만 신성수와 아멜리아 사이에 뭔가가 있다는 걸 느꼈다는 것은 확실했다.

　그리고 나는 아멜리아를 땅바닥으로 밀어서 넘어트렸다.

　"?!"

　내 품으로 아멜리아를 보호하기 위해서 안았다.

　"위험했네."

　『좋은 반응이었다. 주공.』

　나도 모르게 흘러나온 내 목소리를 듣고 요루가 느긋하게 말했다.

　아멜리아가 눈을 크게 뜨고, 입을 뻐끔거리면서 얼굴이 붉어진 것을 눈만 슬쩍 돌려 보면서, 나는 조금 떨어진 지면에 박힌 화살을 뽑았다. 촉이 약간 젖은 걸 보니, 독이 발라진 것을 알 수 있었다.

　암살자로서, 밤이면 밤마다 왕성의 장서실에 숨어 들어가서 거기 있던 독 도감 같은 책들은 전부 독파했으며, 완전히 머릿속에 넣어 뒀다고는 생각하지만 『세계안』에 표시된 독의 이름은 모르는 것이었다. 그렇다면 엘프족이 독자적으로 만든 독이겠지. 일부러 열심히 공부해서 기억했는데, 또 새로운 걸 익히라는 말이냐.

　조금 늦게 아멜리아가, 내가 들고 있는 화살과 촉에 발라진 독을 알아차렸다.

"그건……."

"정확하게 네 목을 노리고 날아왔어. 넌 자신이 왕녀라고 좀 전에 말했지? 그렇게 보이진 않지만."

위험하니까 화살을 『그림자 마법』에게 먹인 뒤에, 주위를 경계하면서 분위기를 풀어보려고 내가 그렇게 말하자, 아멜리아는 허망한 눈으로 나를 바라보며 웃었다.

"나는 미움을 받는 자야. 내가 있을 곳은 여기엔 없어."

그 표정을 보자, 가슴이 욱신거리며 아팠다. 최근에 겨우 웃는 일이 늘어났는데, 단번에 처음 만났을 때로 돌아간 것 같은 느낌이 들었다. 내 기분 탓만은 아닐 것이다.

"……그렇다면 내가 반격해도 네 명예에 흠집이 가는 일은 없다는 얘기가 되겠군?"

나는 씨익 웃으면서, 암기를 넣어두는 곳에서 작은 마석을 꺼냈다. 무게를 확인한 뒤에 화살이 날아온 방향으로 가볍게 던졌다. 뭐, 가볍게 던졌다는 건 내 느낌상 그렇다는 것이지, 실제로는 상당한 스피드로 날아갔지만.

잠시 후에 마석이 나무에 명중한 소리가 들렸고, 뭔가가 나무 위에서 떨어지는 둔탁한 소리와 누군가의 신음소리가 연달아 들려왔다. 나는 『기척은폐』와 『암살술』의 스킬을 병용하여 그 누군가에게 접근했다. 요루에게 아멜리아를 부탁한다고 염화로 부탁했으니까 그쪽은 괜찮을 것이다. 나무들이 밀집된 곳이라 칼은 휘두르기 힘들었기 때문에, 얼마 되지 않는 암기 중의 하나를 꺼냈다. 도주하려고 하던 엘프 남자에게 소리 없이 몰래 다가간 뒤에, 그 목에 쿠나이 같은 암기를 들이댔다.

"뭐야?!"

"움직이지 마라. 움직이면 네 목이 몸과 영원히 작별하게 될 거다."

도망치려고 몸을 비트는 엘프 남자의 귀에 대고 그렇게 속삭이자, 움직임이 바로 멈췄다.

지금 내가 든 무기의 날 길이를 고려하면 목을 자르기는 불가능하지만, 공포에 질려 있었기 때문인지 남자에게 그런 판단력은 남아 있지 않았다. 뭐, 여차하면 『그림자 마법』을 써서 경고한 대로 실행하기로 하자.

남자의 전의가 사라졌을 때 요루에게 염화로 그 사실을 전하자, 조금 뒤에 아멜리아와 함께 요루가 나타났다. 아멜리아를 본 순간, 움직이진 않았지만 남자의 살기가 다시 커지는 것을 느꼈다. 아멜리아는 그 살기를 정면으로 받으면서, 약간 슬퍼하는 듯한 표정을 지었다.

"……리암 글라디올러스."

"아멜리아 로즈퀴츠. 잘도 우리의 신성수 앞에 그 모습을 다시 드러냈군."

아무래도 아는 사이였던 것 같다. 내가 목에 대고 있던 암기를 더 바짝 갖다 붙이자, 남자는 겨우 아멜리아를 향해 내뿜고 있던 살기를 거뒀다.

"이제 곧 여기에 키리카 님을 비롯한 엘프족 정예들이 모일 것이다! 이 여자의 편을 든 네놈도 여기서 끝……?!"

일단 시끄러웠기 때문에 아직 얘기하던 중인 남자를 그대로 기절시켰다. 인질이 될지도 모르니까 죽이진 않았다. 애초에 떠드는 걸 허가한 기억은 없었으니까 죽여도 상관은 없었지만.

나는 상당히 먼 곳에서 엄청난 스피드로 다가오는 여러 명의 기척을 느끼고 눈썹을 찌푸리면서, 요루를 내려다봤다.

"요루, 크게 변해서 우리를 등에 태워."

『주공은 고양이를 막 부리는군. ……뭐, 아멜리아 양과 관련된 중대사라면 어쩔 수 없지. 이 스킬도 그렇게 쉽게 막 쓸 수 있는 건 아니지만.』

그렇게 투덜대면서도 요루는 나무 사이를 빠져나갈 수 있을 만한, 그러면서도 세 사람을 태울 수 있는 크기로 변신하여 몸을 숙였다.

나는 요루의 등에 남자를 난폭하게 대충 얹어놓고, 나도 올라 탔다. 그리고 뭔가를 골똘히 생각하고 있는 아멜리아에게 손을 내밀었다.

"뭘 하고 있어, 도망치자."

"숲속에서 엘프족의 추격을 벗어나는 건 불가능해. 언젠간 붙잡힐 거야. 꺄악?!"

고개를 젓는 아멜리아를 보고, 나는 짜증이 나서 억지로 안아 올렸다. 아멜리아는 귀여운 비명을 지르면서 내 목에 팔을 두르며 매달렸다. 요루의 원래 크기보다는 작았지만, 상당히 높았다. 놀랄 만도 하지.

이런 때 이런 생각을 하는 건 좀 아닐지도 모르겠지만, 옆으로 끌어안았기 때문에 밀착도가 장난이 아니었다. 즉, 부드러운 감촉이 직접 느껴지는지라 여러모로 굉장했던 것이다. 더구나 금목서같은 달콤한 향기까지 풍겨왔다.

나는 번뇌를 뿌리치면서 아멜리아가 한 말에 대꾸했다.

"……도망치는 게 아냐. 여기선 칼을 휘두르기 어려우니까 넓은 장소로 이동하는 것뿐이야. 아멜리아, 길을 안내해. 자신이 살던 곳 정도는 안내할 수 있겠지?"

"하지만……."

"됐으니까 안내해. 넓은 장소로 나오기만 하면 내가 어떻게든 할 테니까."

주장을 굽히려 하지 않는 아멜리아를 보면서, 나는 그렇게 명령했다. 아멜리아는 당장에라도 울 것처럼 얼굴을 잔뜩 일그러트리더니, 신성수 방향을 가리켰다.

"저쪽에 신성수와 관련된 제사를 치를 때 쓰이는 광장이 있어."

"요루."

『알고 있다.』

우리 얘기를 듣고 요루는 일어섰으며, 아멜리아가 가리킨 방향으로 총알처럼 뛰쳐나갔다. 그 스피드는 뒤에서 쫓아오고 있는 기적들과 막상막하였다. 뭐, 나는 요루를 붙잡은 채 남자를 받치고 있는 것만으로도 한계였지만. 관성의 법칙 때문이었는지 그 속력은 엄청났다.

『주공, 이제 곧 광장이 보일 거다.』

코를 벌름거리면서, 달리기 시작한지 10분 정도 지난 후에 요루가 그렇게 말했다.

"……그래, 알았어."

나는 등에 찬 칼자루를 살짝 쥐었다. 비록 엘프족이 아멜리아를 증오하고 있다고 해도 나만큼은 아멜리아의 편을 들겠어. 그렇게 속으로 결심하면서.


요루 덕분에 광장까지 나올 수 있었던 우리에게, 무수히 많은 살기가 덮쳐왔다.

하지만 인질이 있기 때문인지 공격해 오지는 않았다. 주위를 돌아보니, 활을 겨눈 엘프들이 우리를 빙 둘러싸고 있었다.

"아멜리아는 요루 위에 있어. 요루, 부탁할게."

『맡겨둬라, 주공. 아멜리아 양에겐 손가락 하나 대지 못하게 할 테니까.』

믿음직스러운 요루의 말을 등 너머로 들으면서, 나는 아직 기절한 상태인 리암 글라디올러스를 요루의 등에서 끌어 내렸다. 이 녀석이 꽃미남이라서 그런지, 나도 모르게 대충 다루게 된다. 뭐, 어쩔 수 없지. 딱 봐도 멋진 인생을 구가할 것 같이 생긴 미남미녀들은 전부 멸종되어버리면 좋을 텐데. 나는 어두운 미소를 지었다.

"네 이놈!! 리암 님에게 감히 그런 무례한 짓을……!"

활을 겨눈 엘프 중에서 혈기왕성해 보이는 한 명이 그렇게 소리쳤다.

그렇군, 이 녀석은 따르는 자가 꽤 있는 것 같다. 쉽사리 공격해 오지 않는 걸 보면 지위도 높은 편이겠지.

"이 녀석을 성한 채로 무사히 돌려받고 싶으면 우리를, 아멜리아를 그냥 보내라."

리암 글라디올러스의 목에 암기를 들이대면서 큰 목소리로 외치자, 엘프들은 명백하게 기가 죽는 모습을 보였다.

그래도 즉시 결정을 내리진 않았다. 그중에는 힐끔거리면서 뭔가를 기다리는 듯한 분위기를 풍기는 엘프도 있었다. 그리고 보니 리더 격인 엘프가 없는 것 같다는 느낌이 들었다. 통솔은 되고 있지만, 지휘를 하는 자가 없었다.

"제길! 리암 님이 인질로 잡혀 있더라도, 저런 야만스러운 인간족 따위는 키리카 님이 계셨으면 바로 끝장을 내버렸을 텐데……."

바람을 타고 그런 말까지 들려왔다. 그렇군, 이 녀석들은 그 '키리카 님'을 기다리고 있는 건가.

좋아, 여차하면 『그림자 마법』으로 신성수를 베어서 쓰러트리자, 그리고 혼란을 틈타서 도망치는 거야. 응, 그렇게 하자.

"이 자식! 뭘 히죽거리고 있는 거냐!"

아까 성난 목소리로 외치던 엘프가 또 언성을 높였다. 시끄럽구먼. 컹컹 짖어대지 말라고. 멍청한 개처럼. 고양이는 좋아하지만, 똑똑한 개라면 또 몰라도 짖어대기만 하는 개는 질색이란 말이야.

더 이상 조금 전과 같은 반응을 보이지 않는다면, 리암 글라디올러스와 같은 꼴이 되게 만들어 줄까.

　나는 마석을 꺼내려고 했다. 하지만 뒤에서 한껏 절박한 목소리가 들려오는 바람에 동작을 멈췄다.

　『아멜리아 양?』

　"안 돼……. 아키라, 키리카만은!"

　돌아보니, 아멜리아가 요루 위에서 괴로운 표정을 지은 채 몸을 기역 자 모양으로 굽히고 있었다. 호흡이 거친 것이, 과호흡 일보 직전인 상태인 것처럼 보이고 있었다.

　"아멜리아?"

　"키리카, 는! 안 돼!"

　등을 쓰다듬어 주자 겨우 호흡이 진정된 것 같았다. 엘프족들은 그런 아멜리아를 보고 서로 수군거리고 있었다.

　"저걸 봐, 키리카 님을 괴롭히는 짓을 하니까 저렇게 되는 거야."

　"창조신 아이테르 님이 벌을 내리신 거다."

　"불길한 아이가 분에 넘치는 걸 바랐기 때문에 저렇게 되는 거지."

　엘프들이 그렇게 말하는 소리가 들렸다. 아마도 우리에게 들리도록 일부러 목소리를 크게 내서 말하고 있는 것이겠지.

　아멜리아의 몸이 떨리고 있었다. 멋대로들 지껄이고 있다. 적어도 아멜리아가 겁을 먹고 떨게 만드는 데에는 효과적인 것 같군.

　나는 아멜리아에 대해선 아직 모르는 것이 많다. 알고 있는 것은 아멜리아가 엘프들이 말하는 것 같은 그런 변변치 못한 짓은 하지 않는다는 여자라는 사실이랄까.

"하지만 그걸로 충분하단 말이지."

그렇게 중얼거리면서, 나는 아멜리아의 머리를 톡톡 토닥여주었다. 호흡이 진정된 아멜리아는 축 늘어진 채 나를 봤다.

"이봐, 아멜리아, 저 녀석들이 네가 키리카라는 녀석을 괴롭혔다고 떠들어대는데, 넌 어떻게 생각해?"

"그건……."

상냥하게 미소를 지어 주자, 아멜리나는 눈을 크게 뜨면서 입을 닫았다.

"나는 네가 그런 짓을 하지 않았다고 말한다면 믿을 거야. 네가 나를 믿어주는 것처럼 말이지. 뭐, 뭘 그렇게 문제가 될 정도로 괴롭혔다는 건지도 모르겠지만. 그런 유치한 짓을, 너는 하지 않았겠지?

"……응. 난 안 했어. 나는 키리카를 괴롭히는 짓 같은 건 하지 않아."

주위 사람들에게 다 들리도록 묻자, 내 의도를 파악한 아멜리아는 나와 마찬가지로 큰 목소리로 그렇게 확실하게 말했다.

나는 씨익 웃었다.

"그렇다고 하는데? 엘프 제군?"

술렁거리는 엘프들.

그중에는 아멜리아의 허망하고 가냘픈 모습에 넘어가 자신만만한 표정이 무너지기 시작하는 자도 있었다.

그때, 광장에 새로운 목소리가 끼어들었다.

"――당연히 거짓말이죠. 어찌하여 그런 불길한 아이의 말을 믿는 겁니까? 그리고 정말로 절 괴롭히는 짓을 하지 않았다면, 그 당시에 아버님이 여쭤보셨을 때 당당한 태도로 그렇다고 대답하면 되는 것 아니었나요. 왜 도망친 거죠? 뭔가 걸리는 게 있으니까 그런 거겠죠? 아닌가요, 언니?"

끈적끈적하게 달라붙는 것 같은 달콤한 목소리였다.

나는 나도 모르는 사이에 얼굴을 찌푸렸다.

"키리카 님!"

"키리카 님이 오셨으니 이제 됐어."

엘프들 사이에서 안도의 기류가 흐르기 시작했다. 나는 목소리가 들린 쪽으로 돌아봤다.

"……아멜, 리아?"

머리카락과 눈의 색은 그야말로 달랐지만, 아멜리아와 똑같이 생긴 여자가 엘프들 사이를 통과하여 걸어왔다. 그리고 가슴 크기도 다르군. 아멜리아보다 많이 부족해 보였다. 옷도 아멜리아가 입고 있는 것보다, 다른 엘프들의 것보다 몇 단계는 더 고급스러운 옷이었다.

과연, 딱 봐도 왕족이었다. 그것도 왕족이라는 것을 과시하듯이 주장하는, 내가 싫어하는 타입의 왕족이다.

"저 아이가 키리카. 내 여동생이야."

아멜리아가 떨리는 목소리로 그렇게 말하는 것이 들렸다.

그렇군, 저 녀석이 키리카인가. 닮았지만 닮지 않았군. 자랑이라도 하려는 것처럼 가슴 부근에 일류 모험자의 증표인 금색 인식표를 걸고 있었고, 딱 봐도 오만해 보이는 표정을 짓고 있었다. 얼굴의 생김새는 그야말로 닮았지만, 아멜리아의 무표정 과는 큰 차이가 있었다.

"흐응. 절 봐도 당황하지 않는단 말이죠. 배짱이 좋군요. 뭐, 도망친 죄인을 데려온 것에는 감사를 드리겠어요."

키리카는 내게 그렇게 말하더니, 이 자리의 다른 엘프들 중 누구보다도 금색으로 빛나는 머리카락을 뒤로 넘기면서, 푸른 눈을 내 시선에 맞췄다.

그리고 만족스럽게 미소를 지은 뒤에 리암을 안고 있는 나를 난폭하게 밀어내더니, 아직 요루에 타고 있는 아멜리아에게 다가갔다. 나는 약간 비틀거리면서 리암을 다시 고쳐 안았다.

"아아, 언니. 오랜만이네요. 전 아직 언니에게 받은 상처가 다 낫지 않았답니다. 자, 이것 보세요. 언니가 독을 포션으로 위장하여 저에게 입힌 상처예요."

키리카는 그렇게 말하면서, 내게도 보이도록 팔을 걷어 올렸다. 주위의 엘프들이 그걸 보고 얼굴을 찌푸렸다. 그 보석처럼 아름다운 살결에는 심한 화상의 흔적이 있었다. 아직 완전히 낫지는 않았으며, 낫고 있는 피부도 원래대로 재생이 되지 않은 상태였다. 주위의 엘프들이 그 상처를 보고 하나같이 탄식했다.

"그건 키리카가 맡긴 뒤에 포션이 독으로 바뀌어 있었던 거라……."

"어머나, 그럼 언니는 제가 조작해서 꾸민 것이라고 말씀하시는 건가요?"

아멜리아는 반론하려고 했지만, 키리카가 그렇게 따지면서 차단해 버리자, 입을 닫은 채 고개를 숙였다. 키리카는 그 모습을 보고 형형하게 눈을 빛냈다. 그렇군, 확실히 아멜리아가 입힌 상처인가 보군. 하지만 그렇게 되도록 꾸민 건 키리카 본인이라는 얘긴가.

키리카는 그 상처를 아멜리아의 시선 쪽으로 옮기면서, 아멜리아에게 자신의 몸을 바짝 붙이더니 속삭였다.

"언니는 정말 좋겠네요. 무녀인 덕분에 아무리 다쳐도, 치명상을 입어도 죽지 않게 만들어졌으니까. 정말 괴물 같아요."

"……키, 키리카. 아키라한테 사과해."

"네?"

아름다운 얼굴을 극한까지 추하게 일그러트리면서 내뱉는 키리카에게, 아멜리아는 얼굴을 들어 뜬금없이 그렇게 말했다.

키리카는 순간적으로 어이가 없다는 표정을 지었다. 나도 이런 상황에서 무슨 소리를 하는 건가 하는 생각에 아멜리아를 봤다. 아멜리아는 조금 전까지 겁을 먹었던 표정을 짓던 것을 멈추더니, 바들바들 떨면서도 키리카의 얼굴을 똑바로 보고 있었다.

"키리카, 아키라에게 사과해. 『매료』를 걸려고 했잖아."

"걸려고 했든 아니든, 이미 이 남자는 제 거예요. 언니하곤 관계없잖아요? 비록 언니를 사랑하고 있었다 해도 저의 『매료』에서 벗어날 순 없으니까요. 자, 거기 있는 남자——『이리로 와요』."

그렇군, 대상을 자신의 뜻대로 조종하는 『매료』—— 그게 키리카의 능력인가.

아멜리아는 시선을 옮기면서 이번에는 내 얼굴을 봤다. 그녀의 눈은 날 믿고 있다고 얘기하고 있었다. 나는 그에 응하듯이 씨익 웃었다.

"거절하겠어. 내가 언제, 누구 것이 되었다고?"

키리카가 믿을 수 없다는 듯한 표정으로 다시 내 쪽으로 고개를 돌렸다.

"어떻게, 어떻게 『매료』가 통하지 않는 거죠?! 아니, 애초에 이런 평범한 남자라면 마법 같은 걸 쓰지 않아도 저 자신의 매력에 바로 넘어가는 것 아닌가요? ……설마, 이 남자가 저보다 강하다는 건가요?"

뒷걸음질 치는 키리카에게, 나는 내뱉었다.

"나야말로, 왜 너 같이 성격이 더러운 녀석한테 매료되어야 하는 건지 모르겠거든. 나한테도 선택할 권리는 있어."

"뭐라고?! 성격이 더럽다고요?!"

키리카가 뭐라고 외치고 있었지만, 무시했다.

내가 아멜리아와 눈을 맞추자, 아멜리아는 행복한 표정으로 미소 지었다. 그 모습을 보고, 키리카는 조바심이 나는 듯한 표정으로 주위의 엘프들에게 외쳤다.

"다들, 아멜리아와 이 남자에게 활을 쏘세요!"

무슨 말을 하는 건지 이해가 안 되는 표정으로 엘프들이 눈을 크게 떴다.

"하, 하지만 키리카 님, 리암 님이 인질로……!"

그러나 키리카는 눈썹을 끌어올리면서 반론한 자를 날카롭게 노려봤다.

"저와 리암, 둘 중 누가 다치면 안 되는지, 그 정도도 계산 못 할 당신들이 아니라고 생각하는데요."

"아, 알겠습니다."

엘프들은 그때까지 겨누고만 있었던 활의 시위를, 살기를 담아서 당겼다. 자신들이 따르고 있는 리암보다 이런 악녀를 선택하다니, 정신 상태를 의심하고 싶어진다.

키리카는 순식간에 우리 곁에서 멀어졌다. 잔상을 남길 정도로 재빠른 동작을 보니, 실력이 있는 건 정말인 것 같았다.

"아멜리아, 요루, 내 곁에 붙어 있어."

나는 두 사람에게 속삭였다.

『괜찮겠나? 주공.』

나는 대답하지 않고, 그저 손을 앞으로 뻗었다.

"쏴라아앗!"

"『그림자 마법』 발동."

엘프들이 일제히 화살을 날림과 동시에 『그림자 마법』을 발동했다.

『그림자 마법』은 주위에 더욱 많은 그림자가 존재할수록 그 힘이 강해진다. 장애물이 많고 그림자가 생기기 쉬운 미궁과는 달리, 이 장소는 그림자가 그다지 없기 때문에 요루와 싸웠을 때만큼의 힘을 발휘할 수 없다. 하지만 우리만 덮을 수 있으면 충분했다.

우리의 그림자가 꿈틀거리면서, 날아오는 화살을 전부 먹어 치웠다.

광장이 다시 조용해졌다.

"수많은 강자를 처치해 온 골드 랭크 모험자인 저도 본 적이 없는 마법…… 엑스트라 스킬인가요?"

넋을 놓고 멍하니 서 있는 다른 엘프들과는 달리 냉정하게 분석하는 키리카. 날랜 동작도 그렇고, 골드 랭크 모험자라는 신분은 단순한 간판은 아닌 모양이다.

"자, 그럼…… 이번엔 내 차례로군."

『그림자 마법』이 화살을 다 먹어치우고도 아직 부족하다고 말하는 듯이 그 입을 벌렸을 때, 또 새로운 목소리가 광장에 울려 퍼졌다.

"양쪽 다 물러나라!!"

스킬『포효』를 동반한 그 목소리는 아주 잠시나마 내 움직임을 멈췄다.

광장의 가장 가까이에 있는 한층 더 큰 나뭇가지 위에 키가 큰 사람이 나타났다.

멀리서 봐도 압도적인 존재감을 뿜어내는 그 사람은 우리가 동작을 멈춘 것을 보고, 자신이 디디고 서 있던 나뭇가지를 박차더니 단 한 번의 점프로 키리카 앞에 내려섰다. 그것만으로도 높은 전투력을 지니고 있다는 것을 엿볼 수 있었다.

그곳에는 왕이 있었다.

레이티스의 왕처럼 수상쩍은 모습이 아니라, 누구나가 상상할 것 같은 모습의 왕이. 왕관을 과시하듯이 머리에 쓰고 있지는 않았다. 일본의 왕처럼 기품 있고 온화한 분위기를 띠고 있지도 않았다. 오히려 칼로 찌르는 듯한 위압감이 느껴졌지만, 어딘가 부드러운 것 같은, 늘 명령을 내리는 지위에 있는 인간이 지니는 독특한 분위기를 풍기고 있었다.

"아, 아버님."

"아키라, 조심해. 아버님도『매료』되어 있을 가능성이……."

키리카가 아연실색한 표정으로 낮게 읊조렸다. 아멜리아는 내게 경고의 말을 속삭였다.

그렇다면, 이 전신에서 왕의 오라를 내뿜고 있는 남자가 아멜리아와 키리카의 아버지인가. 아멜리아는 아버지인 왕도『매료』에 걸려 있을지도 모른다고 말했다.

하지만 이 사람이 정말로『매료』에 걸려 있을까. 의연한 태도를 보면, 도저히 그렇게는 보이지 않았다.

"아버님…… 설마 벌써『매료』가……."

"키리카, 아멜리아에게 무슨 짓을 하려고 했느냐."

"저, 저는 단지……."

왕은 근엄한 눈으로 키리카를 봤다. 그 눈빛이 키리카의 몸을 떨게 만들었다.

대체 뭐가 어떻게 된 거지. 왕은 키리카의『매료』에 걸려 있는 게 아니란 말인가? 그렇지 않으면 키리카가 아멜리아와 함께 있는 우리를 보고 수상쩍게 여기지 않도록 왕의 『매료』만이라도 풀었다거나?

설명을 요구하는 눈길로 아멜리아 쪽을 바라봤지만, 아멜리아는 계속 아래를 보고 있느라 내 시선을 알아차리지 못했다. 나는 아멜리아에게 설명을 요구하는 것을 포기하고, 왕을 향해 시선을 돌렸다. 아래로 고개를 숙인 채 꼼짝도 하지 않는 아멜리아는 아마도 조금 전의 『포효』에서 아직 풀려나지 못하고 있는 것이겠지. 그런 중에도 내게 경고해 주다니, 참으로 갸륵한 아이다.

엘프족 중에는 실신한 자도 있었으니, 아멜리아는 말을 할 수 있었던 것만으로도 그나마 나은 편이라고 해야 할까. 『포효』한 방으로 실신시키다니, 엘프족의 최강은 키리카가 아니라, 왕이 지 않을까.

"한 번 더 묻겠다. 너는 언니에게 무슨 짓을 하려고 했던 것이냐?"

"이, 이런 사람은 제 언니가 아닙니다."

키리카는 떨리는 목소리로 확실하게 그렇게 딱 잘라 말했다. 그러나 그 눈은 공포로 크게 떠져 있었다.

그렇게 무섭다면 거짓으로라도 사과를 하면 될 텐데.

나라면 반드시 그렇게 했다. 우리 어머니는 화를 내면 너무나 무서우니까.

"그러냐. 너에게는 실망했다."

정말로 실망한 듯한 표정으로 왕은 그렇게 짧게 대꾸했다. 키리카는 충격을 받은 표정으로 망연자실하게 증오스러운 언니에게 다가가는 아버지를 보고 있었다. 나는 아주 조금 키리카를 동정했다. 얼굴이 아멜리아와 똑같았기 때문에 왠지 남의 일로 느껴지지 않았던 것이다.

우리 근처까지 왕이 왔다. 그리고 로브가 더러워지는 것도 상관하지 않고, 왕은 아멜리아에게 시선을 맞추려는 듯이 웅크려 앉았다.

"……아멜리아, 내 딸아."

그 눈은 조금 전과는 완전히 바뀌었다. 정말로 미안하다는 듯이, 당장에라도 엎드려 빌 것 같은 눈빛을 띠고 있었다. 바람을 피우다가 걸린 남편이 이런 표정을 지을 것 같군. 본 적은 없지만.

그때 아멜리아가 겨우 고개를 들었다. 아버지의 눈을 제대로 봤다.

"지금까지의 일을, 진심으로 사과하고 싶구나."

눈이 마주친 순간, 왕은 아멜리아를 향해 깊이 머리를 숙였다.

아멜리아와 키리카는 놀란 표정으로 크게 눈을 떴으며, 주위를 포위하고 있던 다른 엘프들도 술렁거렸다.

조금 전까지 온몸에서 내뿜고 있던 왕으로서의 위엄이 사라졌으며, 이미 아버지로서의 얼굴로 바뀌어 있었다.

"분노를 이기지 못해 바깥 세계를 몰랐던 딸을 이 대륙에서 내쫓다니, 내가 제정신이 아니었구나. 키리카의 스킬인 『매료』로 인해 이상해져 있었다……곤 하나, 아버지로서도 왕으로서도 나는 실격이다."

정말로 미안하다고 말하면서, 왕은 한층 더 깊이 머리를 숙였다.

"왜⋯⋯."

겨우 아멜리아가 작은 입에서 외마디 말을 뱉었다. 그 눈은 처음 보는 아버지의 약한 모습으로 인해 한껏 크게 떠져 있었다.

그건 그렇고, 분위기를 파악하느라 입을 다물고는 있었지만, 나와 요루는 완전히 없는 사람 취급이로군.

자, 이제 어떡한다. 만약 아멜리아가 엘프족의 영토에 머무르게 된다면, 우리가 죽을 위험은 몇 배 더 높아진다. 우리는 유대 관계로 인해 한쪽이 죽으면 나머지 한쪽도 죽는다. 아직 시험해 보진 못했지만, 아멜리아의 『소생마법』이라면 그런 단점도 회피할 수 있을 것으로 생각하고 있었다. 아멜리아에게 모든 것을 맡기고 있지만, 우리가 죽었을 때 『소생마법』을 걸어줄 것을 아멜리아도 승낙하고 약속해 주었다.

하지만 아멜리아가 엘프족의 영토에 남으면서 우리와 헤어지겠다고 말한다면, 나는 말릴 생각은 없다. 마족의 대륙으로 건너가려면 위험도 많으니, 아멜리아의 몸에 만일의 일이 일어날 가능성도 있다.

솔직히 말해서 마왕 같은 건 무시해도 되지만 『세계안』을 발동했을 때 한순간 보였던 미래가 그런 내 생각을 부정했다. 무슨 영문인지는 모르겠지만, 내가 마왕성에 가지 않으면 이 세계는 끝장이 나고 마는 것 같았다. 물론, 내가 가더라도 그 결과가 바뀌지 않을 수도 있겠지만, 가지 않는 것보다는 나을 것⋯⋯
같다.

내가 아주 잠깐 동안 보고 말았던 미래는 검게 물든 하늘과 무수한 시체 위에 혼자 선 사람의 그림자라는, 그야말로 지옥의 풍경이었다. 그 사람이 누구였는지는 모르겠지만, 시체 중의 한 명은 내 절친인 아사히나 쿄스케의 모습이었던 것 같았다. 그것만으로도 내가 갈 이유는 충분했다.

그리고 반 친구들에 대해서도 마음에 걸리는 것이 있었다. 아직 『세계안』을 발동하지 않았던 때였으니 어디까지나 내 직감이지만, 레이티스 성 안에 스테이터스가 100을 넘지 않는 자는 없었다.

아마 왕은 물론이고, 처음 만난 기사들이나 집사 할아버지, 메이드에 이르기까지 모두 그럴 것이다. 유일하게 왕녀만은 마력 이외의 스테이터스가 전부 낮을 것이라는 건 알 수 있었다.

그렇다면 그 '일반인의 수치는 공격력 100이 한계이고, 전투에 적합한 직업이라고 해도 500이 한계'라는 말은 대체 뭐였단 말인가. 용사 일행에게 이런저런 불평을 속으로 늘어놓았으면서, 정작 그 할아버지의 말을 믿은 걸 보면 나도 아직 멀었다.

반면에 용사 일행이 마왕 토벌을 위하여 언젠가는 성을 나갈 것이라는 건 알고 있었다. 만약 정말로 용사 일행을 끌어들여 같은 편으로 삼을 생각이었다면 그 자리에서 거짓을 알려줘서 이로울 게 없을 것이다. 밖에 나가서 다른 모험자들과 만나면 거짓말은 바로 들통 난다. 수정으로 세뇌하려고 했었는지도 모르지만, 그건 그런 물건이 아니다.

왕녀의 수정은 정신을 조금씩 좀먹어가는 물건이라는 걸 지금은 알고 있다. 원래 가지고 있는 어두운 감정을 증폭시키는 물건. 이세계 소환이라는, 아무리 아닌 척 해도 스트레스가 쌓일 만한 일이 일어난 것이다. 나를 포함해서 생각해봐도 어두운 감정을 가지고 있지 않는 사람은 존재하지 않는다.

그리고 크게 나눠보면 주술이지만, 그건 정신조작에 가까웠다. 그러니까 해주사였던 칸사이 사투리를 쓰던 여자애의 해주에 시간이 걸렸던 것이다. 레벨이 낮다곤 하나, 나를 포함한 반 친구들은 치트 집단이다. 주술 정도는 풀지 못하는 게 이상하다. 그렇게 할 수 없었던 건 분류를 잘못했기 때문이다. 주술이라고 단정해버린 내 실수였다.

분명 지금쯤은 모두가 정신조작에 당해서 시키는 대로 서로 싸우고 분열되어 있진 않을까.

"키라…… 아키라!"

고개를 들자, 아멜리아가 걱정스러운 표정으로 나를 보고 있었다. 아무래도 미궁에선 생각을 할 여유도 없었기 때문인지, 오랜만에 지상에 나오면서 너무 멍하니 있었던 것 같다.

"괜찮아?"

"응, 문제없어."

문득 시선을 돌리니, 엘프의 왕이 나를 보고 있었다. 그 눈은 딸을 빼앗긴 아버지의 눈……이라는 것을 본 적이 없어서 모르겠지만, 그런 느낌이 드는 표정을 짓고 있었다. 아멜리아 앞이라서 빙긋 웃고는 있지만, 눈은 분명히 나를 거부하고 있었다. 아예 시원스러울 정도로 단호하게.

"자네는 아멜리아와 어떤 관계인가?"

겨우 왕이 입을 열었다고 생각했더니, 처음 묻는 말이 이거였다. 블리저드가 불어 닥친 것 같은 기분이 들었다. 대답에 따라선 죽이겠다는 느낌이 바로 이런 걸까. 어쩔 수 없으니까 지금은 솔직하게 대답하자.

"좁고 어두운 곳에서, 단둘이 약 일주일 정도 같이 지낸 사이라고 하겠습니다."

왕의 얼굴이 굳어졌다. 웃음은 겨우 남아 있었지만, 입가가 실룩거리고 있었다. 그리고 아멜리아도 비슷한 표정을 지었다.

"아, 아키라, 그렇게 오해를 살 만한 표현을 쓸 필요는 없잖아. 확실히 그 말이 맞긴 하지만…… 좀 더 단둘이서만 있고 싶었지만."

마지막에 넌지시 중얼거린 아멜리아의 말을 듣고, 왕의 얼굴에선 완전히 웃음이 사라졌다.

"아키라 군이라고 했던가?"

"네."

"나와 실력을 겨뤄보세."

"네?"

왜 얘기가 그렇게 되는 건데. 나는 키리카를 힐끗 봤다. 이 녀석은 이 녀석대로 아멜리아를 노려보고 있었다. 먼저 이 반성의 빛이 보이지 않는 여동생을 어떻게든 해결해야 하지 않을까.

"딸은 자네와 함께 가고 싶다는 부탁을 하더군. 그것도 하필이면 마족의 영토로."

나는 놀라서 아멜리아를 봤다. 확실히 나는 그렇게 되길 바랐지만, 모처럼 아버지와 화해했는데 집으로 돌아가고 싶지 않을까.

내 생각을 읽었는지, 아멜리아는 고개를 저었다.

"괜찮아. 나는 아키라를 따라가기로 결심했으니까."

아니, 댁의 아버지는 지금 벌레를 몇 마리나 씹은 듯한 표정을 짓고 있는데. 괜찮겠어? 일단 그렇게 물어봤지만, 아멜리아는 완강하게 자신의 의견을 굽히지 않았다.

그러고 보니 아멜리아는 자신이 한번 결정하면, 납득이 되는 설득을 듣지 않는 한 의견을 바꾸지 않는 완고한 고집쟁이였지.

"그, 그보다 아키라, 아버님이 지금은 키리카의 『매료』에 걸리지 않은 이유를 알겠어?"

"아니, 모르겠어."

명백히 의도적으로 화제를 바꿨다는 걸 알았지만, 나는 일부러 그 말에 순순히 고개를 저었다. 아멜리아의 뒤에서 왕이 악귀와 같은 형상을 하고 있었다. 꽤나 우스웠다.

아멜리아는 몸을 한 바퀴 돌리면서, 여전히 우리에게 살기를 보내고 있는 엘프들을 둘러봤다. 아버지와 여전히 자신을 노려보고 있는 여동생은 무시하고 있었다.

"그건 말이지, 키리카에겐 미치지 못하지만, 아버님은 스테이터스가 높기 때문이야. 이 엘프족의 영토에선 아버지만 키리카를 이길 수 있어."

아멜리아는 딱 멈추면서 나를 응시했다.

"아키라가 키리카의 『매료』에 걸리지 않았던 이유 말인데, 아키라 쪽이 스테이터스가 더 위이기 때문이야. 스킬을 쓰는 사람보다 스테이터스가 더 높은 사람은 『매료』를 반사할 수 있어. 지금부터는 내 추측이지만, 아버님의 『매료』가 풀린 건 키리카가 방심했기 때문이라고 생각해. 『매료』는 영구히 지속되는 마법이 아니야. 스테이터스가 높은 자일수록 『매료』의 효과가 약해지는 속도는 빠르니까, 분명 키리카는 매일 아버님에게 『매료』를 다시 걸어야만 했을 거야. 하지만 엘프족의 영토로 돌아온 내 대처에 정신이 팔려서 『매료』를 다시 걸지 못한 거야. 그렇지⋯⋯?"

"⋯⋯윽."

"내 말이 맞는 것 같네."

자신을 노려보고 있는 키리카를 힐끗 보면서, 아멜리아는 그렇게 말했다. 뭐라고 할까, 믿음직스러워졌군. 아까까지만 해도 그 시선에 겁을 먹은 채 떨고 있었는데. 엄청나게 바뀐 모습이었다. 아버지와 무슨 얘길 한 것일까.

"그렇군, 그건 이해가 됐어. 하지만 왜 마족 영토에 가려는 거야? 나와 함께 가겠다는 말은 기쁘지만, 자칫하면 죽을지도 몰라."

나는 역시 왕의 표정이 두려워진 나머지, 중단된 얘기를 다시 꺼냈다. 아멜리아는 겨우 화제를 돌렸는데, 내가 다시 그 이야기를 꺼내는 것이 불만인 것 같았다.

"……아키라가 그렇게 바랐으니까. 내『소생마법』이 필요하고, 그러면서 아키라는 키리카의『매료』를 이길 수가 있었어. 나를, 배신하지 않았어. ……그리고 나도 아키라와 함께 가고 싶으니까. 앞으로도 계속."

혹시 이거, 프러포즈를 받고 있는 거 아닌가.

가슴 앞으로 두 손을 모으면서, 아멜리아는 물기 어린 눈으로 나를 봤다. 신장 차이가 그다지 없기 때문인지, 눈만 위로 뜬 모습을 볼 수 없는 것이 아쉬웠다. 이건 미궁에 있었을 때부터 아멜리아가 뭔가를 부탁할 때 자주 보여주던 포즈다. 이 포즈에 약한 나는 그동안 얼마나 많은 고기를 빼앗겼던가.

"알았어. 오히려 내가 부탁하고 싶은 바이지만, 그 전에 너는 아버지랑 여동생을 어떻게 좀 해봐."

나는 왕과 키리카를 엄지로 가리켰다. 키리카는 아멜리아를, 왕은 나를, 아주 비슷한 눈으로 노려보고 있었다. 그뿐만 아니라 완전히 잊어버리고 있었던 요루가 거구를 그대로 유지한 채 내 몸을 위에서 덮치면서 눌렀다.

『난 꿔다 놓은 보릿자루인가? 주공.』

"윽."

지금까지 완전히 잊어버리고 있었다고는 입이 찢어져도 말할 수 없었다. 일단 험악한 분위기는 사라졌으며, 약간 가시가 돋치긴 했지만 온화한 분위기로 돌아와 있었다.


언제까지고 광장에 있을 수도 없기에, 우리는 엘프의 성……

이라는 표현이 맞는지 모르겠지만, 신성수의 옆에 만들어진 구조물에 들어갔다. 건물이라기보다 성장한 나무를 적당하게 활용하여 살고 있다고 할까, 나무가 복잡하게 서로 얽혀서 성처럼 만들어져 있다고 할까, 어쨌든 형용하기 어려웠다.

비가 내리면 큰일일 것 같은데, 대대로 왕에겐 엘프족의 영토의 기후를 조작하는 방법이 전해진다고 한다. 어떻게든 그 기술을 배울 수 있으면 좋겠다. 나는 비 때문에 눅눅해지는 걸 가장 싫어하거든.

"지금까지 아멜리아를 지켜준 것에는 고맙다는 말을 하겠지만, 일단 자네들은 엘프족의 영토에 불법으로 침입한 자들이다. 뭔가 해명할 말이 있는가?"

긴 테이블의 상석에 앉아서 두 손을 깍지 낀 채, 우리를 응시하는 왕과 그 옆에서 우리를 노려보는 키리카. 왕은 아까보다는 침착함을 찾은 것 같았다. 우리를 노려보는 시선은 달라지지 않았지만.

"그보다 나는 거기 있는 여동생이 이 자리에 있는 이유가 가장 궁금한데?"

자신의 아버지라고는 하나, 왕을 조종하여 언니를 내쫓았다. 반역죄까지는 묻지 않더라도 벌은 받아야 할 것이다. 내가 그렇게 말하자, 왕은 눈을 가늘게 뜨고 미소 지었다.

"물론, 키리카에겐 엄한 벌을 내릴 생각이다. 그렇지, 키리카의 어릴 적에 있었던 부끄러운 일화를 모두에게 폭로하는 건 어떨까?"

왕은 그렇게 말하면서 옆에 서 있는 키리카를 향해 시선을 힐 끗 돌렸다. 키리카는 뭔가 밝혀지면 부끄러운 일이 있는지, 볼 을 붉히면서 거북한 표정으로 고개를 숙였다.

"진심으로 하는 말인가?"

귀엽게 봐주는 수준이 아니었다. 무슨 이유라도 있나 싶어서 물어봤는데, 왕의 입에서 튀어나온 말을 듣고 어이가 없어졌 다.

"아멜리아가 이곳으로 돌아오지 않겠다고 한다면, 차기 왕 위 계승자는 이 아이가 되니까 말이지. 이런 처지니 엄벌을 내 릴 수도 없다. 뭐, 자네는 이해할 수 없는 어른의 사정이란 것이 지. 더구나 내 부하들은 오랫동안 싸운 적이 없는 탓인지, 꽤나 멍청하게 대응하고 말았더군. 이번 일은 좋은 반성의 기회가 될 것이다. 엘프의 영토의 백성들에게 걸린 『매료』도 내일이면 키 리카가 풀어줄 테니까 문제는 없다."

이런 녀석에게 왕위를 넘겨줘도 괜찮으려나. 일반적으로 생 각해보면 누군가 우수한 자를 키리카의 신랑으로 삼고, 그자에 게 왕권을 넘겨줘야 할 것 같은데.

내가 계속 반론하려고 하자, 이번에는 예상 못한 곳에서 날 제 지하는 목소리가 들려왔다.

"아키라, 이제 됐어."

"아멜리아."

내 팔을 붙잡고 조용히 고개를 젓는 아멜리아. 그녀의 눈은 죽 어 있었다.

"늘 있던 일이니까. 나는 불길한 아이. 처음부터 부모에게 사랑을 받을 수 있을 리가 없어. 아무리 나에게 사과하더라도, 결국 아버님이 키리카의 편을 들 것은 알고 있었으니까."

"······무슨 뜻이야?"

나도 모르는 사이에 목소리가 굳어지는 것을 알 수 있었다. 키리카는 씨익 웃었고, 왕은 표정이 없었다. 아멜리아는 고개를 숙이면서 얘기하기 시작했다.

"나와 키리카는 쌍둥이야. 쌍둥이는 이 세계에선 좋지 않은 존재로 일컬어지고 있지. 쌍둥이 중의 한쪽은 반드시, 혹은 양쪽 다 재앙을 가지고 태어나니까."

스스로 원해서 그렇게 태어난 게 아닌데, 그것 참 지독한 전승이로군. 나는 말없이 눈썹을 치켜떴다.

"쌍둥이 중 한쪽은 무슨 이유인지 머리카락이나 눈이 부모와는 전혀 다른 색을 가지고 태어나. 보다시피 키리카는 아버지와 닮은 금발에 푸른 눈. 하지만 나는 백발에 붉은 눈. 어머니와도 전혀 닮지 않은 색. 원래는 태어난 순간에 바로 죽였어야 하는 나를 살려주신 것은 아버님이야. 불길한 아이인 나를, 다른 엘프들이 아무리 죽이라고 주장해도 끝까지 살려두셨다고 들었어. 그러니까 난 감사하고 있어."

왕은 무표정을 유지한 채 아멜리아를 보고 있었다. 그 눈에는 아무런 빛도 드러나지 않았지만, 만약 아멜리아가 불길한 아이이고 정말로 재앙을 가져왔다고 해도, 아버지로서 자식을 살리고 싶다고 생각하는 것은 당연한 일이 아닐까.

그리고 내가 보는 한, 왕은 아멜리아도 빠짐없이 사랑하고 있는 것 같았다. 그보다 총애하고 있는 것처럼 보였다. 만약 정말로 사랑하지 않았다면, 아멜리아가 돌아왔다는 소식을 듣고 달려 나왔을까. 키리카가 아멜리아를 죽이려고 했을 때 그렇게까지 격렬하게 화를 냈을까. 진심으로 신하들 앞에서 왕의 위엄이 망가지는 것도 불사하고 사과할 수 있었을까.

나는 아멜리아의 생각이 이해가 되지 않았다. 내가 바보라서 그런 게 아니라, 분명 살아온 방법도 가치관도 다르기 때문이겠지. 아니, 정말로 그것뿐일까?

……또 하나의 가능성이 남아 있었다.

하지만 확증이 없다. 일단 확인해 보기로 할까.

"저기, 아멜리아. 내가 싫어하는 성격이 어떤 건지 알고 있지?"

갑자기 아무런 맥락도 없이 내가 그렇게 말하자, 아멜리아는 당황해하면서도 고개를 끄덕였다. 언젠가 미궁에서 내가 아멜리아에게 했던 말이다.

"완벽한 사람, 이었던 걸로 기억하는데, 그게 왜?"

나는 키리카 쪽으로 시선을 옮겼다.

"너는 저 녀석을 완벽하다고 말했지만, 나에겐 그렇게 보이지 않아. 오히려 결점투성이야."

"뭐, 뭐라고! 누가 결점투성이라고요?! 그리고 당신처럼 변변치 못한 남자에게 그런 소리는 듣고 싶지 않거든요!"

키리카가 히스테릭하게 목소리를 높였다. 이것 봐, 결점투성이잖아, 성격이.

"아멜리아, 너는 부모님으로부터 사랑받지 못하고 있다고 말했지만, 왕은 오히려 팔불출이라고 할까, 널 너무나 사랑하는 것 같은데? 총애한다고 해야 할까. 그러니까 나는 네가 왜 미움을 받고 있다는 생각을 하게 된 건지 잘 모르겠어."

"……아키라 군, 자네는 나중에 내가 정말로 혼쭐을 내 놓도록 하겠네."

지금까지 조용히 듣고 있던 왕이 얼굴을 붉히면서 그렇게 말했다. 오오, 무서워라. 정곡을 찔렀다고 해서 그렇게까지 얼굴을 붉힐 필요는 없을 텐데.

신경 쓰지 않고 나는 하던 말을 계속 했다.

"무슨 사정이 있었는지는 모르겠지만, 일단 나는 그렇게 생각해."

"하지만 키리카는 『매료』로 날 쫓아냈고, 활도 쐈는데……."

역시 나도 초능력자는 아니니까 모든 걸 다 알고 있는 것은 아니다. 하지만 어떤 이유가 있을 것 같았다.

"……그러고 보니 실력을 아직 겨뤄보지 않았군."

"하아, 이 타이밍에서 싸우려고? 진심으로 하는 말인가?"

내 비난의 목소리를 듣고, 다시 등을 쭉 펴면서 빈틈없는 분위기를 자아내는 왕. 내 추궁을 전혀 얼버무리지 못하고 있었다. 하지만 빠르게 태세 전환을 하는 능력은 쓸데없이 대단했다.

"우선은 아멜리아의 거취에 관한 문제를 확실히 정하기로 하지. 자네가 이기면 아멜리아를 자네에게 맡기겠네. 하지만 내가 이긴다면 아멜리아는 여기 두고 가야겠어. 자네 실력은 조금 전에 본 것만으로는 완전히 가늠할 수 없으니까 말이지. 약한 녀석에게 딸을 맡길 수는 없네."

차가운 목소리로 그렇게 말하는 아버지를 보고, 아멜리아는 움찔 놀라면서 몸을 떨었다.

나는 가늘게 눈을 떴다. 아멜리아에 관한 문제는 좀 전에 본인이 희망사항을 말했으니까 그렇게 될 것으로 생각하고 있었는데, 막바지에서 억지로 철회당했다. 화가 나는군. 모든 게 자신의 뜻대로 될 거라고 생각하지 말라고. 쉽게 말해서 딸을 빼앗기고 싶지 않은 것뿐이잖아. 이 팔불출 자식.

"그래서 상대는?"

"물론 키리카다. 아멜리아로부터 이미 들었을지도 모르겠다만, 키리카는 모험자 길드의 골드 랭크. 이 세계에 네 명밖에 없는 최고 랭크의 모험자이지. 키리카, 너도 동의하겠지?"

"……알겠습니다."

"좋아, 남은 건 네 대답뿐이다."

상대하기에 부족함은 없겠지? 그런 뜻을 담고 미소 짓는 왕에게, 나는 씨익 웃으면서 응했다. 바라던 바다.

"승부는 5분 후. 아까 그 광장에서 기다리고 있겠다. 겁이 나서 오지 못하겠다면 아멜리아를 두고 갈 테니 이 아이를 시켜서 대신 전하거라."

역시 이 왕에겐 악역이 어울리지 않는 것 같군. 할 말만 한 뒤에 재빨리 키리카와 함께 나가는 왕의 뒷모습을 보고, 나는 그렇게 생각했다.

하지만 이번만큼은 상대의 역량을 잘못 판단했을지도 모르겠군.

"괜찮아, 아키라라면 이길 수 있어."

"그래. 저기, 아멜리아."

내 기운을 북돋아 주려는 아멜리아를 보고, 나는 문득 하고 싶은 말이 생겼다.

"왜?"

"나 말이야, 아멜리아를 꽤나 좋아하는 것 같아. 아니, 좋아해."

"……?!"

아멜리아는 혼란스러운지, 조용히 고개를 갸웃거렸다. 얼굴과 귀, 목까지 새빨갛게 변해 있으니까 완전히 이해하지 못하고 있는 건 아닌 것 같다. 딱 좋은 반응이다.

그대로 나는 아멜레아에게 얼굴을 가까이 붙였다.

"아멜리아는 날 좋아해?"

"하으…… 아키라, 갑자기 왜 그래?"

눈을 빤히 바라보자, 아멜리아는 심장 근처에 손을 대면서 괴로워했다. 괜찮을까.

"아니, 지금 말해 둬야지, 안 그러면 앞으로는 바빠져서 말하지 못할 것 같거든."

그렇게 말했지만 나 자신도 내가 지금 무슨 소리를 하는 건지 모르고 있는 상태였다.

하지만 지금 말해두지 않으면 다음 기회가 없을 거라는 것은 내 기분 탓만은 아니라고 생각했다. 만약 내가 키리카에게 진다면 아멜리아와는 이제 만날 수 없으니까, 타이밍으로 보면 적당한 때라고 생각한다.

말없이 기다리고 있으려니, 아멜리아가 겨우 얼굴을 들었다. 그 얼굴은 새빨갛게 물들어 있었다. 내가 그 얼굴을 보고 웃자, 얼굴을 가리고 말았다.

몇 초 동안의 침묵.

그리고 얼굴을 가린 손가락 사이로 가느다란 목소리가 흘러나왔다.

"……나, 나도, 조, 좋아해."

"그렇구나. 고마워. 기운이 났어."

딱히 부끄러워하지도 않고 나는 그렇게 말했다. 아멜리아가 날 좋아한다는 건 알고 있었기 때문이겠지. 나는 지금 판타지 같은 세계에 있지만, 학원 러브코미디에 자주 나오는 둔감 계열의 주인공은 아니다.

칭찬하듯 부드럽게 머리를 쓰다듬어 주자, 아멜리아는 한층 더 얼굴을 붉혔다. 가슴속에서 그녀를 사랑스럽게 여기는 감정이 솟아올랐다.

기합이 잔뜩 들어간 상태에서, 나는 소지하고 있는 무기를 긴 테이블 위에 내놓았다.

"암기 몇 개와 미궁에서 습득한 밧줄, '야토노카미', 투척용 작은 마석인가. 그리고 『그림자 마법』과 『기척은폐』를 전부 활용해서 어떻게 이기는가가 문제로군. ……뭐, 어떻게든 되겠지."

다시 원래의 위치로 수납한 뒤에, 나는 아직 얼굴이 붉은 아멜리아의 눈에 내 시선을 맞췄다.

"아멜리아, 쓰러트려도 딱히 상관없겠지?"

"응, 고마워."

"뭐가?"

"날 위해 싸워 줘서. 그것도 그 키리카와."

그렇게 말하면서, 아멜리아는 부드럽게 웃었다. 늘 진지한 얼굴이기 때문에, 가끔씩 보여주는 레어한 그 미소가 너무나도 눈부셨다.

이런 때인데, 만화 같은 데서 본 '날 위해서 싸우지 마!' 라는 대사가 떠올랐다. 아주 비슷한 말이지만, 그 말에 담긴 의미는 전혀 달랐다.

아멜리아는 주변에 흔히 볼 수 있는 만화의 히로인들보다 훨씬 더 귀여운 데다 성격도 좋다. 나처럼 얼굴 점수가 엄청나게 낮은 남자와 나란히 있으면, 아멜리아는 훨씬 더 빛나 보일 것이다.

"천만의 말씀. 아, 천만의 말씀이라고 말한 김에 부탁하고 싶은 게 있는데."

"뭔데?"

나는 고개를 갸웃거리는 아멜리아에게 살짝 귓속말을 했다. 이 자리에는 아무도 없지만, 어딘가에서 누가 듣고 있을지도 모르니까 말이지.

"……할 수 있겠어? 딱히 무리하지 않아도 돼. 도저히 만지고

싶지 않다면 장갑을 끼면 되니까."

"장갑은 물론 낄 거지만 괜찮아. 잠깐만 기다려. 바로 가져올 테니까."

"그래, 부탁해…… 요루."

『알고 있다.』

몰래 이 자리를 떠나는 아멜리아를 보고, 그녀를 따라가라고 나는 요루에게 지시했다.

싸울 준비는 아멜리아에게 맡기고, 나는 의자에 앉아 머릿속으로 앞으로 벌일 싸움을 시뮬레이션했다. 질 거라는 생각은 들지 않지만, 일단 내가 할 수 있는 일을 다 하고 보는 것이다.

아멜리아와 요루가 무사히 돌아온 뒤에, 우리는 함께 광장으로 갔다.


"늦었군요. 도망치지 않고 온 것은 칭찬해 드리는 게 좋을까요?"

"아니, 어차피 이긴 뒤에 아멜리아에게 칭찬을 받을 테니까 필요 없어."

광장에는 조금 전에는 없었던, 사방의 길이가 50미터 정도 되는 정사각형 무대가 있었으며, 그 주변에는 수많은 엘프가 몰려 있었다. 무대는 분명 흙 마법사가 제작한 것이겠지. 완전히 구경거리가 되어 있었다. 뭐, 국왕이 주최하는 결투 같은 행사는 그렇게 흔하지 않으니까, 어쩔 수 없다면 어쩔 수 없다고 할까.

키리카는 무대 위에서 팔짱을 낀 채 나를 내려다보면서 만전의 준비가 끝난 상태로 기다리고 있었다.

아멜리아는 왕의 곁으로 갔고, 나는 혼자 무대로 올라갔다.

"그 모습을 보니, 겨우 언니에게 반해 있다는 것을 자각한 모양이군요?"

"아니, 꽤 오래전부터 알고 있었어. 방금 고백도 했으니, 후회는 없다고 할까."

"그것 참 대단하군요. 정말로 언니는 사랑받고 있네요. 아버님도 괜한 고집을 피우시지 말고 언니를 더 귀여워 해주셨다면 좋았을 텐데."

키리카는 그렇게 말하면서 바로 표정을 바꿔 웃더니, 허리에 차고 있던 가는 검을 뽑았다. 레이피어 정도로 가늘지만, 아슬아슬하게 검의 형태를 유지하고 있었다.

나는 '야토노카미'를 뽑지 않고, 칼집 안에 넣어둔 상태로 자세를 잡았다. 뽑히지 않도록 늘 목에 감고 있던 검은 천으로 자루와 코등이를 묶어서 고정해 두고 있으니까 칼이 뽑힐 걱정은 없다고 생각한다. 그리고 '야토노카미'는 칼집도 특별하게 만든 물건인 것 같으며 아주 튼튼하니까 가느다란 검 정도는 여유 있게 받아낼 수 있을 것이다. 실제로 지금까지 미궁에서 아무리 난폭하게 다뤄도 깨지기는커녕 금 하나 생기지 않았다. 당연히 괜찮을 것이다.

내 모습을 본 키리카는 눈을 가늘게 좁혔다.

"죽일 생각은 없다는 건가요? 안일하군요. 이건 결투예요. 저는 죽일 마음으로 싸울 거거든요?"

"그렇게 해. 나는 죽일 마음이 전혀 없으니까 말이지. 네가 죽으면 아멜리아가 슬퍼해."

"정식으로 결투를 벌이는 자리에서 제 핑계를 대지 말아 주시겠어요?"

"미안. 하지만 무슨 말을 들어도 나는 너에게 칼을 들이대지 않을 거야."

칼을 넣어둔 채, 나는 싸울 자세를 잡았다. 키리카는 단순한 허세일 것이라고 얕보면서, 가슴 높이에서 칼을 겨누며 자세를 잡았다. 찌르기를 가장 빠른 속도로 날릴 수 있는 자세지만, 반드시 찌르기가 온다고는 장담할 수 없다. 우리 두 사람은 서로에게만 집중하고 있었다.

"그럼 내 딸인 아멜리아를 걸고, 국왕의 이름하에 키리카 로즈쿼츠와 아키라 오다의 결투를 승인하겠다. 둘 중 하나가 전투 불능이 되거나 무대 위에서 떨어지는 경우, 그리고 항복을 선언할 때까지 결투는 속행될 것이다. 이번 결투에서 마법의 사용은 인정하지 않기로 하겠다. 스킬과 자신의 기술을 사용하는 것만 인정한다. 마법을 썼다고 판단될 경우에는 그 시점에서 실격이다."

알겠나? 왕은 그런 뜻이 담긴 눈길로 주위를 둘러봤다. 과연, 심판은 관객인 엘프들이란 얘기인가.

한편, 그 관객들은 아직 키리카의 『매료』에 걸려 있기 때문인지, 황홀한 표정으로 다들 키리카를 보고 있었다. 완전히 어웨이 경기로군. 하지만 이것도 괜찮다.

"아키라, 파이팅!"

얼굴을 새빨갛게 붉히면서도 주위의 소음에 밀리지 않도록 열심히 응원해주고 있는, 이 목소리만 있으면 충분하다.

나는 그쪽을 보며 고개를 끄덕인 뒤에 눈을 감았다.

"그럼 시작하라!!"

왕의 말과 동시에 나는 눈을 뜨면서, 지면을 박찼다.

승부는 한순간에 끝났다.

"……이럴, 수가…….."

"미안하군. 질 수는 없거든."

"다, 당신 같은 평범한 인간에게……."

'야토노카미'의 칼집은 키리카의 복부에 깊이 박혀 있었다.

나는 나도 모르는 사이에 멈추고 있던 숨을 뱉으면서, 쓰러지는 키리카를 한 손으로 붙잡아서 부축했다.

"휴우, 이 정도면 되려나."

왕이나 주변에서 구경하던 엘프들은 시간이 멈춘 것처럼 그 자세 그대로 굳어 있었으며, 아멜리아만이 얼굴을 환하게 빛내면서 열심히 박수를 쳤다.

"이봐, 판정은?"

"스, 승자, 아키라 오다."

내가 판정을 내리길 촉구하자, 왕은 그 자세 그대로 입만 움직였다. 처신을 잘하는 인간이다.

그 판정을 듣고, 엘프들의 술렁거리는 소리가 다시 돌아왔다.

"이봐, 키리카 님이 쓰러지셨는데."

"말도 안 돼. 반칙을 쓴 게 분명해."

"그래! 우리의 키리카 님은 불패의 장수. 질 리가 없어."

"폐하, 심판인 관객들이 이렇게 말하고 있습니다. 시합을 다시 해야 하지 않겠습니까?"

관객들의 불만이 말이라는 형태를 갖추면서, 광장에는 다시 소란스러운 소리가 일어나기 시작했다.

보아하니 내가 뭘 어떻게 한 것인지도 보지 못한 모양이다. 딱 봐도 실력이 강해 보이는 엘프 중에서 제대로 볼 수 있었던 자가 간간이 있는 수준이려나.

나는 그런 목소리들을 일절 무시하고 왕에게 다가갔다.

"아멜리아는 내가 데리고 가겠어. 그리고 이번 일들에 대한 설명도 해주면 좋겠군."

"그, 그래."

혼란에서 아직 벗어나지 못한 왕의 앞에 키리카를 눕혀주었다. 가슴이 없는 만큼 아멜리아보다는 많이 가볍군. 그런 실례되는 생각을 하면서.

"아니, 잠깐 기다려 다오. 아직 내 눈으로 본 광경을 믿을 수가 없다. 키리카는 세계에서 네 명밖에 없는 골드 랭크의 모험자인데, 너의, 그 힘은…… 대체……."

의식을 잃은 키리카를 보고 제정신을 차린 왕은 날 불러 세웠다. 하지만 그보다 먼저 아멜리아가 내 곁으로 왔다.

"아키라, 방금 실례되는 생각을 하지 않았어?"

"아니, 그런 적 없는데."

"그래? 그럼 됐어."

아멜리아와 화기애애하게 대화를 나누고 있으려니, 등 뒤가 소란스러워지기 시작했다.

"키리카 님이 저런 야만스러운 인간족에게 질 리가 없다! 다들, 정신 차려라! 부정을 저지른 게 분명하지 않은가!!"

그 목소리를 계기로, 소란스러운 분위기가 더욱 커졌다. 선동하고 있는 목소리가 귀에 익다 싶었더니, 아까 내가 인질로 잡은 남자였다. 무대 아래에서 나를 보며 소리치고 있었다. 아멜리아를 죽이려고 했기 때문에 나한테서 따끔한 맛을 봤을 텐데, 아직도 정신을 못 차렸군.

"리암, 방금 그 공격에서 어디가 부정이라는 얘기지?"

아멜리아가 차가운 시선으로 남자를 내려다보면서 그렇게 내뱉었다. 볼은 그나마 여유 있는 웃음을 짓고 있으려고 노력하는 것 같지만, 전체적으로는 분노로 인해 굳어져 있었다.

그래, 리암이라는 이름이었지. 꽃미남의 이름은 기억을 못하겠단 말이지. 용사도 포함해서.

그건 딱히 상관없는 일이지만, 드디어 아멜리아가 당당하게 굴게 되었군. 좋은 일이다.

기세 좋게 나선 것치고는, 아멜리아의 말 한마디에 바로 겁을 먹는 리암. 뭐, 아멜리아도 한 번 살기를 발산하면 엄청나니까 말이지.

특히 지금은 배가 고플 때가 되었으니 더 짜증이 나 있을 것이다.

나는 무대의 반대편으로 내려가기 위해서 리암에게 등을 돌렸다.

　"당신의 눈도 흐려진 모양이군요. 역시 불길한 아이라서 그런 겁니까? 예전에는 그나마 나은 편이었는데, 역시 당신은 동포들에게 재앙을 가져오는 가치 없는 존재입니다."

　그 말을 들은 순간, 머릿속이 새하얗게 되었다.

　나는 리암의 멱살을 쥐고, 무대 위까지 끌어올렸다. 힘이 좀 지나치게 강했는지, 리암은 바닥에 엎어지면서 기침을 했다. 기침이 멎기를 기다리지 않고 옆구리를 걷어차서 날 보게 만들었다.

　"크으?! 히익!!"

　리암은 내 얼굴을 본 순간, 작게 비명을 질렀다. 무례한 녀석이로군. '위압'을 조금 섞어서 살기를 강하게 내보낸 것뿐이잖아? 아아, 그건 그렇고 오랜만에 내장이 뒤집히는 듯한 기분이 드는군.

　이런 식으로 이성을 잃은 것은 중학생 때 여동생인 유이가 전차에서 치한을 만났을 때 이후로 처음인 것 같다.

　그때는 내가 우연히 발견했고, 치한 짓을 하던 남자를 주위 사람들이 말릴 때까지 계속 두들겨 팼다. 역시 어머니와 학교에까지 연락이 갔고, 나와 어머니는 남자에게 사과하게 되었지만, 집에 돌아오자마자, 어머니는 잘했다고 칭찬해주었으며, 여동생은 내게 안겼다.

　어머니는 몸이 약한 것 치고는 불의에는 단호한 성격이었으며, 유이는 정말로 무서웠던 모양이다. 이 사건 때문에 나에겐 중학교를 졸업할 때까지 시스터 콤플렉스라는 딱지가 계속 붙어 다녔지. 나도 지나쳤다는 생각을 했으니까, 그 정도의 벌은 달게 받아들였다. 오래된 기억이다.

그러고 보니 이 녀석에게 벌을 내려주기 전에 확인할 게 있었군.

"저기, 아멜리아, 이 녀석은 너랑 어떤 관계야? 아니면 키리카와 어떤 관계라도 있는 거야?"

내가 묻자, 아멜리아는 잠시 생각했고, 고민한 끝에 입을 열었다.

"약혼자, 였어. 어릴 적부터 줄곧 내 곁에 있었지만, 키리카의 『매료』에 걸린 뒤부터는 키리카의 약혼자가 됐어."

"헤에, 이런 녀석이 너의 옛 약혼자였단 말이지."

옛 약혼자라고 해도 왠지 거슬리는군. 아멜리아는 지금 내 것이니까 말이지.

"그건 그렇고, 너, 아까 뭐라고 말했지?"

"히, 히이이이이이이이이익!!"

리암이 정말로 두려워하는지라 얘기가 진전이 되지 않았다. 나는 고개를 갸웃거리면서 아멜리아 쪽으로 돌아봤다. 내 얼굴이 그렇게 심한가를 물어봤더니, 확실히 무섭긴 하다는 대답이 돌아왔다. 아멜리아에게 그런 말을 들으니, 약간은 충격적으로 다가왔다.

"뭐, 좋아. 그렇게 불만이라면 네가, 네가 싸우지 못하겠다면 네 대리인과 결투해서 실력을 증명해주지. 그러면 문제가 없겠지?"

일단 분노를 거두고, 지극히 신사적으로 대응했다. 얘기가 진전이 없는 것도 짜증이 나니까 말이지. 그래도 리암은 아직 내 다리 근처에 여전히 쓰러져 있을 뿐이었다. '위압'을 너무 강하게 걸어서 일어나지 못하는 건가.

이제 이것만 봐도 승부는 정해진 것 같지만, 엘프족 관중들의 불만도 컸기 때문에 왕도 승낙하면서, 결국 한 번 더 결투를 벌이게 되었다.

참고로 키리카는 아직 눈을 뜨지 못하고 있었다. 그 정도로 강하게 때린 것도 아니니까 당장에라도 눈을 뜰 법한데, 내가 힘 조절을 잘못한 것이거나, 기절한 척을 계속하고 있거나, 둘 중 하나이겠지.

## Side 리암 글라디올러스

"리암 님, 절 결투 대리인으로 삼아주십시오!"

"아닙니다, 제가 그 인간족 애송이를 단단히 혼내주겠습니다!"

"우리의 여신을 더럽힌 벌을 받게 만들어야 합니다! 키리카 님의 약혼자이신 당신의 정식 종자인 제가 나가겠습니다!"

내 종자들이 일제히 소리를 높이는 가운데, 나는 말없이 눈을 감았다. 머릿속에선 최근의 기억들이 빙글빙글 돌면서 소용돌이 치고 있었다. 그리고 종자들의 말에도 마음에 걸리는 것이 아주 많았다.

키리카 님? 내가 키리카 님의 약혼자?

아니, 내 약혼자는 아멜리아 님이다. 뒤에선 재앙을 가져오는 존재라는 말을 들으면서도 품위 있고 올곧게 살아가고 있으며, 그 아름다운 머리카락과 눈은 우리 엘프족의 보물이다. 확실히 키리카 님도 강하고 아름답지만, 아멜리아 님에겐 대적하지 못한다.

그런데 왜 내가 아멜리아 님을 비난하고, 있지도 않은 혐의를 씌워서 이 엘프족의 영토에서 추방했으며, 키리카 님과 약혼식을 올리고 있는, 그런 광경들이 머릿속에 떠오르는 것일까. 약혼을 맹세하는 잔을 받아든 키리카 님의 일그러진 미소가 머릿속에 어른거렸다.

그래! 난 아멜리아 님이 날 불렀다는 키리카 님의 말을 듣고, 그 광장으로 갔다. 그런데 아무리 기다려도 아멜리아 님은 나타나지 않았고, 기다리다 지친 나머지 돌아가려고 했을 때 갑자기 키리카 님이 나타나서 내게 입맞춤을 했던 것이다. 갑작스러운 일이라 나는 제대로 반응하지 못했고, 또 스테이터스에도 차이가 있었기 때문에 뿌리칠 수도 없었다. 그런 뒤에 나는 키리카 님만 생각하게 되었던 것이다.

"아아, 이제 기억이 났어……. 나는, 나는 대체 무슨 짓을……."

아아, 아멜리아 님, 정말 죄송합니다. 모든 것은 키리카 님의 광기를 알아차리지 못했던 저의 불찰입니다.

그때부터 아멜리아 님을 생각하는 제 마음은 점점 깊은 바다 속에 잠기는 것처럼 마음속 밑바닥으로 가라앉았으며, 수면에선 키리카 님을 생각하는 제가 행동하면서, 키리카 님과 함께 이 『매료』라는 이름의 주술을 엘프의 모든 영토에 퍼트리고 말았습니다. 여자와 아이들에게도 효과는 약하지만 효력이 있었다. 그랬기 때문에 왕을 비롯한 하이엘프—— 모든 왕족들도 키리카 님을 귀여워하게 되었고, 아멜리아 님을 무시하게 된 것이다. 마치 과거의 아멜리아 님과 키리카 님의 관계가 뒤바뀐 것처럼. 아니, 키리카 님이 결코 무시를 당했던 것은 아니었다. 단지, 모두가 아멜리아 님에게만 지나치게 많은 신경을 쓰고 있었던 것이다.

확실히 키리카 님의 외모는 아름답다. 하지만 아무리 아멜리아 님과 닮았다고 해도 역시 아멜리아 님의 희고 아름다운 머리 카락과 타오르는 불꽃같은 붉은 눈은 미형에 익숙해져 있는 우리 엘프들 중에서도 눈에 띄었으며, 모두 그 모습에 이끌리고 있었다. 비록 옛날에는 불길한 아이로 불리는 존재였다고 해도, 모두 아멜리아 님을 주시하고 있었다. 그만큼 엄청난 매력이 아멜리아 님에겐 존재했던 것이다.

그랬는데, 키리카 님은 그 사실이 마음에 들지 않았던 것일까. 그러나 키리카 님의 실력은 모두가 인정하고 있었다. 아멜리아 님이 미모와 카리스마 쪽으로 더 뛰어나시다면, 키리카 님은 무술 쪽이 더 뛰어나셨으니까.

역시 왕족은 다르다고, 자매가 모두 우수한 분들이라고, 그런 말들이 사람들의 입에 오르내리지 않는 날이 없었다. 하지만, 아멜리아 님이 마법 쪽으로도 어깨를 나란히 할 자가 없다는 말까지 듣게 되었으며, 인품도 좋았기 때문에 지지자는 더 많았다. 결코 평등하지 않았던 것은 확실하다.

어쨌든 두 사람은 우리 엘프족의 보물이다. 키리카 님은 내가 막아야 한다.

"너희의 의견은 고맙게 생각한다. ……하지만 내가 나가겠다."

내 마음은 정해졌다.

### Side 오다 아키라

"그러면 국왕의 이름으로 아키라 오다와 리암 글리디올러스의 결투를 승인하겠다. 두 사람 다 준비하라."

나는 등에서 '야토노카미'를 뽑지 않은 채 싸울 자세를 잡았고, 리암은 활을 겨눴다. 여기서는 표정이 보이질 않는군.

내가 칼집에서 칼을 뽑지 않았는데도 키리카처럼 반응하는 모습은 보이지 않았다. 오로지 집중하고 있는 것인지, 아무런 움직임이 없었다.

아멜리아의 말로는 그는 뼛속부터 문관인 체질이라 싸움에는 전혀 익숙하지 않았다고 한다. 엘프답게 활은 잘 다루지만, 검은 완전히 문외한이라고 했다.

애초에 칼을 잘 다루는 엘프는 키리카 외에는 거의 없으며, 대부분은 활과 마법을 무기로 활용한다고 한다. 리암도 사냥을 위해 활을 쓰는 일이 있어도 검은 쓰지 않는다고 들었다. 결벽한 엘프족이니까 피로 더럽혀지는 것을 싫어한다거나, 의외로 그런 이유가 있기 때문인지도 모르겠군.

원거리 대 근거리. 물론 근거리전이 전문인 자가 더 불리하다. 미궁 75층에서도 몸에 나 있는 독침을 날리는 거대한 호저 같은 마물을 상대하느라 애를 먹은 적이 있었다. 분명 그때는 다음 공격을 준비할 때 생기는 약간의 시간을 노리고 접근하여 두 조각으로 갈라 버렸었지. 이번에도 그 방법을 쓰자.

"시작!!"

왕의 말과 함께 화살이 날아왔다. 화살을 베어본 적은 없었지만, 타이밍을 맞춰서 적당하게 베어버렸다. 이 정도로 타이밍을 맞추면 충분하려나. 그 마물의 침이 스피드는 더 빨랐기 때문에 타이밍을 맞추기 쉬워서 편하다면 편했다.

그리고 무엇보다…….

"너, 느리구나."

나는 다음 화살을 시위에 메기느라 버둥거리는 리암의 등 뒤로 돌아들어가서 그의 목을 손날로 때렸다.

이런, 꽃미남이라서 힘이 좀 강하게 들어갔을지도 모르겠군. 나쁜 뜻은 없었으니, 후회도 하지 않는다.

리암은 그대로 지면에 쓰러지면서 대량의 흙을 뒤집어썼다. 키리카처럼 받아줄 수는 있었지만, 일부러 그렇게 하지 않았다. 쓰러진 충격으로 얼굴에 상처가 생기지 않도록 마음속으로

빌면서. 아멜리아를 괴롭힌 것에 대한 조촐한 복수다.

"……승자, 아키라 오다."

왕의 선고로 인해 다시 광장은 소란스러워졌다. 멍청하게 보이는 종자 세 명이 나를 노려보면서 리암을 무대에서 끌어내리더니, 사이좋게 셋이서 그를 데려갔다. 언뜻 보인 얼굴에는 상처 같은 건 전혀 없었으며, 그걸 보고 역시 한 대 때려줄 걸 그랬다고, 아주 조금 후회했다.

그런 생각을 하고 있을 때, 세 사람의 부축을 받고 있던 리암이 내 쪽을 봤다.

방금 그 손날 공격을 받았는데도, 잠깐밖에 실신하지 않았다니 튼튼한데. 문관이 아니라 무관 쪽에도 재능이 있는 것 아냐?

리암은 나를 향해 무슨 말을 했다.

"…… '아멜리아 님과 키리카 님을 부탁합니다' ? 말하지 않아도 안다고."

나는 한숨을 쉬면서, 아직 내 쪽을 보고 있는 리암에게 엄지를 들어보였다.

리암은 안심했는지, 자신을 부축해주고 있는 종자들에게 웃으면서 무슨 말을 하고 있었다. 종자들은 그런 리암을 보고, 울먹이는 표정을 지었다. 아니, 울고 있는 녀석도 있군.

결국엔 내 승리로 끝났다. 아니, 키리카가 엘프족 최강이라면 이 이상 결투를 할 의미가 없으니, 순순히 패배를 인정하지 않는 엘프족의 태도에 부아가 났다. 승패의 기준을 감각적으로 이해하지 못하고 있는 것 아냐?

그리고 리암이 한 말 말인데, 내 잔꾀가 효과가 있었다고 이해해도 되는 걸까?

조금 전의 싸움을 돌이켜보고 있으려니, 아멜리아가 한손에 수건을 들고 무대 위에 있는 나에게 달려왔다.

"아키라, 리암은 키리카의 『매료』가 풀려 있었어."

"역시 그랬나."

아멜리아의 말을 듣고 나는 고개를 끄덕이면서, 칼을 쥐고 있지 않은 오른손을 폈다.

그곳에는 나뭇조각 하나가 있었다. 이건 키리카와의 결투를 시작하기 전에 아멜리아가 가져다준 신성수의 나뭇조각이다. 이 나뭇조각을, 리암의 멱살을 쥘 때 그의 피부에 갖다 댔었다.

"마법진으로 엘프의 영토에 왔을 때 설명했던 대로, 신성수에는 마법, 주술 같은 효과를 풀 수 있는 힘이 있어. 전에는 필사적으로 도망치느라 떠올리지 못했지만, 좀 더 빨리 깨달았다면 아키라가 고생할 일도 없었을 텐데……."

물론 나에 대한 미안한 감정도 있겠지만, 그보다 엘프족에게 있어서 목숨보다 중요한 신성수의 일부를 깎아낸 것을 안타깝게 여기는 아멜리아의 머리를 쓰다듬어 주었다. 직접 만지지는 않게 장갑을 끼도록 시키긴 했지만, 그래도 몸에 밴 관습이라는 것은 좀처럼 쉽게 바꿀 수 없었을 것이다. 잘했다고, 그녀의 마음이 풀릴 때까지 칭찬하며 귀여워 해주고 싶었지만, 억지로 참았다.

아멜리아의 이런 풀이 죽은 표정은 남자의 마음을 자극하는 게 있었지만, 역시 미소가 제일 좋은 것 같다.

그렇게 말해주자, 갑자기 아멜리아는 얼굴을 붉히면서 고개를 숙였다.

"아키라, 왠지 후련해 보여."

"응, 그런 셈이야. 나에게 과분하다는 생각은 하지 않기로 했어."

정말로 아멜리아 같은 미소녀는 나에게 과분하다니까.

나는 나뭇조각을 손에 쥐고 으스러뜨렸으며, 생활마법으로 살짝, 하지만 무대 끝까지 전해질 정도의 바람을 일으켜서 남은 가루를 군중 쪽으로 뿌렸다.

"어라, 내가 지금 뭘 하고 있지?"

"어라, 이 무대는 뭐야?"

"아, 아멜리아 님이다!"

"여전히 아름다우시네. 아멜리아 님——."

"아멜리아 님—— 오늘도 예쁘시네요——."

처음에는 당혹스러워하던 엘프들이었지만, 무대 위에 선 아멜리아를 본 뒤로는 아멜리아를 향해 기쁨의 함성을 지르기 시작했다.

"허망하군. 엘프 백성들이 바치고 있던 거짓 사랑은 완전히 풀려버렸거든? 키리카 로즈쿼츠."

"……."

돌아보니, 키리카가 거기 서 있었다. 손에는 조금 전과 마찬가지로 가느다란 검이 쥐어져 있었다.

"왕에게 『매료』를 풀라는 명령을 받았을 텐데, 역시 풀 마음은 없었던 것 같군."

"당신이 뭘 안다고 그러는 거죠?"

키리카는 그렇게 말하면서 검을 뽑았다. 나도 아멜리아를 보호하는 자세를 취하면서 검을 쥐었다.

터엉.

엄청난 소리와 함께 키리카가 검을 휘두르며 달려들었다. 엘프들은 비명을 지르면서 도망쳤다.

나는 그다지 어려움 없이 받아냈다. 키리나는 여유가 있어 보이는 내 표정을 보고 분하다는 듯이 얼굴을 일그러트렸다.

그대로 수십 합 정도 검을 주고받았다. 역시 키리카는 강했다. 나는 제법 즐거웠지만, 키리카는 그렇지 않았던 것 같다.

"『바람이여』!"

"저건! 키리카의 부여 마법?! ……내가 아는 한으론 드래곤을 토벌할 때만 사용했었는데!"

아멜리아가 내 품속에서 비명을 질렀다.

드디어 부여 마법까지 쓰기 시작한 건가.

키리카의 몸을 녹색의 바람이 한 치의 틈도 없이 감쌌다. 흡사 자그마한 회오리바람이었다. 검도 바람을 두르고 있으니까 참격도 바람을 두르고 있을지도 모르겠군. 그렇다면 참격의 거리가 늘어나기라도 하는 걸까. 일단 주의는 해두기로 하자.

마법을 써도 된다면 나도 쓰도록 하겠어.

씨익 웃으면서, 이 세계로 온 뒤로 한 시도 떨어지지 않은, 내

발밑의 파트너를 불렀다.

"『그림자 마법』 발동."

무대 위는 그림자가 적었지만, 내 그림자만으로도 문제는 없다.

"나도 진심으로 싸우도록 하지──『그림자 두르기』!"

그림자를, 검은 천을 푼 뒤에 칼집에서 뽑은 '야토노카미'에 둘렀다.

바람을 두르고 있는 키리카의 검과, 검은 그림자를 두른, 보기에도 불길해 보이는 칼이 충돌했다.

엄청난 충격이었다. 내 『그림자 마법』이 미친 듯이 휘몰아치는 바람의 부여 마법을 잡아먹고 있어서 아직 피해는 적었지만, 그렇지 않았으면 엘프들이 여러 명 날아가는 정도로는 끝나지 않았을 것이다.

"키리카! 아키라에게 무슨 짓을 하는 거야?! 이 이상 아키라에게 칼을 들이댄다면 내가 상대를──!"

여동생의 예상 못한 행동에 동요하고 있는 것인지, 키리카에게 손을 뻗으려하고 있는 아멜리아.

미안해, 아멜리아. 나는 마음속으로 그렇게 중얼거리면서 아멜리아의 목을 손날로 쳤다. 의식을 잃고 쓰러지는 아멜리아를 다시 안아서 부축했다.

지금은 설명을 하고 있을 틈이 없다. 그리고 아멜리아에겐 보여주고 싶지 않았다.

여동생이 언니에게 품은, 망가진 감정을.

"이봐, 키리카 로즈쿼츠. 왜 네 검은 그렇게까지 울고 있지?"

나는 아멜리아가 완전히 정신을 잃은 것을 확인한 뒤에, 키리카에게 그렇게 물었다. 결투에서 검을 부딪혀본 뒤부터 계속 느끼고 있던 의문이었다.

검에는 휘두르는 자의 감정이 전부 실려 있다고, 사란 단장은 말했었다. 능숙하지 못한 사람이라도, 달인이라도, 검에는 평등하게 그 사람 자신의 본심이 나타난다고.

처음에 그 말을 들었을 때엔 무슨 소릴 하는 거야, 이 사람이 드디어 머리가 이상해진 건가 하는 생각을 했었지만, 이제 겨우 이해가 되었다.

미궁의 60층 부근에서 검을 무기로 쓰는 인간형 마물과 조우했던 때부터였을까. 몸 곳곳이 썩어 있었으니까 리치나 그런 종류일 것으로 생각한다. 그 무렵에는 내 스킬의 수준도 상당히 높아져 있었다. 그들과 검을 나누다 보니 그들의 사념이 검을 통해 전해져 왔다. 마물은 아무런 생각도 하고 있지 않으며, 그저 살인충동이 있을 뿐이라고 생각하고 있었는데, 그렇지 않았다.

확실히 대부분의 마물은 마물 이외의 생물을 죽이는 것만 생각하고 있을 것이다. 하지만 그런 생각 중에도 확실하게 '살고 싶다'는 감정이 실려 있었다. 불사신인 리치가 살고 싶다고 말하는 것은 분명 인간으로 돌아가고 싶다는 의미일 것이라 생각한다. 검에서는 본인도 의식하지 못하는 감정이 전해져오는 것이다.

"키리카, 너는 왜 울고 있지? 거짓된 행복을 잃은 것에 절망한 건가?"

코등이싸움으로 밀어붙이다가 힘으로 밀어내서 거리를 벌렸다. 키리카는 밀려서 날아갔지만, 공중에서 몸을 비틀더니 손도 대지 않고 착지했다.

허망한 푸른 눈이 나를 응시했다. 키리카의 얼굴이 일그러졌다.

"제가 울고 있다고요? 잠꼬대는 눈을 뜬 상태에서 말하는 게 아닌데요. 보세요, 저는 제대로 웃고 있지 않은가요!"

아아, 그건 미소인가. 미소를 지으려고 했던 것이란 말인가.

나에겐 도저히 그렇게 보이지 않았다.

"이봐, 넌 아멜리아가 미웠던 건가? 멋대로 착각하면서 자신을 상처 입히는 언니의 모습을 보고 웃고 있었나?"

"미웠냐고요?"

내가 묻자, 키리카는 고개를 숙였다. 어느새 『매료』에서 풀려난 사람들은 도망치는 것을 멈추고 키리카와 나의 대화에 귀를 기울이기 시작했다. 이미 도망친 사람들도 심상치 않은 분위기를 느꼈는지, 무대 주변으로 돌아왔다.

나는 키리카로부터 거리를 두면서, 아멜리아를 눕혔다.

키리카는 내 의도를 알아차리고 공격해오지 않았다.

"미운 게 당연하잖아요."

"그건 아멜리아가 불길한 아이라서 그런 건 아니겠지?"

내가 그렇게 말하자, 키리카는 다시 칼을 휘두르면서 달려들었다. 하지만 이번 공격은 감정이 흐트러져 있는 탓에 부여 마법도 풀려 있어서, 단순한 참격일 뿐이었다. 물론, 뒤에 있는 아멜리아에게 참격의 여파가 가지 않도록 세심한 주의를 기울이면서 받아냈다.

그걸 보고, 나를 바라보는 키리카의 눈은 조금 전보다도 더 허망해졌다.

"불길한 아이라는 건 그저 오래된 미신이에요. 확실히 먼 옛날엔 그런 이야기가 있었고, 불길한 아이인 한쪽은 살해당했다고요. 하지만, 돌아가신 증조부님 대부터는 미신으로 여기고 그 인습은 폐지되었죠. 재앙이라는 게 아무리 시간이 지나도 나타나지 않았기 때문이에요. 그리고 엘프족은 아이가 태어나기 어렵죠. 귀중한 아이를 죽여 버리는 건 아까웠을 거예요. 애초에 언니는 자신이 불길한 아이라는 것에 큰 부담을 느끼고 있었던 것 같지만요."

키리카는 그렇게 말하면서 검을 물렸다. 그 눈은 누워 있는 아멜리아를 보고 있었다. 여전히 그 두 눈에는 빛이 깃들어 있지 않았다.

"아아, 아름다운 언니. 엘프족에게도, 하이엘프에게도 나타나지 않았던 머리카락과 눈의 색을 가지고 태어난 분. 그것도 나보다 불과 몇 초 전에 태어났는데. 제가 먼저 태어났더라면, 저도 언니처럼 될 수 있었을까요?"

키리카는 다시 나를 봤다. 허망했던 그 눈에는 노여움의 불꽃이 깃들고 있었다.

"당신은 모를 거예요. 불과 몇백 년 전까지는 불길한 아이로 차별을 받았어야 할 아이에게 전설의 직업이 나타나면서, 대륙 전체를 들썩거리게 했던 그 소동을. 여동생은 저는 단순한 부여 마법사. 무슨 일이든 바라기만 하면 자신에게 유리하게 세계가 움직이는, 그런 신과 같은 직업인 무녀(神子)에겐 상대도 안 되죠. 언니는 저에게 쫓겨 높은 낭떠러지에서 떨어진 것도 모자라서 바다를 떠돌기까지 했는데도 불구하고 살아남았고, 인간족의 영토에까지 흘러갔어요. 그리고 도움이 필요할 때 당신과 만났죠. 저보다도 강한 당신이라면 어떤 위협적인 존재에게서도 구해주었을 테니까요."

계속 가슴에 품은 채, 쌓아두고 있었던 열등감이나 질투 같은 감정이 드디어 폭발한 것이겠지. 내 시야의 한구석에 왕의 놀란 듯한 얼굴이 보였다.

"이해하지 못할 거예요. 당신도, 언니도! 모두에게 사랑받으면서, 자신이 거기 존재한다는 걸 모두가 인식해 주면서, 지금까지 태평하게 살아온 당신들은!"

그제야 겨우. 철벽같았던 연기의 가면이 벗겨지면서 떨어졌다. 지금까지 어른스럽게 굴고 있었던 키리카는 마치 어린아이처럼 흐느껴 울고 있었다.

"결국 나는 언니의 부속품. 내 노력 같은 건 아무도 이해해 주지 않아. 내가 듣는 말은 늘 '역시 여동생이야'. 내 이름을 기억하는 자는 거의 없었어. 아무리 검술 실력을 갈고닦아도 언니를 지키기 위해서 노력하고 있다거나 천재는 대단하다는 식으로

밖에 생각하지 않았단 말이야!"

나는 한 걸음, 한 걸음 키리카에게 다가갔다. 울면서, 키리카는 마구잡이로 칼을 휘둘렀다. 나는 그걸 검으로 받아내지 않고 내 몸으로 받았다. 그 모습을 본 외야가 술렁거렸다.

"언니를 위해서가 아니야! 나는 나를 위해서! 내가 인정을 받기 위해서! 사실은 다른 동족들과 비슷한 수준의 재능밖에 없는 검술 실력을 갈고 닦았단 말이야! 그랬는데! 나는 천재를 따라잡을 수가 없었어!!"

크게 힘이 실리지 않은 검이 내 몸을 얕게 베거나 찔렀다. 내구력도 방어력도 인간족의 영역을 넘어선 내 몸은 거의 상처를 입지 않았고, 피부가 조금 베일 뿐, 근육까지는 닿지 못한 채 칼날이 막혔다.

오히려 키리카의 검이 대미지를 받고 있었고, 결국엔 칼날이 뚝 부러졌다. 나는 코등이와 자루만 남은 검을 쥐고 있는 손을 잡아서 제지했다.

나는 키리카의 본심에서 우러나온 절규에 가슴이 아팠다. 누군가에게 인정을 받고 싶다는 마음은 뼈저리게 잘 알고 있기 때문이다. 그런 검을 거부할 수 있을 리가 없다. 비록 괴물 급의 이 방어력과 내구력이 없었다고 해도 나는 마찬가지로 내 몸으로 받아냈을 것이라 생각한다.

키리카는 칼자루를 쥐고 있던 손에서 힘을 뺐다. 손에서 망가진 검이 댕그랑 떨어지면서 굴렀다.

"저는, 저는⋯⋯. 모든 것을 언니에게 빼앗겼고, 유일하게 제

노력을 인정해 준 리암 님도 언니의 약혼자가……. 그래서 『매료』의 레벨을 올려서, 제가 빼앗긴, 제가 얻었어야 할 모든 것을 언니로부터 빼앗은 거예요. 리암 님을 빼앗고, 저를 전혀 경계하지 않았던 아버님에게 『매료』를 걸어서 제 편으로 만들었으며, 훈련을 핑계로 시간을 들여 엘프족 전원에게 『매료』를 걸어서 언니를 배신하게 만들었어요. 하지만 죽일 마음은 없었고, 그저 언니가, 언니가 모든 것을 빼앗긴 저와 같은 심정을 맛보면 좋겠다고, 그렇게 생각했는데…… 아니, 죽어 버리면 좋겠다고 생각해서 활을 쏘게 시켰어요. 그런데 화살은 맞지 않았고, 『매료』는 풀리고 말았으며, 유일한 자랑거리인 검술도 언니가 고른 당신에게 지고 말았군요."

그대로 주저앉은 키리카와 함께 나도 그 자리에 앉았다. 나는 늘 아멜리아에게 해 주듯이 키리카의 머리카락을 빗으로 빗는 것처럼 상냥하게 쓰다듬어주었다.

아멜리아는 분명 용서해 줄 것이다. 왜냐하면 미궁에 있었을 때도 죽을 뻔했을 때도 늘 마음에 두고 있던 아멜리아의 자랑스러운 여동생이니까.

키리카의 절규를 들은 나는 겨우 이해했다. 그리고 이 슬픈 착각에서 비롯된 비극에 종지부를 찍기 위해서 조용히 말을 걸었다.

"키리카, 옛날이야기를 잠깐 해 볼까."

"옛날, 이야기? 지금 말인가요."

"지금 하지 않으면 안 되거든."

어느새 어두워진 하늘을 쳐다보면서 나는 미소를 지었다.

"어떤 엘프의 나라에 그 아이는 왕녀로 태어났어. 그것도 쌍둥이의 언니로서."

키리카는 놀라서 눈을 크게 떴다. 뭐, 바로 알아들었겠지. 나는 이런 이야기를 간접적으로 돌려 말하는 게 서툴거든. 하지만 키리카는 내 이야기를 끝까지 들어주어야 한다. 무대 아래에 있는 외야의 엘프들도 말이지.

아멜리아도 이미 의식이 돌아와 있는 것 같은데, 지금까지 일어나지 않았다는 것은 내게 맡기겠다는 뜻이겠지.

"쌍둥이는 얼굴은 똑같았지만 머리카락과 눈의 색이 전혀 달랐어."

나는 천천히 얘기를 이어갔다.


언니의 이름은 아멜리아. 여동생은 키리카라고 했다. 두 사람은 미남 미녀가 많은 엘프족 중에서도 엘프의 상위종인 역대의 하이엘프와 비교해도 어깨를 나란히 할 자가 없을 정도로 아름다웠고, 언니는 마법에, 여동생은 무술에 뛰어난 재능을 가지고 있었다. 하지만 두 사람은 외모 외에 또 하나 다른 점이 있었다.

그건 직업이었다. 언니의 직업, 무녀를 의미하는 '미코(神子)'는 신의 아이라는 뜻도 가지고 있었다. 웬만한 일은 원하면 실현할 수 있었다. 아니, 이 세계가 그녀의 뜻을 받아들여 움직였――미궁에서 80층의 보스를 맞춘 것도 그래서였다. 그건 아멜리아가 드래곤을 보고 싶다고 생각했기 때문에, 요루는 변신할 수 있는 수많은 마물들 중에서도 불완전한 드래곤을 골랐다. 이 세계가 그렇게 선택하도록 시킨 것이었다──. 더구나 그녀는 무한의 마력을 보유하고 있었다. 더구나 활에만 한정되는 것이지만, 무술에도 재능이 있었다.

그에 비해 여동생의 직업은 그다지 희귀하지 않은 부여 마법사였다. 무술 쪽도 재능이 있는 분야는 엘프로선 이단에 해당하는 검술.

이때는 아직 엘프족은 실력주의를 중시하지 않는, 평화를 사랑하는 종족이었기 때문에 직업이 얼마나 레어한가는 그다지 문제가 되지 않았겠지만 말이지.

그러던 중에 사건이 일어났다.

키리카는 아버지인 왕에게 안겨서 피신했던 데다, 어린아이였기 때문에 거의 기억하지 못하겠지만, 아멜리아는 전부 기억하고 있었다. 잊어버릴 만해도 『세계안』이 잊어버리는 것을 허락하지 않았다──뭐, 그건 아멜리아의 시점이었고, 『세계안』은 아직도 수수께끼가 많아서 잘은 모르겠지만, 때때로 꿈을 통해 보여주었던 모양이다──. 그것은 쌍둥이가 태어나고 7년 정도의 세월이 지났을 때의 일이었다.

엘프족의 영토를 향해, 포레스트의 미궁에서 마물이 뛰쳐나온 것이다.

원인은 여동생이 미궁에서 단련하던 중에, 실수로 마물을 불러 모으는 미끼를 대량으로 뿌리고 만 것이었다.

엘프족의 영토에 있는 미궁은 인간족의 영토에 있는 미궁과는 정반대로 물리공격 외엔 거의 먹히지 않는 마물밖에 없었기 때문에, 차근차근 단련하기에는 딱 좋은 장소였다. 마물을 불러 모으는 방법은 엘프족이 평소에 자주 사용하는 것이었지만, 문제는 그 양이었다.

여동생은 평상시의 열 배나 되는 미끼를 부리고 말았다.

물론 여동생에게 악의는 없었다. 대개 마물을 혼자 힘으로 쓰러트리게 되면 좀 더 많이 잡을 수 있을 것이라고, 어린아이답게 깊게 생각하지 않고 행동했을 것이다.

당시의 엘프족 영토에 있는 미궁에서 사람들이 발을 들이는 데 성공한 가장 깊은 층은 73층. 하지만, 여동생이 뿌린 미끼 탓에 그보다 더 깊은 층에 있어야 할 마물까지 불러내고 말았다. 그것도 수십 마리 수준이 아니라 수백, 수천 마리나.

왕은 곧바로 비전투원들을 피난시켰다. 토벌대가 편성되었고, 수많은 엘프들이 죽었다. 그러던 중에 피난했어야 할 언니가 돌아와서 『마법생성』을 사용하여 『중력마법』이라는, 옛날이야기에서나 들었을 법한 고대의 마법을 만들어냈으며, 마법공격이 거의 먹히지 않았을 마물을 일거에 소탕했다.

더구나 그 며칠 후에는 『소생마법』으로 죽은 자를 되살렸다. 실질적으로 엘프 측의 손해는 제로로 줄어들었고, 사람들은 언니에게 감사하면서 그녀를 숭상했다. 그에 비해 자신이 무슨 짓을 저질렀으며, 그로 인해 어떤 참극이 일어났는지도 몰랐던 여동생은 갑자기 사람들의 숭상을 받게 된 언니에게 열등감을 가졌다.

이번 일은 사실은 그대로 사람들의 머리에서 풍화되어 사라졌어야 했다.

하지만 수백 년 후, 또 사건이 일어났다.

그건 엘프족의 영토에 한 명의 음유시인이 찾아왔기 때문이었다. 엘프족에게 전해지는 옛날이야기를 듣고 싶었던 음유시인 때문에 그 사건은 다시 공공연히 알려지고 말았으며, 더구나 그 원인이 여동생이었다는 것을 엘프족 전원이 알아 버리고 말았다. 당시의 일을 몰랐던 젊은 엘프들도 포함해서 말이다.

엘프족은 다른 부족에 비해서 인구가 적다. 즉, 내가 원래 살았던 세계처럼 지구 반대편에서 일어난 사건도 거의 리얼타임으로 파악할 수 있는 기계 같은 게 없더라도 소문은 금방 퍼지고 말았다.

소문이 퍼짐과 동시에, 현재의 왕이 왕위에 앉아 있는 것에 반발하고 있는 세력이 그 소문을 이용해 엘프들을 선동할 것이다. 그렇게 되면 왕족이 가장 숨기고 싶었던 사실도 전부 드러나고 만다. 특히 사건을 일으킨 장본인인 여동생은 지탄을 받으면서, 그녀의 몸이 위험해질지도 모른다.

딸을 사랑하는 왕이 취한 행동은 하나. 자신이 지닌 엑스트라 스킬인 『망각』으로 동포들의 기억을 지우는 것이었다. 그 스킬은 한 명의 인간에 대한 정보를 기억에서 송두리째 지울 수 있는 것이었다. 그 결과, 언니에게도 알려지는 일 없이, 사람들의 기억에서 키리카의 존재가 사라졌다. 모든 것을 기억하고 있는 것은 언니와 왕뿐이었다.

여동생의 존재는 사람들 사이에서 지워졌고, 그 사실을 전달받지 못한 여동생 본인은 갑자기 동포들에게 무시를 당했다. ……아니, 모르는 사람으로 여기게 된 것이다.

왕은 시간을 들여서 사람들의 기억에 여동생을 다시 언니의 여동생으로서 정착시킬 순 있었지만, 여동생의 마음까지 배려해 줄 여유가 없었던 것 같다.

그러므로 모험자로서 경험을 쌓고, 평온한 나날을 되찾은 것처럼 보였던 한 명의 왕녀는 그런 사정이 있었다는 걸 전혀 모르는 채 마음이 망가지게 되었다.

나는 모든 얘기를 끝낸 뒤에, 휴우 하고 한숨을 쉬었다.

이게, 진실이었다.

나는 이 이야기를 미궁에서 아멜리아에게 들었다. 요루가 움직이지 못했을 때였다. 아멜리아는 등장인물의 이름을 완전히 숨기고 있었으니까, 그때엔 그냥 지어낸 얘기라고 생각하고 있었는데, 엘프족의 영토에 온 뒤로는 현실감이 강하게 들었으며, 아멜리아 자신의 이야기라는 것을 확신한 것은 키리카가 절규하고 있을 때였다.

"왜, 왜 아버님은 가르쳐 주시지 않은 거죠……."

이미 해는 졌다. 반짝이는 별 아래에서 키리카가 나지막이 중얼거렸다. 어느새 왕은 키리카 옆에 앉아서 별을 쳐다보고 있었다. 내 옆에는 아멜리아가, 다른 엘프들도 각자의 장소에서 내

이야기를 듣고 있었다.

"이유는 두 가지가 있다. 첫 번째 이유는 말해 봤자 너는 전혀 기억하고 있지 않기 때문이다. 넌 그저 미끼의 양을 잘못 뿌렸을 뿐이다. 그걸 확인하지 않은 당시의 키리카의 종자와, 그 관리를 게을리 한 내가 책임질 일이었다. 두 번째 이유는 네가 잘못한 게 아니라고 해도, 동포를 간접적으로 죽인 사실은 바뀌지 않는다. 그 사실을, 마음 착한 네가 받아들이지 못할 것이라 생각했다."

물론 왕은 언젠가는 얘기를 해줄 생각을 하고 있었을 것이다. 하지만 병과 전쟁으로 죽는 것만 조심하면 거의 무한에 가까운 세월을 살아가는 하이엘프에겐 지금의 아멜리아와 키리카는 갓난아기나 마찬가지인 존재였다. 그러므로 앞으로 100년 정도 더 기다린 뒤에 얘기해 줄 생각이었을지도 모르지.

하지만 키리카는 왕이 그 속마음을 알아차릴 만한 언동을 보이지 않았다. 그걸 몰랐던 왕은 느슨해진 병사들을 훈련시키겠다는 거짓말을 믿고 『매료』의 사용을 허가했으며, 자신도 『매료』에 걸리면서, 키리카의 폭주를 막지 못했다.

그리고 아멜리아는 엘프족의 영토에서 추방당했고, 표류한 끝에 도착한 인간족 영토에서 슬라임 같은 마물에게 잡아먹혀 나와 만나게 된 것이다.

"어, 언니는 전부 알고 있었단 말인가요?"

"응…… 미안해."

평소에 자신이 받는 것처럼 키리카의 머리를 상냥하게 쓰다듬어주는 아멜리아.

키리카는 그것도 알아차리지 못한 채 눈동자가 흔들리고 있었다.

"그럼 모든 게 저의 착각이었다고요? 언니는 전혀 잘못한 게 없고, 전부 제가 쓸데없는 짓을 저질렀단 말인가요?"

"그건 아니다. 모든 잘못은, 네가 아직 어린아이라고 멋대로 생각하고 알려주지 않은 나에게 있다. 정말 미안하구나."

그렇게 말하면서 키리카를 힘껏 안아주는 왕. 키리카는 오랫동안 느끼지 못했던 그 온기를 접하면서 눈물을 흘렸다.

"저는, 아버님에게도, 언니에게도 다른 분들에게도 정말로 심한 짓을……."

"키리카, 나는 마음에 두고 있지 않아. 키리카가 매일 아침 일찍부터 밤늦게까지 연습에 매진하고 있는 것을. 키리카의 노력을 알고 있었으니까, 나도 어떤 일이든 노력할 수 있었어. 포레스트 미궁에서 마물이 뛰쳐나왔을 때도 키리카에게 지지 않도록 용기를 내서 마물을 섬멸한 거야. 키리카는 언제나 내 이상이었어."

고마워.

그렇게 말하면서 미소를 짓는 아멜리아를 보고, 키리카의 눈물샘은 무너졌다.

"언니, 아버님, 아키라 님, 여러분, 정말 죄송해요! 죄송, 합니다."

울면서 서로를 끌어안은 쌍둥이와 아버지. 그들의 주위에서 보고 있던 엘프들도 눈물을 흘리고 있었다.

나는 그 자리에서 슬쩍 빠져나와 광장의 주변에서 자라고 있는 나무에 올라간 뒤에, 그 줄기에 몸을 기댔다. 감정을 억제할 수가 없었다. 어머니와 유이가 생각이 나서.

나와 유이도 쌍둥이였다. 내가 태어난 직후에 날짜가 바뀌면서, 유이는 한 살 어리게 되어버렸지만, 이란성 쌍둥이로서 우리는 태어났다. 둘이나 낳은 어머니는 원래부터 약했던 몸이 더 안 좋아지게 되었고, 그 인간—— 우리의 아버지가 거의 혼자서 우리 남매를 길러주었다.

성장한 지금은 알 수 있다. 아침 일찍부터 아침과 점심 준비를 마치고 도시락 세 개를 만든 뒤에 우리를 깨우고, 밥을 먹인 뒤에 보육원으로 데려다주고 자신은 그대로 출근. 일을 하느라 지쳤을 텐데도 퇴근 후에는 보육원까지 우리를 데리러 왔고, 집에 돌아가면 저녁밥을 만들어서 우리와 어머니에게 먹이고 재운 뒤에, 자신은 홀로 설거지를 하고 빨래를 하다가 날짜가 바뀔 때쯤에야 잠자리에 들었다. 우리가 밤에 울기도 했을 테니 거의 잠을 자지 못했을 것이 틀림없다.

그래도 그 인간은 나와 유이를 초등학교 5학년이 될 때까지 키워주었고, 그때까지 어머니를 돌보면서 집안일을 전담하는 것은 물론이고 직장까지 다녔다. 누구의 힘도 빌리지 않고, 혼자서.

나는 초등학교 5학년 때 갑자기 사라진 그 인간을 원망하진 않는다. 확실히 도망친 것에는 분노를 느끼지만, 그 이상으로 고맙게 생각하고 있었다.

그래서 아멜리아와 키리카에게 질투를 느꼈다. 그리고 공감했다.

이번 일은 각자가 혼자서만 끌어안고 있으려고 했기 때문에 일어난 비극일지도 모른다. 만약 가족끼리 서로 마음을 터놓고 의논을 했더라면 이런 일은 일어나지 않았을 것이다. 그 인간과 마찬가지로.

일본에 돌아가면 진지하게 그 인간을 찾아보기로 하자. 행복하게 살고 있다면 그 이상의 간섭은 하지 않을 것이다. 하지만 만약, 홀로 빈곤하게 지내고 있다면 한 번 더 같이 살자는 얘기를 할 것이다.

유이도 분명 찬성해 줄 것이다. 그렇게, 하자.

"난 결심했어, 유이. 나는 원래 세계로 돌아가서, 가족을 다시 한번 더 모을 거야. 하지만 그 전에 사란 단장의 원수는 반드시 갚아야해. 어쩔 수 없는 녀석들이지만, 용사와 다른 아이들도 도와줘야겠지."

앞으로는 많이 바빠질 것 같다.

그런 생각을 마지막으로 하면서, 내 의식은 어둠 속으로 잠겼다.

# 후기

　이 책을 구입해 주셔서 정말 감사합니다. 책으로 내자는 얘기를 듣고 몰래 카메라라고 생각했으며, 지금도 그 생각을 완전히 버리지 못하고 있는 작가인 아카이 마츠리입니다. '소설가가 되자'를 통해 아시고 계시는 분, 처음 뵙는 분도 마찬가지로 이 책을 재미있게 읽어 주셨으면 좋겠다고 생각합니다.

　'소설가가 되자'에 실려 있는 내용에 상당히 많은 가필과 수정을 거쳐 완성한 것이 본 작품이 되겠습니다. 그렇기 때문에 아닌 밤중에 홍두깨 같은 설정이나 뒷이야기들이 있을지도 모릅니다만, '소설가가 되자'에 실린 것보다는 훨씬 더 읽기 쉽고 이해하기 쉽게 만들어졌다고 생각합니다. 그러므로 후기부터 읽고 계시는 분은 앞으로의 본편을 기대해 주십시오.

　지금 제 가까이에 있는 책의 후기를, 참고가 될까 싶어서 손에 잡히는 대로 읽고 있습니다. 하지만 그 모든 작품에 유머가 넘치는 후기가 실려 있다고 할까, 읽고 있으면 자신도 모르게 미소가 지어지고 마는 재미있는 후기들뿐이라 웃기는 것에 대해서는 재능이 없는 저 자신에게 놀라고 있습니다. 아마 앞으로도 재미있어질 일은 없으리라 생각하므로, 큰 기대는 하지 않아주

시면 감사하겠습니다.

　자, 그럼 적을 내용도 다 떨어지고 말았으니, 이 자리를 빌려 이 책의 제작에 최선을 다해서 도와주신 많은 분들에게 감사의 말씀을 드리고자 합니다.

　우선 이런 작품을 다른 수많은 작품 중에서 발견하여 출판할 기회를 주시고 학업 사정 등도 고려하여 예정을 짜주신 담당편집자 Y님, 일부러 절 만나러 와주신 S님을 비롯하여 최선을 다해 도와주신 오버랩 편집부 여러분, 정말 감사합니다.

　이 책의 훌륭한 일러스트를 그려 주신 토자이 님. 제 요청에 확실하게 응해 주셨으며, 그야말로 제가 생각했던 대로의 캐릭터들을 눈으로 볼 수 있는 형태로 만들어 주셔서 진심으로 감사하게 생각하고 있습니다.

　그리고 이 책을 구입해 주신 모든 분들께도 감사를 드립니다.

　마지막으로 직접 말로 하는 것은 부끄러운 나이이기에, 이 지면을 통해 정신적으로도 생활적인 면으로도 절 지지해준 가족들에게 감사의 말을 전합니다. 고마워요.

　앞으로도 인터넷 연재판과 함께 『암살자인 내 스테이터스가 용사보다도 훨씬 강한데요』를 잘 부탁드리겠습니다.

# 암살자인 내 스테이터스가
# 용사보다도 훨씬 강한데요 1

2019년 07월 25일 제1판 인쇄
2020년 01월 15일 2쇄 발행


**지음** 아카이 마츠리 | **일러스트** 토자이 | **옮김** 도영명

**펴낸이** 임광순
**제작 디자인팀장** 오태철
**편집부** 황건수 · 신채윤 · 이병건 · 이홍재 · 김호민
**디자인팀** 한혜빈 · 김태원
**국제팀** 노석진 · 엄태진


**펴낸곳** 영상출판미디어(주)
**등록번호** 제 2002-000003호
**주소** 21311 인천광역시 부평구 평천로 132 (청천동)
**전화** 032-505-2973(代) | **FAX** 032-505-2982


**ISBN** 979-11-6466-307-1
**ISBN** 979-11-6466-306-4 (세트)

노블엔진(NOVEL ENGINE)은 영상출판미디어(주)의 라이트노벨 및 관련서적 브랜드입니다.

# 나의 여친 선생님

## 1

과거의 트라우마로 '선생님'이라는 사람들
에게 불신감을 가지게 된 나, 사이기 마코토.
어느 날 방과 후, 인기 미인 교사, 후지키 마
카 선생님에게 호출을 받았나 싶었더니——
느닷없이 고백을 받았다?!

"네가 나를 좋아한다고 말할 때까지, 어떤
수를 써서든 계속 대쉬하겠어."

그날부터 지도라는 명목으로 방과 후에 호
출하고, 어째서인지 함께 어른의 동영상을 보
고, 지나친 스킨십을 하고, 데이트를 하자며
끌고 가는 선생님. 나는 그런 일들을 거치며
점점 선생님을 의식하게 되는데……?

하지만 선생님과 제자가 이러는 건 좀 위험
하지 않아?

©Yu Kagami 2018
Illustration : Oryo
KADOKAWA CORPORATION

**카가미 유우** 지음 | **오료** 일러스트 | **2019년 8월 출간**
청춘의 상상, 시동을 걸어라!

지금, 가장 뜨거운 학원 게임×두뇌 배틀.
신화가 다시 태어나는 제3탄!

# 자칭 F랭크 오라버니가 게임으로 평가받는 학원의 정점에 군림한다는데요?

## 3

미카와 고스트 지음
네코 메타루

뒷세계 최강의 남자라는 사실을 숨기고 게임 지상주의 학교에 입학한 사이죠 구렌. 하지만 학생회가 주최한 학생회 선도, 그《페이크 포커》에서 여동생 카렌이 미타케바라 미즈하와 학생회장 시로오지 토우야의 간계에 패배하고, 사랑하는 여동생이 상처 입는 모습을 본 구렌은 학생회 전원에게 선전 포고를 하게 되는데——

"철저하게 짓밟아서 깨닫게 해 주마. 네가 버린 것, 네가 상처입힌 것, 그게 얼마나 나에게 둘도 없이 소중한 것이었는가를."

**이날, 학원을 지배하는 사자들은
'불패전설'의 진면목을 목격한다!!**

미카와 고스트 지음 │ 네코 메타루 일러스트 │ 2019년 8월 출간
청춘의 상상, 시동을 걸어라!